Historias en la palma de la mano

Yasunari Kawabata

Historias en la palma de la mano

Traducción y prólogo de Amalia Sato

emecé
lingua franca

Kawabata, Yasunari
　　Historias en la palma de la mano.- 1ª ed. – Buenos Aires :
Emecé Editores, 2005.
　　296 p. ; 23x14 cm.

　　Traducido por: Amalia Sato

　　ISBN 950-04-2738-9

　　1. Narrativa Japonesa I. Sato, Amalia, trad. II. Título
CDD 895.6

Diseño de cubierta: Mario Blanco

Emecé Editores S.A.
Independencia 1668, C 1100 ABQ, Buenos Aires, Argentina
www.editorialplaneta.com.ar

Título original: *Tenohira No Shōsetsu*
Título de la traducción al inglés: *Palm-of-the-Hand Stories*

© *1971-1988, The Heirs of Yasunari Kawabata*
© *2005, Grupo Editorial Planeta S.A.I.C.*
© *2005, Emecé Editores S.A.*

1ª edición: 5.000 ejemplares
Impreso en Printing Books,
Mario Bravo 835, Avellaneda,
en el mes de octubre de 2005.
Reservados todos los derechos. Queda rigurosamente prohibida,
sin la autorización escrita de los titulares del "Copyright", bajo
las sanciones establecidas en las leyes, la reproducción parcial o total
de esta obra por cualquier medio o procedimiento, incluidos
la reprografía y el tratamiento informático.

IMPRESO EN LA ARGENTINA / PRINTED IN ARGENTINA
Queda hecho el depósito que previene la ley 11.723
ISBN: 950-04-2738-9

Nota editorial

Si bien conocido por sus lectores de otros idiomas por su notable obra novelística, Yasunari Kawabata consideraba que la esencia de su arte estaba expresada en una serie de muy breves relatos escritos a lo largo de toda su carrera. A pesar de su brevedad, estos cuentos contienen casi todos los elementos de los trabajos más extensos de Kawabata. Así como un haiku puede tener una riqueza que rivalice con la de un poema largo, estas historias, en la plenitud de su contenido, la complejidad de su psicología y la agudeza de su observación de la vida humana, rivalizan con ficciones en prosa más extensas. Kawabata dijo de ellas: "Muchos escritores, en su juventud, escriben poesía; yo, en lugar de poesía, escribí los relatos que caben en la palma de una mano. Entre ellos hay piezas irracionalmente construidas, pero hay varias buenas que fluyeron naturalmente de mi pluma, con espontaneidad... El espíritu poético de mi juventud vive en ellas".

Relatos que caben en la palma de una mano (*Tanagokoro no shosetsu*)
por Amalia Sato

Entre 1921 y 1972, Kawabata Yasunari (1899-1972) escribió ciento cuarenta y seis relatos breves, a los que denominó "relatos que caben en la palma de una mano", inventando con esa descripción un género personal. "En ellos vive el espíritu poético de mi juventud", decía.

Nacido en Osaka, huérfano a muy temprana edad, Kawabata, en el curso de unos pocos años, fue perdiendo a toda su familia: su hermana, su abuela, y finalmente su abuelo, a los dieciséis años. Para seguir sus estudios universitarios en 1917 se trasladó a Tokio, donde se especializó en literatura inglesa. Sus actividades como estudiante pronto llamaron la atención de figuras del mundo literario.

Poco antes de su graduación, tuvo lugar uno de los mayores desastres en la historia japonesa, anticipo de la destrucción que sobrevendría con la guerra dos décadas más tarde: el terremoto de Tokio de 1923[1], cuyo efecto más terrible fueron los incendios que se prolongaron por dos días arrasándolo todo, lo que significó no sólo la desaparición de una ciudad sino también el comienzo de la plena influencia occidental, como si de los escombros surgiera una obligada modernidad, que habría de inspirar edificios con influen-

---

[1] *Kanto Daishinsai* (literalmente: Gran Terremoto de Kanto), el 1º de septiembre de 1923.

cias de la escuela Bauhaus, y poner de moda el marxismo y el freudismo.

En ese mundo tumultuoso nacido de un infierno, el joven Kawabata, inmerso activamente en el mundo literario de las vanguardias, empezó a destacarse por sus reseñas críticas y su ojo para descubrir nuevos talentos; Mishima Yukio sería uno de ellos. Junto con otros escritores (Yokomitsu Riichi, Kataoka Ippei, entre los más notables), fundó la Escuela Neoimpresionista o Escuela de la Nueva Sensibilidad (*Shinkankaku Ha*), que buscaba una alternativa centrada en el arte, distinta de la ficción confesional del naturalismo (en su versión japonesa), y también de los escritos políticamente orientados de la literatura proletaria. Los movimientos europeos posteriores a la Primera Guerra Mundial —como el futurismo, el cubismo, el expresionismo y el dadaísmo— ejercieron una enorme atracción sobre el grupo. La importancia del ritmo, las imágenes, el simbolismo, la capacidad para describir estados sorprendentes, fueron intereses que proclamaron desde la revista *Bungei Jidai* (Edad Literaria) entre octubre de 1924 y mayo de 1927.

La fascinación por los efectos visuales del cine, que alimentaba la aspiración a superar las convenciones del lenguaje literario, llevó a Kawabata a experimentar también en ese campo. Y uno de los logros más destacados de esos años fue la película de Kinugasa Teinosuke[2] (1896-1982) *Una página de locura* (*Kurutta Ippeiji*, 1926), cuyo guión fue escrito conjuntamente por el di-

---

[2] La figura del propio Kinugasa, que se desempeñó como *onnagata* (actor mujer) en teatro y películas mudas, y se convirtió en uno de los directores más audaces del cine japonés, con recursos semejantes a los de Fritz Lang, Murnau, Eisenstein, Buñuel y Dalí, parece otro personaje digno de la literatura de Kawabata.

rector y por Kawabata. Considerada un hito, incursiona en la locura, con la historia de una mujer que es encerrada en un manicomio, tras un intento de suicidio y de asesinato de su hija, y a quien el marido, desempeñándose como portero en la institución, desea rescatar. Los escenarios pintados de plateado, las escenas de danza y de ramas quebrando ventanas que aparecen en esta obra maestra del cine mudo congenian con el código visual lleno de ecos surrealistas del escritor[3].

Finalizado en 1928 el ciclo con ese primer grupo literario, Kawabata conforma con Ibuse Masuji y Funahashi Seiichi, en 1930, la Escuela del Nuevo Arte (*Shinko Geijutsu*), que acentuó el carácter urbano y la atracción por lo erótico, grotesco y sin sentido, en un contrapunto que algunos, con la rigidez de la literatura proletaria, consideraron frívolo.

Sus cuentos breves, algunos con rasgos de inacabado, de apunte, de fragmento con una lógica muy peculiar, son también reflejo de las apetencias de la moderna cultura de masas iniciada en la época Taisho[4]. En la década del 20 y luego del 30 se acentuaron el gusto por las fantasías aberrantes, los desvíos psíquicos o el desarrollo de psicopatologías, por un lado; y el interés en la literatura dedicada a los niños, la debilidad por lo fabuloso y lo fantástico, lo onírico, por otro; así como la atracción por lo occidental en su grado más alto de sofisticación, con la glorificación de la *modern girl*: la ado-

---

[3] Lo curioso es que este film de culto, que permaneció perdido por más de cincuenta años, hasta que Kinugasa encontró una copia en el cobertizo de su jardín en 1971, continúa despertando el interés de músicos de vanguardia que le han compuesto bandas sonoras.
[4] (1912-1926)

lescente vestida con otras ropas, con maneras nuevas y una seducción desconcertante.

Esta narrativa concentrada, que nunca abandonó, representa el costado experimental de Kawabata, que consideraba esta posibilidad como particularmente japonesa, dentro de la tradición del haiku.

Tres meses antes de su muerte, en abril de 1972, Kawabata realizó una operación inédita: redujo su novela *País de nieve* a un "cuento de la palma de la mano". La miniaturización consistió en convertir la primera cuarta parte de la novela en una sucesión de escenas. Este caso único, contrario a su tradicional método de trabajo por adición, y ejercido sobre su obra más famosa —tal vez otra muestra de su rebelión ante la estructura de la novela—, agrega una nota misteriosa a estos relatos, que inició en la adolescencia y que lo acompañaron con su extraña medida cóncava hasta el final de su vida.

A. S.

Lugar soleado (*Hinata*)
[1923]

En el otoño de mis veinticuatro años, conocí a una muchacha en una posada a orillas del mar. Fue el comienzo del amor.

De repente la joven irguió la cabeza y se tapó la cara con la manga de su kimono. Ante su gesto, me dije: la he disgustado con mi mal hábito. Me avergoncé y mi pesadumbre se hizo evidente.

—Fijé la vista en ti, ¿no?

—Sí, pero no es para tanto.

Su voz sonaba gentil y sus palabras, cálidas. Me sentí aliviado.

—¿Te molesta, no es cierto?

—No, de verdad, está bien.

Bajó el brazo. En su expresión se notaba el esfuerzo que hacía para aceptar mi mirada. Miré hacia otro lado, y fijé la vista en el océano.

Desde hacía mucho tenía ese hábito de fijar la vista en quien estuviera a mi lado, para su disgusto. Muchas veces me había propuesto corregirme, pero sufría si no observaba los rostros de quienes estaban cerca. Me aborrecía al darme cuenta de que lo estaba haciendo. Tal vez el hábito venía de haber pasado mucho tiempo interpretando los rostros ajenos, luego de perder a mis padres y mi hogar cuando era un niño, y verme obligado a vivir con otros. Tal vez por eso me volví así, pensaba.

En cierto momento, con desesperación traté de definir si había desarrollado esta costumbre después de haber sido adoptado o si ya existía antes, cuando tenía mi hogar. Pero no encontraba recuerdos que pudieran aclarármelo.

Fue entonces, al apartar los ojos de la muchacha, que vi un lugar en la playa bañado por el sol del otoño. Y ese lugar soleado despertó un recuerdo por largo tiempo enterrado.

Tras la muerte de mis padres, viví solo con mi abuelo durante casi diez años en una casa en el campo. Mi abuelo era ciego. Años y años se sentó en la misma habitación ante un brasero de carbón, en el mismo rincón, vuelto hacia el este. Cada tanto volvía la cabeza hacia el sur, pero nunca al norte. Una vez que me di cuenta de este hábito suyo de volver la cara sólo en una dirección, me sentí tremendamente perturbado. A veces me sentaba durante un rato largo frente a él observando su rostro, preguntándome si se volvería hacia el norte al menos una vez. Pero mi abuelo volvía la cabeza hacia la derecha cada cinco minutos como una muñeca mecánica, fijando la vista sólo en el sur. Eso me provocaba malestar. Me parecía misterioso. Al sur había lugares soleados, y me pregunté si, aun siendo ciego, podría percibir esa dirección como algo un poco más luminoso.

Ahora, mirando la playa, recordaba ese otro lugar soleado que tenía olvidado.

Por aquellos días, fijaba la mirada en mi abuelo esperando que se volviera hacia el norte. Como era ciego, podía observarlo fijamente. Y me daba cuenta ahora de que así se había desarrollado mi costumbre de estudiar los rostros. Y que este hábito ya existía en mi vida de hogar, y que no era un vestigio de servilismo. Ya podía tranquilizarme en mi autocompasión por esta costumbre. Aclarar la cuestión me provocó el deseo de saltar de alegría, tanto más porque mi corazón estaba colmado por la aspiración de purificarme en honor de la muchacha.

La joven volvió a hablar.

—Me voy acostumbrando, aunque todavía me intimida un poco.

Esto significaba que podía volver a mirarla. Seguramente había juzgado rudo mi comportamiento. La observé con expresión radiante. Se sonrojó y me lanzó una mirada disimulada.

—Mi cara dejará de ser interesante con el paso de los días y las noches. Pero no me preocupa.

Hablaba como una criatura. Me sonreí. Me pareció que repentinamente nuestra relación había adquirido otra intimidad. Y quise llegar hasta ese lugar soleado de la playa, con ella y con el recuerdo de mi abuelo.

La frágil vasija (*Yowaki utsuwa*)
[1924]

En una esquina de la ciudad había un local de objetos de arte. Y entre la calle y el frente del local una estatua de cerámica de la deidad budista Kannon[1], con la altura de una niña de doce años. Cuando el tren pasaba, el gélido cutis de Kannon se estremecía, al igual que el vidrio de la puerta del negocio. Cada vez que yo pasaba por allí, temía que la estatua se cayera. Éste es el sueño que tuve:

El cuerpo de Kannon caía directamente sobre mí.
De pronto Kannon estiraba sus largos y blancos brazos, que hasta entonces pendían a lo largo de su cuerpo, y me envolvía el cuello con ellos. Yo saltaba hacia atrás con desagrado por lo sobrenatural de sus brazos inanimados cobrando vida y por el frío toque de su piel de cerámica.
Sin un ruido, Kannon se rompía en miles de fragmentos al costado de la calle.
Una muchacha recogía algunos de los pedazos. Se detenía un instante, pero rápidamente volvía a juntar los pedazos diseminados, los fragmentos de cerámica reluciente. Su irrupción me tomaba por sorpresa. Y cuando estaba por abrir la boca para ofrecer alguna disculpa, me desperté.

[1] Bodhisattva de la Compasión, representado con forma de mujer.

Parecía que todo hubiera sucedido en el preciso instante posterior a la caída de Kannon.

Intenté una interpretación del sueño.
"Honra a la mujer tanto como a la más frágil vasija." Desde entonces recuerdo este versículo de la Biblia[2] con frecuencia. Siempre establecí una asociación entre una "frágil vasija" y una vasija de porcelana. Y más tarde, entre ambas y la muchacha del sueño.

Nada tan frágil como una joven. En cierto sentido, el hecho de amar representa la caída de una muchacha. Es lo que yo pienso.

Y así, en mi sueño, ¿no estaría la joven recogiendo apresuradamente los fragmentos de su propia caída?

---

[2] Primera Epístola de San Pedro, parte III, Sobre el matrimonio: "Ustedes, maridos, lleven la vida en común con comprensión, como al lado de una vasija muy frágil, la mujer (…)".

La joven que iba hacia el fuego
(*Hi ni yuku kanojo*)
[1924]

El agua del lago destellaba a la distancia. Con el color de una fuente de gua estancada, en un viejo jardín, a la luz de la luna.

Los bosques en la lejana orilla se quemaban silenciosamente. Las llamas se expandían mientras yo las observaba: Un bosque incendiado.

La autobomba corría a lo largo de la orilla como un juguete, reflejada nítidamente en la superficie del agua. Multitudes ennegrecían la colina, ascendiendo sin cesar por sus laderas.

Me di cuenta de que el aire que me circundaba era calmo y claro, pero seco.

El sector del pueblo en la base de la colina era un mar de fuego.

Una muchacha se separó de la multitud y descendió sola. Ella era la única que bajaba por la ladera.

Curiosamente, era un mundo sin sonidos.

No pude soportar verla encaminarse directamente hacia el mar de fuego.

Entonces, sin palabras, conversé con su interior.

—¿Por qué bajas por la colina sola? ¿Es para morir quemada?

—No quiero morir, pero tu casa queda hacia el Oeste y por eso yo me dirijo hacia el Este.

Su imagen —un punto negro con el fondo de las llamas que inundaban mis ojos— laceró mis pupilas. Me desperté.

Las lágrimas se escurrían por mis sienes.

Ella había dicho que no quería ir hacia mi casa. Lo comprendí. Todo lo que ella pensara estaba bien. Forzándome a ser racional, en apariencia me había resignado a que sus sentimientos hacia mí se hubieran enfriado; sin embargo, con obstinación quería imaginar, sin relación con la muchacha real, que en algún lugar ella guardaba una brizna de sentimiento por mí. Y si bien yo aparentaba desdén, secretamente deseaba que eso cobrara vida.

¿Significaba este sueño que en el fondo de mi corazón yo sabía que ella no tenía el menor afecto por mí?

El sueño es expresión de mis emociones. Y sus emociones en el sueño eran las que yo había creado para ella. Eran mías. En un sueño no hay simulación ni fingimiento.

Me sentí desolado al pensarlo.

Serrucho y nacimiento
(*Nokoguiri to shussan*)
[1924]

Por alguna razón que ignoro, lo cierto es que me encontraba en Italia. En la cima de una colina había una carpa que se veía como una sombrilla a rayas. La bandera que la coronaba se agitaba con la brisa de mayo del océano. A los pies del bosque verde, el mar azul. (Me recordaba la costa cercana a una posada de aguas termales en Izu). Dentro de la carpa había una garita que parecía una cabina telefónica. Y que también recordaba una boletería de pasajes de barco o una oficina de aduana pero, en realidad, lo que hice fue recibir en la ventanilla una gran cantidad de dinero en cambio chico. Recibí en la palma de mi mano izquierda un paquete envuelto en papel amarillo. Palpé el dinero que contenía. Una mujer con un sencillo vestido negro occidental estaba junto a mí. Ella empezó a hablar. Y aunque me di cuenta de que era japonesa, la miré pensando que yo no entendía italiano.

¿Qué pasó entonces? El escenario cambió a mi aldea, mi lugar natal.

Había diez personas reunidas en el jardín de una granja con un espléndido portón. Eran todos conocidos de la aldea, pero cuando desperté no pude recordar quiénes eran. De todos modos, por algún motivo, la mujer y yo nos batimos a duelo.

Antes de entrar en el campo de batalla, tuve ganas de orinar. Como había gente mirando, me quedé de pie turbado, con la mano sobre mi kimono, sin saber qué hacer. Al mirar atrás, de pronto me vi luchando con la mujer, blandiendo una espada blanca en medio del jardín. Y aunque sabía que era un sueño, me sorprendió verme.

"Si ves a tu propia sombra, a tu doble, a tu propia segunda personalidad, morirás."

Sentí que mi segundo ser iba a ser masacrado por la mujer. Su arma era como un serrucho. Era una espada que había sido trabajada como un gran serrucho, de esos que los leñadores usan para abatir árboles gigantescos.

En un momento dado me olvidé de mi deseo de orinar. Me volví uno con mi segundo ser y me enfrasqué en la lucha con la mujer. Su arma lucía como un ornamento brillante, y cada vez que mi espada chocaba con la suya, la mellaba y abollaba. Hasta que al final se convirtió en un verdadero serrucho. Estas palabras sonaron claramente en mis oídos:

"Éste es el modo en que un serrucho adquiere su filo."

En otras palabras, era raro porque esa batalla representaba la invención del serrucho. Era por cierto una batalla, pero yo arremetía y cortaba con la sensación de que estaba observando distraídamente la escena de la lucha en una película.

Finalmente me desplomé en medio del jardín. Tomando su serrucho entre las plantas de mis pies, incomodé a la mujer. Ella no podía ni retirarlo ni impulsarlo.

—Estoy débil porque acabo de dar a luz a un niño.

Y por cierto, qué pliegues le colgaban del vientre. A continuación, yo correteaba por un camino interrumpido por rocas en una costa. (Se veía como la playa de Yuzaki en la Península de Kii.) Tenía la impresión de estar corriendo para ver a su bebé. El recién nacido estaba durmiendo en una cueva en un extremo del promontorio. El oleaje tenía el aroma de una luz verde.

La mujer sonrió de un modo hermoso:

—Tener un hijo no es nada.

Sentí una alegría radiante al rodearle los hombros.

—Digámoselo, digámoselo a ella —dije.

—Sí, digámosle que tener un hijo no es nada.

Ahora la mujer se había transformado en dos personas. La mujer con la que yo había estado hablando decía que se lo diría a la otra mujer, que estaba en algún otro sitio.

Entonces me desperté. No había visto a la mujer de mis sueños desde hacía cinco años. Ni siquiera sabía dónde estaba. La idea de que podría haber dado a luz a un niño no se me había ocurrido. Pero sentí que ese sueño aludía a la relación que ella y yo habíamos tenido. Mientras seguía acostado en mi cama, volví otra vez al sueño, disfrutando del refrescante deleite que había dejado en mi cabeza. ¿En algún lugar habría tenido ella un hijo con alguien?

La langosta y el grillo
(*Batta to suzumushi*)
[1924]

Caminaba a lo largo del muro con techo de tejas de la universidad, cuando decidí cambiar de rumbo y marchar hacia el edificio de la facultad. Al cruzar la verja blanca que rodea el patio, desde un oscuro conjunto de arbustos, bajo unos cerezos que ya estaban negros, me llegó el canto de un insecto. Aminoré la marcha y presté atención a ese sonido, sin ganas de desprenderme de él, tanto que giré sobre mi derecha para no abandonar del todo el patio. Al volverme hacia la izquierda, vi que la verja se abría hacia un terraplén con naranjos y, al aproximarme a ese rincón, se me escapó una exclamación de sorpresa. Mis ojos, brillantes de curiosidad, descubrieron lo que se les revelaba y me apresuré con pasos ágiles.

En el fondo del terraplén se mecía un racimo de hermosas linternas multicolores, como las que se ven en los festivales de remotas aldeas campesinas. Sin necesidad de más datos, me di cuenta de que se trataba de un grupo de niños participando de una cacería de insectos en medio de los arbustos. Eran como veinte linternas. No sólo las había carmesíes, rosas, violetas, verdes, celestes y amarillas, sino que alguna hasta brillaba con cinco colores al mismo tiempo. También había algunas rojas, de forma cuadrada, compradas en algún negocio. Pero la mayoría eran unas cuadradas y muy bellas que los propios niños habían fabricado con mucho amor y dedicación. Las linternas que se balanceaban, el grupo de niños en esa solitaria colina, ¿no componían acaso una escena digna de un cuento de hadas?

Cierta noche, uno de los niños de la vecindad había oído el canto de un insecto en esa colina. Se compró una linterna roja y volvió a la noche siguiente para buscarlo. A la siguiente, se le unió otro. Este nuevo compañero no podía comprarse una linterna, así que hizo cortes en el frente y la parte posterior de un cartón y, empapelándolo, colocó una vela en la base y le ató una cuerda en la parte superior. El grupo creció a cinco, y enseguida a siete. Aprendieron a colorear el papel que tensaban sobre el cartón ya cortado, y a dibujar sobre él. Luego estos sabios niños artistas, cortando de hojas de papel formas como redondeles, triángulos y rombos, y coloreando cada ventanita de un modo distinto, con círculos y diamantes rojos y verdes, lograron un diseño decorativo propio y completo. El niño de la linterna roja pronto la descartó por ser un objeto sin gusto que se podía comprar en cualquier negocio. El que se había fabricado la suya la desechó porque juzgó su diseño demasiado simple. Lo ideado la noche anterior resultaba insatisfactorio a la mañana siguiente. Cada día, con tarjetas, papel, pinceles, tijeras, navajas y cola, los niños hacían nuevas linternas que surgían de su mente y su corazón. ¡Mira la mía! ¡Que sea la más bella! Y cada noche salían a su cacería de insectos. Eran los niños y sus lindas linternas lo que estaba viendo ante mí.

Extasiado, me quedé dejando correr el tiempo. Las linternas cuadradas no sólo tenían diseños pasados de moda y formas de flores, sino que los nombres de los niños que las habían construido estaban calados en caracteres rectos de silabario. A diferencia de los pintados sobre las linternas rojas, otras (hechas con cartulina gruesa recortada) llevaban sus dibujos sobre el papel que cubría las ventanitas, de modo que la luz de la vela parecía emanar de la forma y el color del dibujo. Las linternas resaltaban las sombras de los arbustos. Y los niños se acuclillaban ansiosos en esa colina dondequiera que oyeran el canto de un insecto.

—¿Alguien quiere una langosta?

Un chico, que había estado escudriñando un arbusto a unos tres metros de los otros, se irguió de improviso para gritar esa frase.

—Sí, dámela.

Seis o siete niños se le acercaron corriendo. Se amontonaron detrás del que la había hallado, intentando espiar dentro de la mata de plantas. Restregándose las manos y estirando los brazos, el muchacho se quedó de pie, como custodiando el arbusto donde estaba el insecto. Balanceando la linterna con la mano derecha, volvió a convocar a los otros niños.

—¿Nadie quiere una langosta? ¡Una langosta!

—Yo la quiero.

Cuatro o cinco chicos más llegaron corriendo. Parecía que nadie podría haber cazado un insecto más precioso que una langosta. El muchacho gritó por tercera vez.

—¿Nadie más quiere una langosta?

Otros dos o tres se aproximaron.

—Sí, yo la quiero.

Era una niña, que se ubicó justo a espaldas del chico que había encontrado el insecto. Dándose vuelta graciosamente, éste se inclinó hacia ella. Pasó la linterna a su mano izquierda y metió la derecha en el arbusto.

—Es una langosta.

—Sí, la quiero tener.

El chico se puso de pie de un salto. Como si dijera "aquí lo tienes", extendió el puño que aferraba el insecto hacia la niña. Ella, deslizando su muñeca izquierda bajo la cuerda de la linterna, envolvió con sus dos manos el puño del muchacho. Él abrió con presteza su puño. Y el insecto quedó atrapado entre el pulgar y el índice de la niña.

—Oh, no es una langosta sino un grillo.

Los ojos de la niña brillaron al mirar el pequeño insecto castaño.

—Un grillo, un grillo.

Los niños repitieron como un coro codicioso.

—Un grillo, un grillo.

Clavando su inteligente y brillante mirada en el chico, la jovencita abrió la jaulita que llevaba a un costado y depositó en ella al grillo.

—Es un grillo.

—Oh, sí, es un grillo —murmuró el chico que lo había capturado. Sostuvo la jaulita a la altura de sus ojos y observó el interior. A la luz de su bella linterna multicolor, también sostenida a la misma altura, observó el rostro de la niña.

Oh, pensé, y tuve envidia del chico, y me sentí cohibido. ¡Qué tonto había sido yo al no comprender su acción! Y contuve la respiración. Había algo sobre el pecho de la niña, algo de lo que ni el niño que le había dado el grillo, ni ella que lo había aceptado, ni los niños que observaban se habían percatado.

¿Acaso en la débil luz verdosa que caía sobre el pecho de la niña, no se leía claramente el nombre "Fujio"? La linterna del chico, que colgaba al lado de la jaulita de la niña, inscribía su nombre, grabado con navaja en la verde apertura empapelada, sobre el blanco kimono de algodón de ella. La linterna de la niña, que pendía blandamente de su muñeca, no proyectaba su inscripción con tanta claridad, pero era posible distinguir, en una temblorosa mancha roja sobre la cintura del muchacho, el nombre "Kiyoko". De este azaroso juego entre el rojo y el verde —fuera azar o juego— ni Fujio ni Kiyoko estaban enterados.

Incluso si por siempre recordaran que Fujio le había dado el grillo y que Kiyoko lo había aceptado, ni siquiera en sueños llegarían a saber que sus nombres habían quedado inscriptos: en verde sobre el pecho de Kiyoko, en rojo en la cintura de Fujio.

¡Fujio! Cuando ya te hayas convertido en un hombre, ríe con placer ante el deleite de una muchacha, a quien le han dicho que se trata de una langosta, y recibe un grillo; y ríe también con cariño de su desilusión al recibir una langosta cuando le habían prometido un grillo.

Aun si tienes la astucia de buscar solo en un arbusto, alejado de los otros niños, debes saber que no abundan los grillos en este mundo. Probablemente encuentres una muchacha parecida a una langosta a quien veas como un grillo.

Aunque al final, a tu enturbiado y ofendido corazón hasta un verdadero grillo le parecerá una langosta. Y si llegara ese día, cuando te parezca que en el mundo sólo abundan las langostas, me apenará que no puedas recordar el juego de luces de esta noche, cuando tu nombre por efecto de tu bella linterna se ha inscripto en verde sobre el pecho de una jovencita.

El anillo (*Yubiwa*)
[1924]

Un pobre estudiante de derecho que llevaba unos trabajos de traducción fue a una posada de aguas termales en la montaña.

Tres geishas de ciudad hacían la siesta en el pequeño pabellón del bosque, con sus rostros cubiertos por redondas pantallas.

Él bajó por los escalones de piedra en el límite del bosque hacia el arroyo de montaña. Una gran roca dividía la corriente, y grupos de libélulas revoloteaban por aquí y por allí.

Una niña estaba desnuda en la tina que había sido cavada en una parte de la roca.

Calculando que tendría unos once o doce años, él no se fijó en ella al dejar su ropa en la orilla y se lanzó al agua caliente a los pies de la jovencita.

Ella, que parecía no tener nada que hacer, le sonrió y se irguió con cierta coquetería, como para atraerlo hacia su prometedor cuerpo sonrosado con el calor. Una segunda mirada reveladora le hizo darse cuenta de que era la hija de una geisha. Tenía una belleza enfermiza, en la que se podía presentir un futuro destinado a dar placer a los hombres. Sus ojos, sorprendidos, se dilataron como un abanico al apreciarla.

De pronto, manteniendo en alto su mano izquierda, la niña dio un grito.

—¡Ah! Olvidé quitármelo. Entré en el agua con él puesto.

Atraído a pesar de sí mismo, él observó su mano.

"Vaya mocosa." Más que sentirse molesto por estar pendiente de la niña, sintió un repentino y violento rechazo por ella.

Ella quería exhibir el anillo. Él ignoraba si había que quitarse o no los anillos al entrar en las aguas termales, pero estaba claro que la estratagema de la jovencita lo tenía atrapado.

Evidentemente, su cara había denotado su disgusto más claramente de lo que había pensado. La muchacha, ruborizada, jugueteaba con su anillo. Ocultando su propia puerilidad con una mueca, él dijo, como al pasar:

—Es un lindo anillo. Muéstramelo.

—Es de ópalo.

Feliz con la atención que se le concedía, ella se había acuclillado en el borde de la tina. Al perder un poco el equilibrio por tender la mano con el anillo, se apoyó con la otra en su hombro.

—¿Ópalo?

Impresionado por la precoz precisión con que había pronunciado la palabra, él la repetía.

—Sí, mi dedo es demasiado fino. Me hicieron el anillo especialmente de oro. Pero ahora dicen que la piedra queda demasiado grande.

Jugueteó con la pequeña mano de la niña. La piedra, gentil, luminosa, con color yema de huevo infiltrado de violeta, era bella en extremo. La jovencita, avanzando su cuerpo, cada vez más próximo, y escudriñando su rostro, parecía exaltada y satisfecha.

Para que él apreciara mejor el anillo, no le habría molestado en lo más mínimo que la tomara y la sentara, desnuda como estaba, sobre sus piernas.

Cabelleras (*Kami*)
[1924]

Una muchacha sintió la necesidad de arreglar su cabello.

Es algo que sucedió en una pequeña aldea en lo profundo de la montaña.

Cuando llegó a la casa de la peluquera, se sorprendió. Todas las muchachas de la aldea estaban agolpadas allí.

Esa noche, cuando las antes descuidadas cabelleras de las jóvenes lucían impecables con sus peinados con forma de durazno hendido, una compañía de soldados llegó a la aldea. Fueron distribuidos en las casas por el oficial de la aldea. En cada casa hubo un huésped. Tener huéspedes era algo tan raro, que tal vez por eso todas las muchachas habían decidido arreglar sus cabelleras.

Por supuesto, no sucedió nada entre las jóvenes y los soldados. A la mañana siguiente, la compañía dejó la aldea y cruzó la montaña.

Y la agotada peluquera decidió tomarse cuatro días de descanso. Con la placentera sensación que produce haber trabajado duro, la misma mañana que los soldados partieron, y cruzando la misma montaña, ella viajó sacudida en un carromato tirado por caballos para ir a ver a su hombre.

Cuando llegó a esa aldea ligeramente más grande al otro lado de la montaña, la peluquera del lugar le dijo:

—Qué bueno, has llegado en el momento exacto. Por favor, ayúdame un poco.

También allí las muchachas se habían congregado para componer sus cabelleras.

Al final de otro día de trabajar en peinados con forma de duraznos hendidos, ella se dirigió a la mina de plata donde trabajaba su hombre. Apenas lo vio, le dijo:

—Si fuera tras los soldados, me haría rica.

—¿Pisarles los talones a los soldados? No hagas bromas de mal gusto. Esos mequetrefes con sus uniformes de marrón amarillento. ¿Estás loca?

Y el hombre le dio una cachetada.

Con un dulce sentimiento, como si su exhausto cuerpo hubiera estado entumecido, la mujer le lanzó una mirada salvaje y penetrante a su hombre.

El nítido y potente toque de clarín de la compañía, que había cruzado la montaña y ahora bajaba en dirección a ellos, hizo eco en medio del crepúsculo que iba envolviendo la aldea.

Canarios (*Kanariya*)
[1924]

Señora:
Me veo obligado a romper mi promesa y una vez más le escribo una carta.

Ya no puedo tener conmigo por más tiempo los canarios que recibí de usted el año pasado. Era mi mujer la que siempre los cuidaba. Yo me limitaba a mirarlos, a pensar en usted cuando los observaba.

Fue usted quien dijo, ¿no fue así?: "Usted tiene una mujer y yo un marido. Dejemos de vernos. Si por lo menos usted no tuviera mujer. Le entrego estos canarios para que me recuerde. Obsérvelos. Ellos son ahora una pareja, pero el vendedor simplemente tomó un macho y una hembra al azar y los metió en una jaula. Los canarios en sí no tuvieron nada que ver. De todos modos, por favor recuérdeme a través de estos pájaros. Tal vez sea desagradable entregar criaturas vivas como recuerdo, pero nuestra memoria también está viva. Algún día los canarios se morirán. Y, cuando llegue el momento de que mueran nuestros mutuos recuerdos, dejémoslos morir".

Ahora los canarios parecen estar al borde de la muerte. La que los cuidaba ya no está. Un pintor como yo, negligente y pobre, es incapaz de hacerse cargo de estos frágiles pájaros. Lo diré claramente. Mi mujer se ocupaba de los pájaros, y ahora está muerta. Y como ella ha muerto, me pregunto si también los pájaros morirán. Y si así es, ¿era mi mujer la que me traía recuerdos de usted?

Hasta se me ocurrió dejarlos libres pero, desde la muerte de mi mujer, sus alas parecen haberse debilitado repentinamente. Además, estos pájaros no saben lo que es el cielo. Este par no tiene otra compañía en la ciudad ni en los bosques cercanos donde reunirse con otros. Y si acaso uno se fuera volando por su cuenta, morirían separados. En aquel entonces, usted *aseguró* que el hombre del negocio de mascotas simplemente había tomado un macho y una hembra al azar y los había metido en una jaula.

Y a propósito, no quiero vendérselos a un pajarero pues usted me los dio a mí. Y tampoco quiero regresárselos a usted, pues fue mi mujer la que los cuidaba. Por otra parte, estos pájaros —de los que probablemente ya se haya olvidado— serían una molestia para usted.

Lo diré de nuevo. Fue porque mi mujer estaba aquí que los pájaros han vivido hasta el día de hoy —sirviendo como recuerdo suyo. Por eso, señora, deseo que estos canarios la sigan a ella en la muerte. Mantener su memoria viva no fue lo único que hizo mi mujer. ¿Cómo pude amar a una mujer como usted? ¿No fue acaso porque mi mujer permaneció conmigo? Mi mujer me hizo olvidar todo el sufrimiento. Ella evitaba mirar la otra mitad de mi vida. Si ella no lo hubiera hecho, seguramente yo habría desviado mis ojos o habría desalentado mi mirada ante una mujer como usted.

Señora, ¿no es correcto, entonces, que mate a los canarios y los entierre en la tumba de mi mujer?

Ciudad portuaria (*Minato*)
[1924]

Esta ciudad portuaria es curiosa.

Respetables amas de casa y muchachas van a la posada, y durante todo el tiempo de permanencia de un huésped, alguna de ellas pasará toda la noche con él. Desde que se levante, en el almuerzo y las caminatas, ella estará a su lado. Parecerán una pareja en su luna de miel.

Sin embargo, cuando él le diga que quiere llevarla a una posada de aguas termales, la mujer ladeará la cabeza pensativa. Y si le propone alquilar una casa en la ciudad, ella, si es joven, le dirá casi feliz:

—Seré tu mujer. Pero si no es por mucho tiempo. A lo sumo por un año o seis meses.

Esa mañana, el hombre se apresuraba a empacar sus cosas para partir en barco. La mujer, mientras lo ayudaba, dijo:

—¿Escribirías una carta por mí?

—¿Ahora?

—Ya no soy tu mujer, así que no importa. Durante todo el tiempo que estuviste aquí, me mantuve a tu lado, ¿no fue así? No he hecho nada malo. Pero ahora ya no soy tu mujer.

—¿De veras es así?

Escribió la carta a un hombre por ella. Era, obviamente, un hombre que, como él, había pasado medio mes con la mujer en la posada.

—¿Me enviarías una carta también a mí, una mañana en que algún otro se embarque, cuando ya no seas su mujer?

Fotografía (*Shashin*)
[1924]

Un hombre feo —es duro decirlo, pero ciertamente fue por su fealdad que se convirtió en poeta—, bien, este poeta me dijo lo siguiente:

"Odio las fotografías, y muy rara vez se me ocurre sacarme una. La única vez fue hace cuatro o cinco años con una muchacha, con motivo de nuestro compromiso. Me era muy querida. No creía que una mujer como ella volviera a aparecer en mi vida. Ahora aquellas fotografías son mi único recuerdo hermoso.

"El año pasado, una revista me pidió una foto. Corté mi parte de una fotografía en la que aparecía con mi prometida y su hermana, y la mandé a la revista. Hace poco un reportero vino a pedirme otra fotografía. Dudé por un momento. Pero al final recorté por la mitad una donde estábamos mi novia y yo, y se la entregué al reportero. Le pedí que me la devolviera, pero no creo que lo haga. De todos modos no tiene importancia.

"Dije que no tiene importancia, pero la verdad es que me sobresalté al ver la mitad de la foto donde mi prometida había quedado sola. ¿Era la misma muchacha? Déjeme contarle sobre ella. La muchacha de la foto era bella y encantadora. Tenía diecisiete años y estaba enamorada. Pero cuando miré la foto que tenía en mis manos —la fotografía de la muchacha separada de mí— me di cuenta de lo insulsa que era. Y hasta ese momento había sido la más bella fotografía que yo hubiese visto...

En un instante desperté de un largo sueño. Mi precioso tesoro se había desmoronado. Y entonces…"

El poeta bajó todavía más la voz.

"Si ve mi foto en el diario, ella también pensará lo mismo. Y se sentirá mortificada por haber amado a un hombre como yo. Bueno, ésa es la historia. Pero me pregunto, ¿y si el diario difundiera la foto de los dos juntos, tal como fue tomada, volvería ella a mí creyéndome un hombre espléndido?"

La flor blanca (*Shiroi hana*)
[1924]

Los casamientos entre parientes consanguíneos se habían sucedido a lo largo de generaciones hasta que la familia de la muchacha fue siendo diezmada por la tuberculosis. También ella era demasiado estrecha de hombros. Seguramente al abrazarla los hombres se sobresaltarían.

Una mujer bien intencionada le dijo una vez:

—Ten cuidado al casarte. No debe ser alguien demasiado fuerte. Un hombre con aspecto delicado, sin enfermedades y de aspecto agradable, sería muy adecuado… Eso sí, que no tenga antecedentes de enfermedades pulmonares. Alguien con buenos modales, que no beba, y que sonría mucho.

La muchacha, sin embargo, disfrutaba imaginando los brazos de un hombre fuerte, brazos vigorosos que le harían crujir las costillas cuando la envolvieran. Si bien su rostro se mostraba relajado, ella se comportaba de un modo desesperado, como si al cerrar los ojos, dejara flotar su cuerpo en medio del océano de la vida, arrastrado adonde fuera por la marea. Esto le daba un aire enamoradizo.

Le llegó una carta de su primo. "Mi pecho finalmente me está dando problemas. Sólo puedo decirte que se ha cumplido el destino al que ya me había resignado. Estoy tranquilo. Pero hay algo que me acongoja. ¿Por qué, cuando yo estaba sano todavía, no te pedí que me permitieras besarte? Por favor no dejes que tus labios se contaminen con este germen."

Corrió ella a casa de su primo. Y pronto la enviaron a un sanatorio cerca de la playa.

Un doctor joven la cuidaba como si fuera su única paciente. Le llevaba todos los días su reposera de tela, como si se tratara de una cuna, hasta el borde del acantilado. Allí, donde el bosquecillo de bambúes brillaba al sol.

Era el amanecer.

—Se ha recuperado usted por completo, realmente por completo. Cuánto he esperado este día —el doctor la levantó de la reposera que había sido ubicada sobre las rocas—. Su vida se levanta de nuevo como ese sol. ¿Cómo es que los barcos en el mar no izan velas de color rosa por usted? Espero que me perdone. Esperaba este día con dos corazones —el del doctor que la ha curado, y el de mi otro ser. ¡Cómo aguardaba este momento! Qué doloroso no poder desprenderme de mi conciencia de médico. Usted se encuentra perfectamente bien. Su cuerpo puede ser desde ahora el instrumento de sus emociones. ¿Por qué no se tiñe de rosa todo el océano por nosotros?

Embargada de gratitud, la muchacha miró al doctor. Y luego dirigió sus ojos al mar y esperó.

Pero de pronto se asustó al darse cuenta de que no tenía noción de la pureza. Desde pequeña había previsto su muerte, de modo que no creía en el tiempo, y tampoco en la continuidad del tiempo. Y por eso le resultaba imposible ser pura.

—Cuántas veces contemplé su cuerpo de un modo emocional. Pero también de un modo racional. Para mí, como doctor, su cuerpo era un laboratorio.

—¿Cómo?

—Un bello laboratorio. Y si la medicina no me hubiera reclamado desde los cielos, mis emociones la habrían matado.

Ella empezó a sentir aborrecimiento por el doctor, y se cerró la ropa, dando a entender que deseaba evitar su mirada.

Un joven novelista que era paciente en el mismo hospital habló con ella.

—Debemos felicitarnos mutuamente. Abandonamos el hospital el mismo día.

Ambos subieron a un automóvil en la entrada y cruzaron un pinar.

El novelista pasó el brazo alrededor de los hombros de la mujer. Y ella empezó a reclinarse contra él como si fuera un objeto ligero, que caía sin poder detenerse.

Los dos iniciaron un viaje.

—Es el rosa de un amanecer, el tuyo y el mío. Qué extraño es tener dos mañanas en este mundo al mismo tiempo. Las dos mañanas se harán una. Es bueno. Escribiré un libro que se llamará *Dos mañanas*.

Ella miró al novelista con alegría.

—Mira. Es un boceto que hice de ti en el hospital. Aunque tú y yo muramos, viviremos en mi novela. Pero ahora hay dos mañanas, la transparente belleza de cualidades que no lo son en absoluto. Tú das una belleza semejante a una fragancia, algo que no se puede ver con los ojos desnudos, como el polen que perfuma los campos de primavera. Mi novela ha encontrado un alma bella. ¿Cómo la escribiré? Pon tu alma en la palma de mi mano, como si fuera una bola de cristal. Yo la bosquejaré con palabras.

—¿Cómo?

—Con un material tan bello; si yo no fuera un novelista, mi pasión no te habría dejado vivir hasta un futuro tan remoto.

Y ella empezó a sentir aborrecimiento por el novelista. Se enderezó para evitar su mirada.

Se sentó sola en su habitación. Su primo había muerto hacía poco tiempo.

"Rosa, rosa."

Mientas escudriñaba su piel blanca que se había vuelto diáfana, recordó la palabra "rosa" y sonrió.

"Si algún hombre me galanteara con una sola palabra…", y sonríe, asintiendo con la cabeza, al imaginar que consentiría.

El episodio del rostro de la muerta
(*Shinigao no dekigoto*)
[1925]

—Por favor, pase a verla. Así ha quedado ella. Cuánto deseaba verlo una vez más.

La suegra le hablaba mientras lo conducía a la habitación. Todos los que rodeaban el lecho de su esposa se volvieron hacia él al mismo tiempo.

—Por favor, obsérvela.

La mujer volvió a hablar al empezar a retirar la tela que cubría el rostro de su esposa.

Entonces, de improviso y espontáneamente, dijo:

—Sólo por unos instantes, ¿podría quedarme a solas con ella? ¿Podrían abandonar ustedes la habitación por un momento?

Sus palabras despertaron simpatía en la familia de su mujer. Se retiraron en silencio, y cerraron la puerta corrediza.

Él quitó la tela blanca.

El rostro de su mujer estaba rígido, con una expresión de sufrimiento. Las mejillas se habían hundido y sus descoloridos dientes sobresalían entre los labios. La piel de los párpados estaba ajada y colgaba sobre los globos de los ojos. Una tensión evidente había impreso el dolor en su frente.

Se sentó por un momento, observando ese desagradable rostro muerto.

Entonces, colocó sus manos temblorosas sobre los labios de su mujer e intentó cerrarle la boca. Hizo un esfuerzo para que los labios se cerraran, pero seguían lánguidamente abiertos cuando retiró sus manos. Volvió a cerrarle la boca, pero nuevamente se abrió. Hizo lo mismo una y otra vez, con el único resultado de que las duras líneas alrededor de la boca empezaron a suavizarse.

En ese momento sintió una creciente intensidad en las yemas de sus dedos. Y le restregó la frente para borrar esa expresión de dolorosa ansiedad. Sus palmas quedaron enrojecidas. Una vez más se sentó en silencio observando el rostro renovado gracias a todas esas manipulaciones.

La madre y la hermana menor de su esposa entraron.

—Seguramente estará agotado del viaje en tren. Por favor coma algo y descanse… ¡Oh!

Las mejillas de la madre quedaron bañadas en lágrimas súbitas.

—El espíritu humano es algo que asusta. Ella no podía morir del todo hasta que usted regresara. Es tan extraño. Todo lo que usted hizo fue dirigirle una mirada y su rostro se ha relajado… Está bien. Ahora ella está bien.

La hermana menor de su mujer, con sus ojos bellos y límpidos, que no parecían de este mundo, lo observó y vio sus ojos extraviados. Entonces, también ella se hundió en llanto.

Vidrio (*Garasu*)
[1925]

Su novia de quince años, Yoko, había regresado a la casa sin color en las mejillas.

—Me duele la cabeza. Vi algo muy triste.

En la fábrica de botellas de *sake,* un joven obrero había escupido sangre y sufrido graves quemaduras al caer inconsciente. Y ella había visto cómo sucedía todo.

También su novio conocía la fábrica. Como se trabajaba en un ambiente tórrido, las ventanas estaban abiertas durante casi todo el año. Siempre había dos o tres transeúntes parados frente a ellas. En esa calle el agua no corría y quedaba estancada con el brillo del aceite, como una cloaca decadente.

En el interior húmedo, donde no entraba el sol, los obreros blandían bolas de fuego en la punta de largas varas. El sudor les corría por las camisas y las caras, tan empapadas como la ropa. Las bolas de fuego en las puntas de las varas se estrechaban hasta tomar la forma de una botella. Las metían en agua, y luego las levantaban por un momento para quebrarlas con un chasquido. Entonces un muchacho las tomaría con tenazas para llevarlas corriendo encorvado hasta el horno. A los diez minutos, quienes se hubieran detenido a mirar por las ventanas sentían la cabeza áspera y solidificada como un fragmento de vidrio, sugestionados por la excitación, el ruido y desplazamiento de las bolas de fuego.

Mientras Yoko espiaba, un muchacho que cargaba una

botella lanzó un escupitajo de sangre espesa y cayó exhausto al suelo, tapándose la boca con las manos. Golpeado en un hombro por la bola de fuego, abrió la boca manchada de sangre y gritó como si fuera a partirse en dos. Se levantó de un salto, corrió dando vueltas y cayó al piso.

—Cuidado, idiota.

Le echaron agua sobre el hombro. El joven obrero estaba inconsciente.

—Estoy segura de que no tiene dinero para el hospital. Quiero visitarlo —le dijo a su novio.

—Ve entonces, pero has de saber que no es el único obrero que merece compasión.

—Gracias, pero me sentiré bien si lo hago.

Veinte días después, el joven obrero fue a agradecer a la muchacha su visita. Pidió hablar con la "joven señorita", y Yoko salió hasta la entrada. El muchacho estaba en el jardín. Al verla, se detuvo cerca del umbral e inclinó la cabeza.

—¿Está usted mejor?

—¿Cómo? —El pálido joven parecía asustado.

Yoko tuvo que contener el llanto.

—¿Su quemadura se ha curado?

—Sí —y el muchacho empezó a desabotonarse la camisa.

—No es necesario.

Yoko corrió a la habitación donde estaba su novio. Y éste le dio unas monedas.

—Dáselas.

—No quiero volver. Que se las entregue la criada.

Diez años más tarde.

El hombre leyó un cuento titulado "Vidrio" en una revista literaria. Describía ese vecindario. El agua que no corría, con el aceite flotando brillante. Un infierno con bolas de fuego que se desplazaban. Escupitajos de sangre. Una quemadura. El favor de una muchacha burguesa.

—Eh, Yoko, Yoko.

—¿Qué pasa?

—Una vez viste desmayarse a un joven en una fábrica de vidrio, y luego le diste dinero, ¿no te acuerdas? Eras estudiante del primero o segundo año del colegio secundario.

—Sí, así fue.

—Ese muchacho es ahora un escritor, y ha narrado todo eso.

—¿Qué? Déjame ver.

Yoko le arrebató la revista. Pero, mientras leía por encima de su hombro, él ya estaba arrepentido de habérsela mostrado.

Se contaba cómo más tarde el joven había ido a trabajar a una fábrica de floreros. Allí había demostrado gran talento para el diseño del color y la forma de los floreros, por lo que no tenía que forzar su cuerpo enfermo tan duramente. Contaba también que le había enviado a la joven el más hermoso florero que había diseñado.

"Durante cuatro o cinco años" —ése era el quid de la historia— "hice sin cesar floreros inspirado en la muchacha burguesa. ¿Fue mi humilde experiencia de trabajo la que había despertado mi conciencia de clase social? ¿O fue acaso el amor por la muchacha burguesa la causa? Habría sido más conveniente escupir sangre entonces, haber escupido hasta desangrarme y morir. El favor de un enemigo obsesionante. La humillación. Hace mucho tiempo, la hija de un guerrero, cuyo castillo había sido tomado, fue salvada por la piedad del enemigo; sin embargo, padeció el destino de convertirse en la concubina del hombre que había matado a su padre. El primer favor debido a la jovencita fue que ella salvó mi vida. El segundo, que ella me dio la oportunidad de buscar un nuevo trabajo. Pero vean qué tipo de nuevo trabajo: ¿para qué clase hacía yo floreros? Me había convertido en la concubina de mi enemigo. Me daba cuenta de lo encantadora que podía ser esa jovencita, entendía por qué me sentía bendecido por ella. Pero, así como un hombre no puede caminar en cuatro patas como un león, yo era incapaz de borrar el sueño por la jovencita. Imaginaba que la casa de mi enemiga se quemaba, y podía oír sus lamentos porque el bello florero se hacía trizas en su delicada habitación. Imaginaba la belleza de la muchacha destruida. Y aunque estaba en la primera línea del frente de batalla de las clases, era a la larga, apenas una hojuela de vidrio. Una simple protuberancia de vidrio. Aun hoy, en estos tiempos modernos, ¿hay alguien entre nosotros que no sienta el vidrio en su espalda? Primero, debemos hacer que nuestros enemigos rompan el vidrio sobre nuestras espaldas. Si nos desvanecemos con el vidrio, no hay nada que hacer, pero si nos vemos aliviados de nuestra carga, bailaremos y seguiremos con la lucha."

Una vez que terminó de leer la historia, Yoko parecía considerar algo a la distancia.

—Me preguntaba de dónde habría venido ese florero.

Él nunca la había visto con una expresión tan humilde.

—Y pensar que yo era una niña entonces.

Él palideció.

—Es cierto. Ya sea que luches contra otra clase o que asumas la pertenencia a una clase y luches por tu cuenta, ante todo, debes admitir que pronto acabarás destruido como individuo.

Era raro. Nunca en todos esos años había percibido

él en su esposa el encanto y la frescura que tenía la niña de la historia.

¿Cómo había podido captar eso un encorvado, pálido y enfermo granuja?

La estatua de Jizo dedicada a O-shin
(*O-Shin Jizo*)
[1925]

En el jardín trasero de la posada de aguas termales, había un castaño. Una estatua de Jizo[1] el guardián de los niños, colocada en honor de la señora O Shin, estaba bajo el árbol.

De acuerdo con las crónicas locales, O-Shin había muerto el quinto año de Meiji, a los sesenta y tres años. Tras la muerte de su marido cuando ella tenía veinticuatro, no había vuelto a casarse, pero se entregaba sin excepción a todos los hombres jóvenes de la aldea. O-Shin les daba a todos el mismo recibimiento. Y ellos, estableciendo un orden de visita, la habían compartido. Cuando un joven alcanzaba cierta edad, lo aceptaban en el grupo de coposesores de O-shin. Si se casara, se vería obligado a apartarse de su compañía. Gracias a O-Shin, los hombres jóvenes no tenían que cruzar la montaña en busca de mujeres de la ciudad portuaria, y las vírgenes de la montaña permanecían así, las esposas eran fieles. Del mismo modo que los hombres del valle tenían que cruzar el puente colgante para llegar a sus aldeas, así los jóvenes de ésta se hacían adultos frecuentando a O-Shin.

Al huésped, la leyenda le pareció hermosa. Sintió anhelo por O-Shin. Pero la estatua no se parecía a ella.

---

[1] Uno de los bodhisattvas más populares de Japón, protector de los niños.

Tenía la cabeza tonsurada como un monje, y apenas se distinguían los ojos y la nariz. Tal vez alguien había recogido un viejo Jizo caído en algún cementerio y lo había llevado allí.

Más allá del castaño había una casa de placer. Los huéspedes de la posada que se escabullían hacia allí le daban un golpecito a la calva de Jizo cada vez que pasaban.

Un día de verano, el huésped estaba sentado con otros tres o cuatro que sorbían hielo picado. Probó un bocado pero frunció el entrecejo, e inmediatamente lo escupió.

—¿No tiene buen sabor? —preguntó una de las criadas.

El hombre apuntó al burdel que estaba pasando el castaño.

—Probablemente lo han traído de allí.

—Sí.

—Alguna de las mujeres habrá picado el hielo, y es impuro.

—¡Qué dice! La propia señora lo preparó. La vi cuando lo hacía.

—Pero otras habrán lavado los vasos y las cucharas.

Haciendo a un lado el vaso como si fuera a lanzarlo, escupió.

A su regreso de la visita a las cascadas, detuvo un carruaje tirado por caballos. Al subir, se estremeció. Había una muchacha de inusual belleza. Cuanto más la miraba, más sentía a la mujer en ella. Los frescos y cálidos deseos del burdel, impregnados en el cuerpo de la niña desde que era una criatura de tres años, debían de haber empapado su carne con la humedad del amor. En ninguna parte de las suaves curvas de su cuerpo había algo que desagradara al ojo. Hasta la planta de sus pies era delicada. Su rostro liso, en el que los negros ojos sobrecogían, le daba un aire ausente, fresco, infatigable. Su piel suave y satinada —uno adivinaba con un vistazo a la tez de sus mejillas la calidad de la piel de su pies— hacía crecer el deseo de verla caminar descalza. Era como un lecho mullido y sin conciencia. Una mujer que había nacido para hacer olvidar sus escrúpulos a los hombres.

Excitado con la visión de sus rodillas, se dio vuelta para mirar hacia el distante Monte Fuji, que flotaba sobre el valle. Instantes después, al alternar la mirada entre la montaña y la jovencita, empezó a padecer la belleza de la pasión carnal.

Acompañada por una anciana campesina, la joven bajó en el mismo lugar que él. Cruzó el puente colgante y descendió al valle. Entró en la casa que estaba más allá del castaño. Estaba sorprendido, pero colmado de una estética plenitud ante el destino de la jovencita.

"Esta mujer, no importa los hombres que conozca, nunca se hastiará o se volverá disoluta. Nacida como prostituta, al contrario de las demás prostitutas del mundo, nunca perderá el brillo de su piel y de sus ojos, nunca perderá la nitidez de su mentón, de sus pechos ni de su vientre."

Se emocionó y lagrimeó ante la alegría de haber encontrado a una persona sagrada. Había visto la sombra de O-Shin, eso pensó.

En otoño, tras una espera impaciente por la inauguración de la temporada de caza, volvió a la posada de la montaña.

Los huéspedes habían salido al jardín trasero. El cocinero estaba golpeando las ramas del castaño con un palo. Los frutos, con sus tonos otoñales, caían al suelo. Las mujeres los recogían y los pelaban.

—Bueno, déjenme probar mi puntería.

Tomando el rifle del estuche, apuntó a la cima de la copa. Antes de que el disparo hiciera eco en el valle, cayeron los frutos del castaño. Las mujeres dieron gritos de alegría y el perro de caza de la posada respondió con saltos a los tiros de la escopeta.

Miró más allá del árbol. La muchacha caminaba hacia él. Aunque su delicada piel todavía se lucía, había una palidez encubierta. Miró interrogante a la mujer que estaba a su lado.

—Ha estado enferma, debió guardar cama durante mucho tiempo.

Sintió una triste desilusión con eso que se llama pasión carnal. Confuso e indignado accionó el gatillo varias veces seguidas. Los disparos alteraron la calma otoñal de la montaña. Llovieron cantidades de castañas.

El perro corrió hacia los frutos y, ladrando juguetón, bajó la cabeza y estiró las patas delanteras. Pisoteando alegremente los gajos con frutos, volvió a ladrar para diversión del grupo. La pálida muchacha dijo:

—Las castañas tienen que padecer hasta con las patas del perro.

Este comentario provocó una carcajada general entre las mujeres. Él sintió cómo el cielo de otoño se abovedaba sobre todos los presentes. Otro disparo.

Y como una gota en medio de ese chaparrón de notas marrones, una castaña cayó exactamente sobre la calva de la estatua de Jizo dedicada a O-Shin. Y se hizo añicos. Las mujeres se desternillaron de risa y luego lanzaron gritos de triunfo.

La roca resbaladiza (*Suberi iwa*)
[1925]

Con su mujer y su hijo, había ido a la posada de aguas termales en la montaña. Aguas famosas porque, según decían, favorecían la fertilidad. Extraordinariamente calientes y sin duda buenas para las mujeres. Haciendo caso a una superstición, las bañistas se valían de un pino y una roca cercanos para que les fueran concedidos niños.

Mientras lo atendía un barbero con cara de pepino sazonado con sedimentos de limo, él aprovechó para preguntarle por el pino. (Al registrar esta historia, debo tener cuidado en preservar la buena fama de las mujeres.)

—Cuando yo era niño, iba a menudo a espiar a las mujeres. Me levantaba antes del alba para ver cómo se ataban en el pino. Como sea, las que deseaban hijos se volvían locas.

—¿Todavía se las puede ver haciendo eso?

—Bueno, al árbol lo cortaron hace diez años. Era un gran árbol, y con su madera levantaron dos casas.

—Pero, ¿quién lo abatió? Quien lo haya hecho fue un atrevido.

—La verdad, la orden vino de un oficial de la prefectura. Lo cierto es que los buenos viejos tiempos ya no volverán.

Antes de la cena, tomó un baño con su mujer en la Gran Cascada, llamada así pues tenía fama de favorecer a las mujeres, y por eso la consideraban la joya del establecimiento. Los bañistas acostumbraban lavarse primero dentro de la posada, y luego descender por los escalones de piedra hasta esa Gran Cascada. Por tres lados, estaba cerrada con tablas en forma de tina de baño. La parte superior, en cambio, era roca pura. Sobre el lado abierto, alterando la forma de tina, se levantaba una enorme roca del alto de un elefante. Su negra superficie lustrosa, humedecida con las aguas termales, era tersa y resbaladiza. Como aseguraban que si uno deseaba tener hijos debía deslizarse desde la punta de esa roca hasta la cascada, se la conocía como la Roca Resbaladiza.

Cada vez que levantaba la vista hacia la Roca Resbaladiza, pensaba: "Este monstruo se mofa de los hombres. La gente que se cree obligada a tener hijos, los que creen que dejándose deslizar por esta roca tendrán hijos, todos están siendo burlados por su gigantesca y legamosa superficie".

Y se permitió sonreír amargamente frente a la negra extensión, lisa como un muro.

—Roca, si pudieras modificar la anticuada cabeza de mi esposa y darle un chapuzón en la cascada, me darías una grata sorpresa.

En las aguas, donde había sólo matrimonios con niños, su mujer le producía un efecto ligeramente extraño. Recordaba que la mayor parte del tiempo se olvidaba de ella.

Una mujer peinada al modo moderno, con las orejas tapadas, empezó a bajar los escalones, desnuda. Se quitó unas peinetas españolas y las colocó en el borde.

—Qué linda es mi niña —dijo ella, y la vio sumergirse en las aguas. Cuando emergió, su cabello mojado lucía como una peonia a la que le hubieran arrancado los pétalos y que conservara sólo un pistilo.

Se ponía tremendamente tímido cuando una mujer que no fuera la suya llegaba a bañarse con su marido, mucho más lo estuvo ante una tan joven. Obligado a compararla con su esposa, se vio abrumado por un odio a sí mismo que lo hundió en una sucesión de sentimientos vacíos.

"Habría abatido este pino y me habría construido una casa yo mismo. 'He aquí a mi esposa, éste es mi hijo'. ¿No se resume en estas palabras toda esta superchería, roca?"

A su lado, su mujer, enrojecida por el calor del agua, estaba inmóvil y con los ojos cerrados.

Un haz de luz amarillenta iluminó el lugar. El vapor ascendía como una blanca neblina.

—Eh, muchacho. Ya se encendieron las luces. ¿Cuántas son?

—Dos.

—¿Dos? Una en el techo y otra en el fondo. Qué fuertes son, muchacho. Voy a sumergirme.

La mujer con el peinado que ocultaba las orejas le guiñó un ojo a su hijita.

—¡Qué inteligente que es mi niñita!

Esa noche, él mandó a su esposa y a su hijo a acostarse primero y escribió más de diez cartas.

En el vestuario de la posada, se quedó de pie pasmado. Lo que parecía una rana blanca se colgaba de la Roca Resbaladiza. Cabeza abajo, soltaba sus manos. Daba una patada con sus pies y se deslizaba por la roca. El agua canturreaba con un tono receloso. Ella volvía dando brazadas a la roca y se adhería a su superficie. Era esa mujer, ahora con las orejas cubiertas con una toalla firmemente arrollada como un turbante; la misma mujer que había visto esa tarde en el agua.

Con su cinto en una mano, corrió escaleras arriba

—la última noche, silenciosa— a trancos por los escalones otoñales.

"Esa mujer va a matar a mi hijo esta noche."

Su esposa estaba dormida, con el cabello desparramado sobre la almohada, abrazada al niño.

"Roca, hasta una mujer que cree en tu estúpida superstición puede asustarme de este modo. Tal vez mi propia superstición —que ésta sea mi mujer y éste mi hijo— sin que yo lo sepa, esté provocándoles un estremecimiento de terror a cientos o tal vez miles de personas. ¿No es así, roca?"

Sintió un repentino e intenso afecto por su esposa. Tironeando de su mano, la despertó.

—Eh, vamos, despierta.

Gracias (*Arigato*)
[1925]

Sería un buen año para los caquis. El otoño en las montañas era hermoso.

La ciudad portuaria estaba en la punta meridional de la península. El chofer del ómnibus bajó del primer piso de la terminal a la sala de espera, donde se sucedían humildes puestos de venta de golosinas. Su uniforme amarillo tenía un cuello púrpura. Ahí adelante estaba estacionado el gran ómnibus rojo con una bandera púrpura.

La madre de la niña se puso de pie, apretando el papel de una bolsa con caramelos, y se dirigió al chofer que se arreglaba los cordones de los zapatos.

—¿Así que hoy es su turno? Si es usted quien la lleva hasta allá, hay que agradecerlo, seguramente va a tener suerte. Es una señal de que algo bueno va a suceder.

El chofer miró a la muchacha que estaba al lado de la mujer y guardó silencio.

—No podemos seguir aplazando esto para siempre... Además, el invierno está casi sobre nosotros. Sería una pena enviarla con el frío. Si de todos modos debemos hacerlo, me parece que es conveniente hacerlo con este tiempo todavía agradable. Y he decidido acompañarla hasta allí.

El chofer asintió sin decir palabra, caminó con el aplomo de un soldado hasta el ómnibus, para acomodar el almohadón del asiento.

—Por favor, tome asiento aquí adelante, señora. No hay tanto traqueteo. Tienen un largo viaje por delante.

La mujer iba a una aldea por donde pasaba el ferrocarril, y que quedaba a sesenta kilómetros al norte, para vender a su hija.

Sacudida a lo largo del camino de montaña, la jovencita clavaba los ojos en la espalda del chofer que estaba justo delante de ella. El amarillo del uniforme colmaba su visión como si fuera un mundo en sí mismo. Las montañas que iban apareciendo se partían y pasaban de un hombro a otro del hombre. El ómnibus atravesó dos pasos muy elevados.

Se cruzó con un carro tirado por caballos, y éste se hizo a un costado.

—Gracias.

La voz del chofer era clara cuando saludaba con una agradable inclinación de cabeza, como un pájaro carpintero.

El ómnibus se encontró con una carreta llena de trastos que también se corrió con sus caballos y le cedió el paso.

—Gracias

Un carretón.

—Gracias.

Un *rickshaw*.

—Gracias.

Un caballo.

—Gracias.

Si bien el chofer ya se había cruzado con treinta vehículos en diez minutos, nunca dejaba de ser cortés. Y aunque tuviera que manejar durante cientos de kilómetros, nunca descuidaba su conducta y era como un cedro bien erguido, simple y natural.

Habían partido a eso de las tres. El chofer había te-

nido que encender las luces a mitad de camino. Pero cada vez que se encontraba con un caballo, las apagaba.
—Gracias.
—Gracias.
—Gracias.
Durante todo el trayecto, fue el chofer con mejor reputación entre los conductores de carretas, carretones y los jinetes.

Cuando el ómnibus llegó a la plaza de la aldea en medio de la oscuridad, la muchachita empezó a temblar y se sintió mareada, como si le flotaran las piernas. Se aferró a su madre.
—Un momento —le dijo ésta a su hija y corrió tras el chofer para implorarle—. Mi hija dice que lo quiere. Se lo pido, se lo ruego con mis dos manos en oración. Mañana ella será juguete de un hombre cualquiera, por eso… Si hasta una muchacha de buena posición de la ciudad… con sólo viajar unos kilómetros con usted…

A la mañana siguiente, al amanecer, el chofer dejó la modesta pensión y cruzó la plaza con apostura de soldado. La madre y la hija corrieron tras él. El ómnibus rojo, con su bandera púrpura, salió del garaje y quedó a la espera del primer tren.
La jovencita subió primero y acarició el asiento de cuero negro del chofer mientras se mordía los labios. La madre se defendía del frío cerrando el cuello de su kimono.
—Y ahora debo llevarla de nuevo a casa. Esta mañana ella lloró, usted me increpó… Compadecerme de ella ha sido un error. Voy a llevarla a casa, ¿bien? Pero sólo hasta la primavera. Sería una pena enviarla ahora que va a iniciarse la temporada de frío. Puedo arreglar-

me. Pero cuando el tiempo mejore, ya no podré tenerla en casa.

El primer tren le lanzó tres pasajeros al ómnibus.

El chofer acomodó su almohadón. Los ojos de la muchachita se fijaron en la cálida espalda que tenían ante sí. La brisa matinal del otoño se deslizaba sobre esos hombros.

El ómnibus quedó enfrentado a un carro tirado por caballos. Y éste se hizo a un lado.

—Gracias.

Un carretón.

—Gracias.

Un caballo.

—Gracias.

—Gracias.

—Gracias.

—Gracias.

El chofer regresaba, lleno de gratitud, cruzando los sesenta kilómetros de montañas y campos hasta la ciudad portuaria en el extremo meridional de la península.

Era un buen año para los caquis. El otoño en la montaña era bello.

60

La ladrona de bayas (*Gumi nusutto*)
[1925]

El viento susurra
Sopla en otoño.

En su camino de regreso de la escuela, una niña canturrea por el sendero de montaña. El árbol de laca luce sus colores otoñales. En el primer piso de la deteriorada posada, las ventanas están abiertas de par en par sin hacer caso del viento. Desde la calle se ven las espaldas de algunos jornaleros que apuestan en medio de un gran silencio.

El cartero, acuclillado en la galería, intenta meter su dedo gordo en su averiado y gastado calzado con suela de goma. Espera que la mujer que ha recibido un paquete vuelva a salir.

—¿Es ese kimono, no?

—Sí.

—Ya me parecía que era el momento de que usted recibiera su ropa de otoño.

—Basta ya. Como si usted supiera todo lo que hay que saber sobre mí.

La mujer se ha cambiado por el nuevo kimono forrado que llegó envuelto con papel encerado. Al sentarse en el suelo de la galería, alisa las arrugas de su falda.

—Lo que sucede es que leo todas las cartas que usted recibe y todas las que envía.

—¿Usted cree que diría la verdad en algo como una carta? No en este negocio.

—Yo no soy así. No hago un negocio de las mentiras.

—¿Hay carta para mí hoy?
—No.
—¿Ni cartas sin estampillas?
—No, se lo diré en persona.
—¿Por qué me mira de ese modo? Le he hecho ahorrar un montón de dinero. Cuando sea jefe de correos, puede inventar un reglamento para que las cartas de amor no necesiten estampillas. Pero por ahora, no puede. Escribirme esas dulzonas cartas como dulce de porotos rancio, y luego enviarlas sin estampillas porque es usted el cartero. Pague la multa. Quiero el costo de esas estampillas. Me hace falta dinero.
—No hable en voz tan alta.
—En cuanto me pague.
—Creo que no tengo otra salida.

El cartero toma una moneda de plata de su bolsillo y la lanza en el pórtico. Luego, tras arrastrar hacia sí su cartera de cuero por la correa, se pone de pie y se despereza.

Uno de los jornaleros, en ropa interior, baja a los tumbos por la escalera. Con una expresión inquisitiva, como la que tendría Dios, un Dios adormecido, cansado de su creación humana, dice:

—Oí el golpe de una moneda. Démela, hermana. Usted me debe cincuenta *sen*[1].

—No puedo. Es el dinero para mis golosinas.

Y recogiéndola hábilmente, la mujer se mete la moneda dentro de la faja.

Un niño pasa haciendo rodar un aro de metal que produce un sonido otoñal.

---

[1] Un céntimo de un *yen*.

La hija del carbonero baja la montaña con una bolsa de carbón a la espalda. Como Momotaro[2] en el cuento al volver de su triunfo en la Isla de los Diablos, carga también una gran rama con bayas sobre un hombro. Las bayas color carmesí están en su exacto punto de madurez, y lucen como un ramo de corales al que le hubieran nacido hojas verdes.

Con su bolsa y su rama, va a ver al doctor para agradecerle su visita.

—¿Bastará con este carbón? —le había preguntado, al salir de la choza, a su padre, que estaba enfermo en cama.

—Dile que no tenemos nada más para darle.

—Si fuera del carbón preparado por usted, padre, no habría problema. Pero me da vergüenza llevarle del que yo misma quemé. ¿Deberíamos esperar a que usted se mejore?

—Recoge algunos caquis en la montaña.

—Así lo haré.

Pero antes de que se diera la oportunidad de robar algunos caquis, la niña llegó a un lugar con arrozales. El vivo rojo de las bayas en la colina borró de sus ojos la tristeza de verse obligada a robar. Estiró la mano hacia una de las ramas, y ésta se inclinó sin quebrarse. Con ambas manos, la bajó hasta poder colgarse de ella. Y entonces, de pronto, la pesada rama se desprendió del tronco y la hizo caer de espaldas.

Muy sonriente, y metiéndose sin pausa bayas en la boca, la jovencita llega a la aldea. Siente la lengua áspera y arrugada. Algunas estudiantes van de regreso a sus casas.

—Danos. Danos unas.

Con una sonrisa resplandeciente, la niña ofrece la

---

[2] Héroe de una leyenda que vence a los ogros con ayuda de un perro, un faisán y un mono.

rama de coral, y las cinco o seis niñas arrancan racimos encarnados.

La jovencita entra en la aldea. La mujer está en la galería de la posada.

—Qué hermosura. ¿Son bayas? ¿A dónde vas con ellas?

—A lo del doctor.

—¿Era tu familia la que le envió un palanquín el otro día? Son más tentadoras que los caramelos de poroto rojo. ¿Me das una?

La jovencita extiende la rama. Cuando ésta llega al regazo de la mujer, la suelta.

—¿Está bien que me la quede?

—Sí.

—¿Toda la rama?

—Sí.

El recién estrenado kimono de seda forrado había impresionado sobremanera a la niña. Ruborizada, se va corriendo.

La rama de bayas, que es más que el doble de su regazo, provoca admiración a la mujer. Se mete una en la boca. La exquisita agrura le recuerda a su aldea. Ni su madre, que le ha enviado el kimono, está ahora allí.

Un muchachito pasa haciendo rodar un aro de metal que suena a otoño.

La mujer toma la moneda de plata de su faja, cubierta por la rama de bayas coralinas, la envuelve en un pedacito de papel y en silencio permanece sentada esperando que vuelva a pasar la hija del carbonero.

En su camino de regreso, una pequeña estudiante canta por el sendero de la montaña.

El viento susurra
Sopla en otoño.

Zapatos de verano (*Natsu no kutsu*)
[1926]

Cuatro o cinco mujeres en un carruaje tirado por caballos comentaban, un tanto adormecidas, lo bueno que era ese invierno para las naranjas. El caballo trotaba, sacudiendo su cola como si con ella quisiera barrer todas las gaviotas que revoloteaban sobre el mar.

El conductor, Kanzo, amaba a ese caballo. El suyo era el único carro que se veía por ese camino capaz de llevar hasta ocho pasajeros. Y le gustaba que fuera el más limpio y lindo de todos. Cuando llegaban a una colina, siempre se bajaba de su asiento para ayudar al caballo. Se sentía íntimamente orgulloso por su agilidad para bajarse de un salto y volver a subir. Y cuando estaba en el pescante, por la manera en que el carruaje se balanceaba se daba cuenta al instante si había niños colgados de la parte posterior. Rápidamente se bajaba y les daba unos buenos coscorrones. Por eso, ese carruaje era el que más llamaba la atención de los niños, pero también el que más temor les causaba.

Pero hoy no había podido atrapar a nadie por más que lo había intentado. Simplemente le resultaba imposible agarrar a los descarados pillos que se balanceaban como monos en la parte posterior. Generalmente, saltaba sigiloso como un gato, dejaba que el carruaje siguiera su camino, y lograba darles coscorrones a los muchachos, para rematar diciendo con orgullo: "cabezas huecas".

Se bajó nuevamente. Era la tercera vez que lo hacía. Una niña de unos doce o trece años se escapaba, con las mejillas enrojecidas. Los ojos brillantes mientras los hombros se agitaban con la respiración. Vestía de rosa, y las medias se le habían deslizado hasta los tobillos. Iba descalza. Kanzo le lanzó una mirada feroz. Ella se quedó mirando a lo lejos, hacia el mar. Y después volvió a correr tras el carruaje.

Kanzo, con un chasquido de lengua, volvió al pescante. No estaba acostumbrado a una belleza tan aristocrática como la de esa niña. Imaginando que ella habría llegado hasta allí para alojarse en alguna de las casas de veraneo de la costa, Kanzo se calmó, aunque se sentía humillado por no haberla apresado a pesar de sus tres intentos. La muchachita había viajado colgada más de un kilómetro. Y tan fastidiado estaba Kanzo que hasta se valió del látigo para apurar a su amado caballo.

El carruaje entró en un pueblito. Kanzo hizo sonar su corneta, y el caballo entró al galope. Al darse vuelta, vio que la muchacha venía corriendo, con el cabello suelto sobre los hombros y con una media colgando de una mano.

Por un momento pareció que iba a alcanzar al carruaje. Y cuando Kanzo miró por el espejito que estaba detrás del pescante, tuvo la impresión de que estaba agachada en la parte de atrás. Pero al bajar por cuarta vez, la vio caminando a cierta distancia.

—¿A dónde vas?

Ella bajó la mirada. Permanecía callada.

—¿Piensas ir colgada todo el camino hasta el puerto?

Ella seguía muda.

—¿Vas al puerto?

La niña asintió con la cabeza.

—Mira tus pies. ¿No ves que están sangrando? ¿Eres tonta o qué?

Kanzo frunció el ceño, como solía hacer.

—Te llevaré. Sube. Es mucho esfuerzo para el caballo que viajes colgada en la parte posterior, así que sube. Vamos, no quiero que la gente diga que soy un necio.

Le abrió la puerta.

Cuando echó una mirada desde su asiento, vio que la muchachita estaba sentada inmóvil, sin siquiera haber intentado liberar el ruedo de su vestido, que había quedado apresado por la puerta. Su firmeza inicial se había apagado y, callada y tímida, estaba con la cabeza baja.

Un kilómetro más adelante llegaron al puerto, y en el camino de regreso, la misma jovencita repentinamente apareció salida de vaya a saber dónde, y empezó a seguir el carruaje. Kanzo sumisamente le abrió la puerta.

—Señor, no me gusta viajar allí dentro. No quiero viajar en el carruaje.

—Mira tus pies ensangrentados. Tu media está empapada en sangre.

Cinco kilómetros más adelante, el traqueteante carruaje volvió a pasar por la aldea del principio.

—Señor, déjeme bajar aquí, por favor.

Kanzo miró al costado y vio un par de zapatos que destellaban con su blancura sobre el pasto seco.

—¿También en invierno calzas zapatos blancos?

—Es que vine aquí en verano.

La niña se puso los zapatos y, sin mirar atrás, como una garza blanca en vuelo, se encaminó hacia el reformatorio que estaba en lo alto de la colina.

Punto de vista de niño
(*Kodomo no tachiba*)
[1926]

La madre del joven era realmente lerda.

—Mi madre me está forzando a casarme, pero ya hay alguien a quien me prometí.

Así Tazuko pedía consejo. Y parecía que la mujer había entendido que ese enamorado al que ella se había prometido era su hijo. Sin embargo, la mujer hablaba con ligereza, como si eso no fuera de su incumbencia.

—No debes dejarte confundir. ¿Por qué? Puedes dejar tu casa y casarte por amor. Te lo digo por mi experiencia. Yo también me vi en tu mismo problema, pero elegí el camino equivocado y he sido infeliz durante treinta años. Creo que he arruinado mi vida.

Erróneamente Tazuko creyó que contaba con una aliada que aprobaba el amor entre ellos. Se ruborizó al decir:

—Entonces, señora, ¿usted desea que su Ichiro se case eligiendo libremente?

—Por supuesto.

Tazuko regresó a su casa muy animada.

El muchacho, que había estado escuchando a escondidas, siguió el hilo del razonamiento. Y le escribió una carta para liberarla de su promesa. "Cásate con quien te obligan." Pero, es claro, no pudo escribir esto que sigue: "Y asegúrate de dar a luz un niño bonito como yo".

Suicidio por amor (*Shinju*)
[1926]

Le llegó una carta de su marido. Habían pasado dos años desde que él le había tomado aversión y la había abandonado. La carta venía de una región lejana.

"No permitas que la niña rebote la pelota de goma. El ruido llega hasta aquí. Y me afecta el corazón."

Ella le quitó la pelota de goma a su hija de nueve años.

Una nueva carta llegó desde otra oficina postal.

"No mandes a la niña con zapatos a la escuela. El ruido llega hasta aquí. Y pisotea mi corazón."

En lugar de zapatos, le dio a su hija blandas sandalias de fieltro. La niña lloró y no quiso ir más a la escuela.

Llegó otra carta de su marido. Había sido despachada sólo un mes después de la anterior, pero repentinamente la caligrafía parecía la de un hombre viejo.

"No dejes que la niña coma en un tazón de porcelana. El ruido llega hasta mí. Y mi corazón se quiebra."

La mujer le dio de comer a la niña en la boca con sus propios palitos, como si tuviera tres años. Y recordó el momento en que en verdad tenía tres años y su marido pasaba días dichosos a su lado. La niña fue a la vitrina por su cuenta y tomó su tazón. La mujer rápidamente se lo arrancó y lo estrelló contra una roca en el jardín: el ruido que resquebrajaba el corazón de su marido. De pronto la mujer levantó las cejas. Y arrojó su propio tazón contra la roca. ¿No era éste el ruido que hacía el corazón de su marido al quebrarse? La mujer arrojó la pequeña mesa en la que cenaban en el jardín. ¿Qué pasaba con ese ruido? Lanzó su propio cuerpo contra la pared y golpeó con sus puños. Se tiró como una lanza contra las puertas de papel y cayó del otro lado. Y con ese ruido, ¿qué pasaba?

—Mamá, mamá, mamá.

La niña corrió hacia ella, llorando, y la mujer la abofeteó. ¡Escuchen este ruido!

Como un eco de ese sonido, llegó otra carta. Había sido despachada de otra oficina postal en otra lejana región.

"No hagas el menor ruido. No abras o cierres puertas ni deslices las puertas de papel. No respires. Ambas ni siquiera deben permitir que los relojes en la casa hagan tictac."

"Ustedes dos, ustedes dos, ustedes dos." Las lágrimas corrían mientras la mujer susurraba estas palabras. Entonces ambas dejaron de hacer todo ruido. Dejaron por toda la eternidad de hacer el menor ruido. En otras palabras, la madre y la hija murieron.

Y, curiosamente, el marido, acostado al lado de ellas, también murió.

Las súplicas de la doncella
(*Shojo no inori*)
[1926]

—¿La viste?
—La vi.
—¿La viste?
—La vi.

Los aldeanos, llegados de las montañas y los campos, se reunieron en medio del camino con expresión de intranquilidad. Ya era bastante extraño que tantos hubieran mirado hacia la misma dirección en el mismo instante, como si lo hubieran combinado, aunque estaban entregados a su trabajo, diseminados por montañas y campos. Y todos decían que habían sentido el mismo escalofrío.

La aldea estaba en un valle redondo, y en el centro del valle había una pequeña colina. Una corriente se deslizaba por el valle alrededor de la colina. En lo alto de ésta se encontraba el cementerio.

Mirando desde diferentes lugares, los aldeanos decían que habían visto cómo una lápida se despeñaba por la colina como lo haría un duende blanco. Si los testigos sólo hubieran sido una o dos personas, habría sido algo risible, como si a sus ojos les hubieran hecho una jugarreta, pero era imposible que tantas personas tuvieran la misma alucinación al mismo tiempo. Me uní a un grupo de exaltados, y fui a inspeccionar la colina.

Ante todo, buscamos en cada metro cuadrado de la base y las laderas, pero no había ninguna lápida. Después subimos y revisamos cada tumba, pero todas las piedras estaban de pie y mudas. Los aldeanos volvieron a mirarse unos a otros con inquietud.

—Lo viste, ¿no?
—Sí.
—Lo viste, ¿no?
—Sí.

Repitiendo estas preguntas, bajaron, como escapando del cementerio. Estaban convencidos de que era un mal presagio para la aldea. Sin duda una maldición de Dios, el demonio o los muertos. Decidieron orar para expulsar al espíritu vengativo y purificar el cementerio.

Reunieron a las jóvenes vírgenes. Luego, antes de que se pusiera el sol, custodiando a un grupo de quince o dieciséis doncellas subieron por la colina. Por supuesto, yo me había unido al grupo.

Una vez que las doncellas estuvieron alineadas en medio del cementerio, un viejo canoso se paró ante ellas y dijo solemnemente:

—Puras doncellas, rían hasta que les duela el vientre. Rían, rían, rían de eso que amedrenta a nuestra aldea, y expúlsenlo.

Luego el viejo empezó a reírse muy fuerte para dirigir el coro.

Al unísono las saludables doncellas montañesas se largaron a reír.

—Ja, ja, ja.

Trastornado por la potencia, me uní a esa risa que sacudía el valle, y sumé también mi voz:

—Ja, ja.

Uno de los aldeanos le prendió fuego al pasto seco del cementerio. Las muchachas se sostenían el vientre y reían mientras agitaban sus cabelleras y se revolcaban salvajemente por el suelo; cerca de ellas, las llamas se agitaban como lenguas de demonios. Cuando se secaron las lágrimas que la risa había provocado, los ojos de las muchachas adquirieron un brillo salvaje. Si tormentas de risa como ésa se acoplaran a los temporales de la naturaleza, los seres humanos serían capaces de destruir la Tierra. Las muchachas danzaron locamente, mostrando sus blancas dentaduras como lo harían las bestias. ¡Qué danza extraña y salvaje fue ésa!

Cuando reían con toda su fuerza los corazones de los aldeanos brillaban tanto como el sol. De pronto dejé de reír y me arrodillé ante una de las lápidas, iluminada por el fuego que quemaba el pasto.

—Dios, soy puro.

Pero las risas eran tan fuertes que no pude oír mi propia voz en mi corazón. Los aldeanos rieron a coro con las doncellas hasta que toda la colina quedó envuelta en oleadas de risa.

—Ja, ja, ja.

A una joven se le cayó una peineta. La pisaron y se quebró. En la faja suelta de una muchacha otra quedó enrollada, perdió el equilibrio y cayó, mientras las llamas seguían agitándose. Hasta el final.

Casi invierno (*Fuyu chikashi*)
[1926]

Estaba jugando al go con el monje del templo de la montaña.
—¿Qué sucede con usted? Lo noto flojo hoy, como si fuera otro —dijo el monje.
—Cuando llega el invierno, tiemblo como una brizna de hierba. No sirvo para nada.
Se sentía completamente derrotado, incapaz hasta de devolverle la mirada a su adversario.
La noche anterior, como de costumbre, en el sector independiente de la posada de aguas termales, mientras oían el sonido de las hojas que caían con el viento, él y ella habían hablado.
—Cuando mis pies empiezan a helarse, cada año siento añoranza de mi hogar. Sólo pienso en mi hogar.
—Cuando se acerca el invierno, me siento indigno de ti. Indigno de toda mujer. Y este pensamiento se intensifica.
Pero la verdad es que sus palabras no alcanzaban a sus corazones. Intentando una explicación, él agregó:
—Cuando se acerca el invierno, comprendo el sentimiento que tiene la gente cuando le ruega a Dios. No es humildad sino debilidad. Si pudiera concentrar todos mis pensamientos en un único Dios y, con gratitud, recibir mi pan diario, creo que me sentiría feliz. Me contentaría con un tazón de arroz hecho papilla.
Pero la verdad es que todos los días se daban un ban-

quete. Lo que no podían era abandonar estas aguas termales. Si todo hubiera resultado como lo planeado, habrían alquilado durante el verano la casa que ella había perdido cuatro o cinco años atrás. Pero, seis meses antes, sin medir las consecuencias, habían huido a este lugar y se habían refugiado como fugitivos. Las amables personas de la posada, sin decir nada, les habían permitido quedarse en el sector independiente que tenía una habitación. Sin ninguna perspectiva de hacer dinero, no podían abandonarlo. Durante ese tiempo, él se hartó de eso llamado esperanza. Habían llegado a compartir un fatalismo acerca de todo.

—¿Qué le parece otra partida? Voy a encender el fuego del fogón.

Mientras pensaba "ahora sí", el monje abruptamente arrojó un piedra en una de las esquinas del tablero, justo bajo su nariz. Este monje rudo estaba complacido por llegar al rincón de su oponente. Lo hostigaba. Perdiendo de repente el interés, el huésped sintió que la energía lo abandonaba.

—¿Soñó usted anoche con un movimiento de defensa? Mi movida es el Destino.

Pero el adversario del monje lanzó con descuido su piedra en el tablero, y el monje lanzó una carcajada.

—Tonto, haber atacado al enemigo con una destreza tan prematura.

El sector del huésped en el tablero estaba ignominiosamente invadido. Hacia el final de su ataque, el monje calculó una y otra vez la iniciativa. Cuando intentaba arrastrarlo por el tablero, de pronto se apagó la luz.

El monje rió y gritó:

—Estoy espantado. Ha superado al propio fundador. Su poder oculto me ha avergonzado. No es usted ningún tonto. Estoy espantado. Realmente lo estoy.

El monje se levantó en busca de una vela. El repentino apagón provocó la hilaridad de su adversario que rió abiertamente por primera vez en esa noche.

Expresiones como "¿Soñaste con esta jugada anoche?" o "Tonto" eran habituales entre ellos cada vez que jugaban al go. Venían de la leyenda sobre el fundador del templo, una leyenda que el monje contaba.

El templo había sido edificado en el período Tokugawa. El fundador había sido un samurai. Su hijo era retrasado mental. El jefe del clan había ridiculizado al niño. Tras matar a su superior, el samurai dio muerte a su propio hijo y huyó. Mientras se ocultaba en las aguas de esta remota montaña, tuvo un sueño. En el sueño, estaba sentado meditando bajo la cascada, a dos kilómetros de las aguas termales, en lo alto de la montaña. El hijo de su superior aparecía para tomar venganza y le hacía un corte en diagonal desde el hombro izquierdo con un solo toque de su espada.

Al despertar, el samurai se vio bañado en sudor frío. Qué sueño tan extraño, pensó. Por algún motivo, nunca se había quedado bajo la cascada. Aunque era inverosímil que se quedara allí, quieto, viendo el blanco destello de la espada de su mortal enemigo. Y más inverosímil que él, que se enorgullecía de ser el espadachín que era, aunque su método difiriera del enseñado por el instructor del clan, fuera cortado de un solo toque por el hijo del jefe, en un ataque por sorpresa. Pero, justamente por ser tan increíble, el sueño lo inquietó. ¿Era ése su destino? Había sido algo fatídico haber tenido un hijo idiota. ¿Sería también el destino ser abatido por una espada bajo la cascada? ¿No le estaba siendo anticipado su futuro con este sueño? ¿No era eso una revelación profética? Y de algún modo, el sueño lo atrajo hacia la cascada.

"Bien, lucharé contra mi destino. Lo disolveré."

Empezó a ir a la cascada a diario. Allí, sentado bien derecho sobre una roca bajo torrentes de agua, tenía sueños despierto. Tuvo la visión de una hoja desnuda y destellante que se hundía en su hombro izquierdo. Tenía que escapar de lo que su visión le revelaba. La espada de ese sueño debía errar el golpe en su hombro e incrustarse en la roca. Un día, cuando ya su concentración espiritual se había prolongado por casi un mes, la destellante espada de la visión pasó rozando su hombro y dio contra la roca. Dando saltos, ensayó una pequeña danza jubilosa.

Es claro que lo sucedido en la realidad había sido exactamente anticipado por la visión. Aun cuando el hijo del jefe vociferó su reto y lo injurió tachándolo de cobarde, el samurai siguió sentado meditando, con los ojos cerrados, jugando en el límite del desprendimiento. Estaba entregado al sonido de la cascada. Con sus ojos firmemente cerrados, de pronto tuvo la visión de la espada. El hijo del jefe bajó la espada con toda su fuerza, ésta dio contra la roca, y sus manos quedaron entumecidas. Entonces el samurai abrió sus ojos.

—Tonto, ¿acaso crees que por estudiar los movimientos con la espada eres capaz de matar a los dioses del cielo y de la tierra? Para evitar el poder de tu espada, procuré a los espíritus del cielo y de la tierra. Al comulgar con el espíritu celeste, me desvié de la espada del destino por unos centímetros.

—Tonto.

Después de contar la historia, el monje generalmente se mofaba de él mientras se sostenía la panza de la risa.

Esta vez el monje regresó con una vela, pero el invitado se retiraba. Colocando la vela dentro de una linterna de papel, el monje lo acompañó hasta la entrada principal del templo. Una brillante, fría luna presidía la noche. No se veía una luz ni en la montaña ni en los campos.

Observando las montañas, el visitante dijo:

—El verdadero encanto de una noche de luna es algo que ya no comprendemos. Sólo los hombres de antaño, cuando no había luces, podían entender su misterio.

—Sin duda.

El monje también se entregó a la contemplación de las montañas.

—En estos días, cuando subo a la montaña, escucho los bramidos de los ciervos llamándose. Es la temporada de celo.

"¿Y mi compañera?" se dijo mientras bajaba por la escalinata de piedra. "Seguramente está acostada sobre la colcha, como de costumbre, con la cabeza sobre un codo."

Esas últimas noches, la criada tendía muy temprano las camas. Pero él no se acostaba. Era muy trabajoso acurrucarse bajo la colcha. Tendiéndose sobre el acolchado, prefería plegar sus pies dentro de la falda de su kimono acolchado y descansar la cabeza sobre un codo. En cierta forma, ese hábito suyo se había transferido a ella. Y entonces, cada noche, tirados del mismo modo sobre los lechos, allí estaban, con las caras vueltas hacia direcciones opuestas.

Ahora la figura de la mujer, una vez que cruzó la entrada del templo, vino flotando como una visión del destino. ¿Era él el único que no podía lograr que el destino se hiciera a un lado?

—Levántate y quédate sentada bien derecha —le ordenó en su corazón. La linterna empezó a sacudirse salvajemente en su mano.

Y el frío de la noche, que iba haciéndose invernal, bañó sus párpados.

El arreglo de bodas de los gorriones
(*Suzume no baishaku*)
[1926]

Largamente acostumbrado a una vida de indulgente soledad, empezó a anhelar la belleza de darse a los otros. La nobleza de la palabra "sacrificio" se le hizo clara. Empezó a sentir satisfacción con el sentimiento de su propia pequeñez, como una simple semilla cuyo propósito fuera llevar desde el pasado al futuro la vida de esa especie llamada humanidad. Incluso llegó a simpatizar con la idea de que la especie humana, junto con varios tipos de minerales y plantas, no era sino un pequeño pilar que sostenía un vasto organismo a la deriva en el cosmos; y con la convicción de que no era más preciosa que otros animales y plantas.

—Muy bien. —Su prima mayor hizo girar una moneda de plata sobre el espejo. Luego, cubriéndola con la palma de su mano, lo miró con una expresión seria. Él estaba lánguido, con una mirada melancólica dirigida a esa blanca mano. Entonces dijo con vivacidad:

—Cruz.

—¿Cruz? Mira que debes decidirlo de antemano. Si sale cruz, ¿te casarás con ella?

—Digamos que sí.

—Oh, es cara.

—¿En serio?

—¿Qué respuesta tan tonta es ésa?

Su prima se echó a reír. Arrojando la fotografía de la muchacha, se puso de pie y salió de la habitación. Era una mujer que se reía con facilidad. Su voz clara y risueña se prolongó por un largo rato. En todos los hombres de la casa, eso provocaba una curiosa envidia auditiva.

Tomó la fotografía y observó a la muchacha. Sería conveniente casarse con ella, pensó. Si era capaz de ese grado de afecto, habría varias muchachas en Japón que, confiando su destino a hermanos mayores o padres, estarían dispuestas a casarse con él. Era algo hermoso, se dijo. Lo que era desagradable era él, perdido por haber despertado a una trivial autoconciencia.

—Si lo piensas bien, elegir novia es como jugar a la lotería. Se puede decidir tirando una moneda al aire.

Cuando su prima dijo eso, le sonó divertido confiar su destino a una moneda de plata bajo la palma de su blanca mano. Pero, al darse cuenta de que sólo lo decía en broma, desvió su mirada hacia el lago en miniatura que estaba en el borde de la galería.

Si hay otra joven que deba ser mi esposa, muéstrame su rostro reflejado en el agua, le rogó al lago. Estaba convencido de que era posible ver a través del tiempo y del espacio. Por eso era un solitario.

Al mirar con intensidad la superficie del agua, una piedrita negra puntiaguda, lanzada por Dios, apareció en picada ante su vista. Un par de gorriones apareados cayó del techo. Agitaron sus alas en el agua, se separaron y volaron en direcciones opuestas. Interpretó ese chispazo como un reflejo divino.

—Así que es así —murmuró.

Las ondas se expandieron y luego volvieron a la calma. Miró otra vez fijamente el lago. Su corazón se convirtió en un espejo, como lo era la tersa superficie del agua. De improviso, un gorrión solo se reflejó nítidamente. Cantaba. El contenido de su canto era:

"Tú, que estás perdido, seguramente no me creerás

si te muestro la imagen de la mujer que será tu esposa en este mundo. Y por eso te voy a mostrar la imagen de tu esposa en tu próxima vida."

Él le contestó al gorrión:

—Gracias, pequeña ave, volveré a nacer como gorrión y me casaré contigo en mi próxima vida, de modo que ahora lo haré con esta muchacha. Alguien que ha visto su destino en su próxima vida no estará perdido en este mundo. Mi adorable, preciosa mujer de mi próxima existencia ha arreglado un casamiento para mí en ésta.

Y entonces, con un sentimiento de racional bienvenida hacia la muchacha de la fotografía, sintió la grandeza de Dios.

El incidente con el sombrero
(*Boshi jiken*)
[1926]

Era verano. Cada mañana los lotos del estanque Shinobazu de Ueno se abrían con un estallido maravilloso.

El incidente que aquí se narra tuvo lugar en el puente que cruza el estanque, la noche dedicada a la observación de la luna.

La multitud que había acudido a disfrutar del fresco se apretujaba contra la baranda del puente. Soplaba una brisa del sur. Mientras las leves cortinas de los negocios de venta de hielo colgaban inmóviles en la ciudad, una delicada brisa corría aquí, haciendo del reflejo de la luna en el agua un pez con escamas doradas. Pero todavía no lograba perturbar a las hojas de loto.

Los paseantes que habitualmente se acercaban en busca del fresco nocturno conocían el recorrido de la brisa. Puntualmente cruzaban el puente, pasaban por sobre la baranda metálica, y se quedaban parados en el borde. Se descalzaban, colocaban los zuecos de madera uno al lado del otro y se sentaban sobre ellos. Luego se quitaban los sombreros y los sostenían sobre las rodillas o los dejaban a un costado.

Los carteles luminosos se esparcían hacia el sur del puente: HOTAN, BLUTOSE, PÍLDORAS UTSU PARA EL CORAZÓN, DENTÍFRICO LEÓN[1].

---

[1] Texto de carteles publicitarios para productos farmacéuticos.

Unos paseantes, con aspecto de artesanos, estaban conversando.

—Hotan tiene el cartel de neón más grande. Es una compañía bastante antigua.

—Es el mayor establecimiento por estos lugares, ¿no?

—Últimamente, hasta Hotan anda mal en los negocios, ¿no es así?

—Sí, pero en ese tipo de medicamento, Hotan es el mejor, sin duda.

—¿Sí?

—Claro. Jintan[2] sólo vende porque hace mucha publicidad.

—¡Maldición! —gritó un hombre joven que estaba a unos dos o tres lugares de distancia, al tiempo que se asía del borde del puente y miraba hacia abajo. Un sombrero de paja flotaba en el estanque.

Los paseantes que lo rodeaban contuvieron la risa. El hombre a quien se le había caído enrojeció e inició su retirada.

—Eh, usted. —se oyó una voz decidida. El hombre que lo llamaba tomó al otro por la manga. —¿Por qué no lo recoge? No cuesta nada.

El hombre quedó desconcertado. Miró alrededor y forzó una tímida sonrisa.

—No tiene importancia. Me puedo comprar otro. Después de todo, tal vez sea lo mejor.

—¿Por qué? —El hombre delgado preguntó en un tono extrañamente mordaz.

—No sé que le sorprende. Es un sombrero viejo, del año pasado, y es momento de comprar otro. Y además, está todo mojado. La paja, cuando se moja, se estropea.

---

[2] Pequeñas píldoras empleadas como desodorante bucal.

—¿Y no convendría entonces recuperarlo antes que se arruine?

—No podría por más que lo intentara. No se preocupe.

—Usted puede. Si se aferra con las dos manos del borde y se cuelga, puede alcanzarlo con su pie.

Y el hombre delgado asomó su trasero sobre el estanque como si quisiera mostrarle al otro cómo actuar.

—Yo lo sostengo de una mano.

La gente rió ante la postura del hombre delgado. Tres o cuatro se levantaron y se acercaron, y le dijeron al hombre que había perdido su sombrero:

—Es mejor que lo recoja. No ganamos nada con un estanque tocado con un sombrero.

—Es cierto. Un sombrero tan pequeño para un estanque tan grande. Tirar margaritas a los cerdos y sombreros al agua. Usted debe recuperarlo.

El hombre que había perdido su sombrero empezó a mostrar su hostilidad hacia la multitud que lo cercaba.

—No vale la pena recogerlo.

—Inténtelo. Si para usted no es bueno, lo puede regalar a algún mendigo.

—Ojalá hubiera caído sobre la cabeza de un mendigo.

El hombre delgado estaba muy serio entre la muchedumbre de jocosos.

—Si sigue perdiendo tiempo, se irá flotando.

Se tomó de una barra de la baranda con una mano y estiró la otra hacia el agua.

—Sosténgase con esta mano.

—¿Se supone que debo recuperarlo?

El hombre que había perdido su sombrero hablaba como éste si no le perteneciera.

—Es su deber.

—Bien. —El hombre se descalzó y se preparó. —Sosténgame con fuerza.

Los mirones fueron tomados por sorpresa, de modo que las risas se apagaron repentinamente.

Tomándose de la mano del hombre delgado con su derecha y colocando la izquierda en el borde del puente, el hombre bajó las piernas usando como guía uno de los pilotes del puente. A continuación dejó colgando uno de sus pies hasta tocar el agua. Así llegó a la copa del sombrero con un pie, y luego con los dedos logró aferrar el ala. Levantó el hombro derecho, se apoyó sobre el codo izquierdo en el borde, y empezó a hacer fuerza con su mano derecha.

En ese momento, cayó al estanque. El hombre delgado, que lo estaba sosteniendo, lo había soltado repentinamente.

—Se cayó.

—Se cayó.

Los mirones gritaban al unísono buscando una mejor ubicación para ver, cuando todos ellos fueron empujados desde atrás y lanzados también al estanque. La risa aguda y clara del hombre delgado podía distinguirse sobre el alboroto. Se iba corriendo por el puente como un perro negro para perderse en la oscuridad de la ciudad.

—¡Se escapa!

—¡Maldición!

—¿Era un carterista?

—¿Un loco?

—¿Un detective?

¡Es el *tengu*[3] del monte Ueno!

—¡Es el *kappa*[4] del estanque Shinobazu!

---

[3] Monstruo fabuloso de larga nariz.
[4] Monstruo de cabeza chata y patas palmeadas.

La felicidad de una persona
(*Hitori no kofuku*)
[1926]

Querida hermana mayor:

Hace mucho que no te escribo. Espero que te encuentres bien de salud. En Kii también debe de hacer mucho frío en esta época del año. Aquí, todos los días baja a más de veinte grados bajo cero. Las ventanas de la casa están cubiertas de hielo. Yo estoy bien de salud, pero se me abren grietas en las manos y tengo llagas en los pies. Hasta caminar se hace difícil. Pero era de imaginar. Cada mañana me levanto a las cinco y preparo el arroz, caliento el agua, y hago la sopa de *miso*[1]. El desayuno es a las seis. Cuando terminamos de desayunar, limpio todo, siempre con agua helada. La escuela empieza a las nueve, pero todos los días hasta las ocho y media hago la faena doméstica. Lo más pesado es limpiar la casa por dentro y por fuera, y el baño. Para esto, también tengo que usar agua.

La escuela termina a las dos y media o a las tres. Pero si no estoy de vuelta a las tres cuando termina a las dos y media, o a las tres y media cuando termina a las tres, me regañan durante la cena. Cuando llego, tengo que hacer primero el trabajo doméstico y después desbastar leña para el agua del baño del día siguiente. A veces nieva tanto que no puedo ver a más de unos centímetros. Mis manos están entumecidas, y mis pies tan

---

[1] Pasta de poroto fermentado.

fríos que duelen. Y se me mete nieve dentro del escote. Cuando veo que mana sangre caliente de las llagas de los pies, me pongo a llorar. Cuando termino, tengo que empezar con la cena. La tengo lista a las cinco. Limpio todo y me dedico a cuidar a Saburo hasta que se duerme. No me queda un minuto para estudiar.

Después, el domingo tengo que lavar mis camisas y mis pantalones y todo, y a veces las medias y guantes del padre, todo con agua fría. En el tiempo que queda, tengo que cuidar a Saburo. Días tras día es lo mismo. El dinero que necesito para los útiles de la escuela lo obtengo después de ser reprendido veinte veces, pero hay un montón de cosas que me faltan, así que también recibo reprimendas de los maestros. Últimamente mis calificaciones están bajas, y tengo la sensación de que mi salud también se ha debilitado.

Este Año Nuevo, otra vez, no hice otra cosa que el trabajo doméstico durante todo el día como cada día. Los padres comieron mucho de sus platos favoritos, pero durante los tres días de festejo lo único que me dieron fue una mandarina. No necesito contarte cómo es el resto del tiempo. Algo sucedió el segundo día. Sólo porque se quemó un poco el arroz, recibí un golpe en la cabeza tan fuerte que habría curvado un par de tenazas para carbón. Hasta el día de hoy me duele terriblemente la cabeza.

Cuando recuerdo cómo el demonio de mi padre me separó, cuando tenía seis años, del Abuelo y la Abuela antes de que yo pudiera entender qué sucedía, y me trajo a este fría Manchuria donde ya he pasado diez años de amargura, me pregunto por qué he nacido para ser una criatura tan desafortunada. Todos los días me golpean con un palo, como harían con un animal. Y me pegan con una larga caña, aun cuando no creo haber hecho nada malo.

Todo lo que escuches de mi madre son mentiras que dice para disimular. Pero, dentro de un mes me habré graduado y voy a irme de esta horrible casa para marchar a Osaka. Trabajaré como cadete de oficina de día y estudiaré todo lo que pueda en una escuela nocturna.

Por favor ten salud y fuerza, Kachiko. Y exprésales mi amor al Abuelo y la Abuela en Kumano. Adiós.

Mientras leía esta carta, que le había sacado a Kachiko, ella permaneció sentada y absolutamente callada.

—¿Obligan a un niño a hacer estos trabajos?

—Creo que incluso obligar a un hombre a hacer estos trabajos…

—… que incluso un hombre tenga que hacer estos trabajos —dijo él tras ella. Toda su simpatía se manifestó en sus palabras—. Cuando estabas en Manchuria, ¿tu vida era así?

—Era peor todavía.

Por primera vez, él entendió los sentimientos de Kachiko cuando, siendo una niña de trece años, vino por su cuenta desde Manchuria a Kii. Hasta ahora, ante el valor de la niña sólo había sentido sorpresa.

—¿Qué quieres hacer?

—Voy a poner a mi hermano en la escuela. No importa lo que pase. Voy a ponerlo en la escuela.

—Entonces debes enviarle dinero para el viaje y decirle que venga ya.

—Ahora no conviene. Podría llegar a tomar el tren, pero lo capturarían en alguna de las estaciones a lo largo del trayecto. O lo atraparían cuando tome el transbordador. Mi padre planea vender a mi hermano cuando termine la escuela esta primavera. A mí también me amenazaba con eso todos los días. "Voy a venderte, voy a venderte." Pensé en enviar dinero al lugar donde mi hermano sea vendido y comprarlo.

—Eso no me parece una buena idea. Si fuera en algún lugar de Manchuria, ¿cómo harías para saber dónde lo vendieron y qué está haciendo?

—No hay otra solución. Si lo capturan en el camino y lo llevan de vuelta, hasta podrían matarlo.

Kachiko tenía la vista clavada en el piso. Desde hacía un año, lo había atendido en el curso de su enfermedad. Él había empezado a sentir que no podía separarse de ella. Todos decían que si él, un hombre casado, llegara a amar a Kachiko más de lo que ya lo hacía, la llevaría a la desventura, pero no hacía caso. Aun si eso significara desventura, no había remedio. En esas circunstancias había llegado la carta del hermano menor. La carta le heló las mejillas. ¿Cómo se atrevería a agregar más dolor a esa niña, que había escapado de una vida en un lugar lejano con una infancia todavía más cruel que la de su hermanito? Hizo un alto en sus sentimientos. Ahora ya estaba convaleciente.

Tomó una decisión. Iría a Manchuria y le quitaría el niño a la madrastra. Y lo mandaría a la escuela.

Estaba feliz. Si ayudara al hermanito, su vida podía continuar en contacto con Kachiko. Y sin dudas estaba a su alcance hacer feliz al muchacho. Si, por una sola vez en su vida, pudiera hacer feliz a otra persona, entonces también él sería feliz.

Dios existe (*Kami imasu*)
[1926]

Al caer la noche, lo sorprendió una estrella apartada que brillaba como un farol de gas sobre la ladera de la montaña. Nunca había visto una estrella tan grande y tan cercana. Traspasado por esa luz, tiritando, volvió por el camino de guijarros blancos como un zorro en fuga. Reinaba tal silencio que no se oía ni el susurro de una sola hoja en movimiento.

Se precipitó a la sala de baño, y se deslizó en las aguas termales. Sólo al colocarse la toalla caliente sobre la cara la fría estrella se desprendió de sus mejillas.

—Empezó a hacer frío. ¿Pasará por aquí el Año Nuevo?

Miró alrededor y vio que quien le hablaba era el pollero, a quien conocía de la posada.

—No, estoy pensando en cruzar las montañas rumbo al sur.

—El sur es maravilloso. Nosotros vivimos en Yamaminami hasta hace tres o cuatro años. Cuando empieza el invierno, siempre me dan ganas de ir al sur.

El pollero no lo miraba al hablar. Y eso lo hizo estudiar sigilosamente las extrañas acciones del hombre. De rodillas y estirándose, le lavaba los pechos a su mujer, que estaba sentada en el borde la bañera.

La joven mujer, bien erguida, como ofreciendo sus senos al marido, mantenía los ojos fijos en la cabeza de éste. Los pequeños senos se balanceaban como dos blancas tacitas de sake. Eran una prueba de su pureza infantil. Por su enfermedad, siempre tendría ella el cuerpo de una niña. Como delicado tallo, el cuerpo hacía que la bella cara que sostenía se viera exactamente como una flor.

—¿Será ésta la primera vez que usted va hacia el sur?
—No, estuve allí unos cinco o seis años atrás.
—¿Ah, sí?

Sosteniendo a su mujer de los hombros con una mano, el pollero le quitaba la espuma del jabón del pecho.

—Había un viejo paralítico en la casa de té del desfiladero. Me pregunto si estará todavía allí. He dicho algo inconveniente, pensó.

La mujer del pollero también parecía lisiada.

—¿Un viejo en la casa de té? ¿Quién sería?

El pollero se volvió hacia él. La mujer dijo despreocupadamente:

—¿Ese viejo? Murió hace tres o cuatro años.
—No me diga.

Por primera vez miró directamente el rostro de la mujer. Al instante apartó los ojos y se cubrió la cara con la toalla.

Era esa muchacha, pensó.

Deseaba ocultarse entre las nubes de vapor que se elevaban del agua. Sentía vergüenza de su desnudez. Era la muchacha a la que había seducido en Yama-minami durante su viaje, cinco o seis años atrás. Por ella, su conciencia lo hería desde entonces. Pero un anhelo distante persistía. Aun así, encontrarla en el baño de la posada había sido una coincidencia demasiado cruel. Sofocado, retiró la toalla de su cara.

El pollero, sin darle ya charla a un extraño, había salido del agua y estaba detrás de su mujer.

—Métete al agua una vez más.

Ella separó un poco sus delgados y puntiagudos codos. Tomándola de las axilas, el hombre la alzó. Como una gata inteligente, ella retrajo los brazos y las piernas. Las ondas que hizo al entrar en el agua bañaron el mentón del otro. El pollero, saltando después que ella, empezó a salpicarse la calva.

Observándola con disimulo, vio que ella fruncía el ceño y que mantenía los ojos fuertemente cerrados, tal vez porque el vapor caliente envolvía su cuerpo. La abundante cabellera que lo había sorprendido cuando ella era una adolescente caía en desorden, perdiendo la compostura, como un pesado ornamento.

La pileta era lo suficientemente amplia como para nadar. Ella parecía no haberse dado cuenta de que era él el que estaba sumergido en uno de los rincones. Como orando, le pidió su perdón. Que fuera lisiada podría deberse también al pecado que él había cometido. Su cuerpo, como una pena inmaculada, le decía en la cara que había sufrido por su culpa.

La extraordinaria bondad del pollero hacia su joven esposa paralítica era el comentario de la posada de aguas termales. En el hecho de que ese hombre cuarentón cargara cada día a su mujer sobre su espalda para llevarla al baño, todos veían un poema inspirado en la delicada salud de la mujer. La mayoría de las veces, sin embargo, el hombre la llevaba a la casa de baños de la aldea y no a la que estaba en la posada. Por eso él no se había enterado de que la mujer del pollero era aquella jovencita.

Como olvidado de que el otro estaba allí, el pollero salió del agua antes que su mujer y extendió su ropa en los escalones. Una vez que la ordenó, desde la ropa interior al chaleco de abrigo, sacó a su mujer del agua. La tomó por atrás y ella, otra vez como una gata inteligente, retrajo brazos y piernas. Sus rótulas brillaban como ópalo. La hizo sentar sobre la ropa y, levantándole el mentón con su dedo medio, le secó el cuello y le peinó el cabello suelto. A continuación, como envolviendo desnudos pistilos dentro de pétalos, la cubrió con sus vestidos.

Una vez que le ató el cinto, con mucha suavidad la cargó sobre sus espaldas y se dirigió hacia la posada por el lecho seco del río. El lecho vacío estaba colmado por la pálida luz de la luna. Las piernas de la mujer, que quedaron colgando, temblaban en toda su blancura, y eran más finas que los brazos del marido, que la sostenía rodeándola torpemente.

Al ver la figura del pollero que se retiraba, derramó lágrimas que se perdieron en la superficie del agua. Sin quererlo, con un sentimiento de humildad, murmuró: "Dios existe".

Entendió que su creencia de haberla hecho infeliz era un error. Entendió que se había equivocado al evaluar su propia situación. Entendió que los seres humanos no pueden hacer a otros humanos infelices. Entendió también que había sido un error haberle pedido perdón. Entendió que era presuntuoso de parte de alguien que había mejorado habiendo sido injusto con otro, pedir perdón al que había quedado abatido por el agravio. Entendió que los seres humanos no pueden perjudicar a otros seres humanos.

"Dios, me has vencido."

Sintiendo que ese murmullo lo transportaba, escuchó el sonido del arroyo que corría armonioso por la montaña.

Peces de colores en la azotea
(*Okujo no kingyo*)
[1926]

Había un espejo grande en la cabecera de la cama de Chiyoko.

Cada noche, al soltarse el cabello y hundir la mejilla en la almohada, se observaba detenidamente en el espejo. La visión de treinta o cuarenta peces de colores cabeza de león aparecería, como rojas flores artificiales sumergidas en un tanque de agua. Algunas noches también la luna se reflejaba entre ellos.

Pero la luna no brillaba en el espejo a través de la ventana. En realidad, Chiyoko veía el reflejo de la luna sobre el agua de los tanques en el jardín de la azotea. El espejo era una ilusoria cortina de plata. A causa de esta mirada aguzada, su mente tenía el mismo desgaste que la púa de un fonógrafo. Sintiéndose incapaz de dejar la cama, allí se hacía irremediablemente vieja. Sólo su cabello negro, esparcido sobre la almohada blanca, retenía su juvenil esplendor.

Una noche, sobre el marco de caoba del espejo se desplazaba un insecto alado. Chiyoko saltó de la cama y golpeó la puerta del dormitorio de su padre.

—Padre, padre, padre.

Tirando de la manga de su padre, con sus manos azuladas, se precipitó hacia el jardín de la azotea.

Uno de los peces cabeza de león estaba muerto, flotando panza arriba, como grávido de alguna extraña criatura.

—Padre, perdón. ¿Puedes perdonarme? ¿No me perdonas? No puedo dormir. Me quedo cuidándolos de noche, además...

Su padre no dijo nada. Se limitó a observar los seis tanques como si estuviera mirando ataúdes.

Fue después de volver de Pekín que su padre instaló los tanques en la azotea y empezó a criar peces.

En Pekín había vivido con una concubina durante mucho tiempo. Chiyoko era hija de esa concubina.

Chiyoko tenía dieciséis años cuando regresaron a Japón. Era invierno. Mesas y sillas traídas de Pekín estaban repartidas en la vieja habitación japonesa. Su media hermana, mayor que ella, estaba sentada en una silla, Chiyoko en la alfombra, y la miraba.

—Pronto formaré parte de otra familia, así que no importa. Pero tú no eres una hija legítima de mi padre. Viniste a esta casa y mi madre te cuidó. No lo olvides.

Cuando Chiyoko bajó la cabeza, su hermana puso los pies sobre sus hombros, y después con un pie le levantó el mentón, obligándola a mirarla. Chiyoko le tomó los pies y se largó a llorar. Los tenía agarrados, cuando su hermana logró metérselos dentro del escote.

—Está tan calentito. Quítame las medias y caliéntame los pies.

Llorando, Chiyoko se las quitó y puso los pies helados sobre su pecho.

Pronto la casa de estilo japonés fue remodelada con estilo occidental. El padre ubicó los seis tanques en la azotea y emprendió la cría de los peces, y estaba allí de la mañana a la noche. Invitaba a su casa a especialistas en peces de colores de todo el país, y presentaba los peces en exposiciones, a veces distantes hasta trescientos kilómetros.

Con el tiempo, Chiyoko empezó a cuidar de los peces. Y día a día cada vez más melancólica, no hacía otra cosa que observarlos.

La verdadera madre de Chiyoko, que había vuelto a Japón y vivía en otra casa, muy pronto tuvo ataques de histeria. Después de recobrar la calma, se convirtió en un ser triste y silencioso. La belleza del rostro de la madre de Chiyoko era la misma que cuando estaba en Pekín, pero su cutis de pronto se había vuelto extrañamente oscuro.

Entre los que iban a la casa de su padre había muchos pretendientes. Y a todos estos jóvenes, Chiyoko les decía:

—Traigan comida para los peces, algunas pulgas de agua. Tengo que alimentarlos.

—¿Dónde podemos encontrar lo que pides?

—Miren en las acequias.

Pero todas las noches ella miraba el espejo. Y fue haciéndose tristemente más vieja. Cumplió veintiséis.

Su padre murió. Rompieron el lacre de su testamento, y en éste decía: "Chiyoko no es hija mía".

Fue corriendo a su habitación para llorar. Le echó una mirada al espejo en la cabecera de su cama, lanzó un chillido y subió corriendo al jardín de la azotea.

¿De dónde había venido? ¿Cuándo? Su madre estaba parada al lado de un tanque, con su rostro oscuro. Su boca estaba llena de peces cabeza de león. La cola de uno de ellos colgaba de su boca como una lengua. Aunque veía a su hija, la mujer la ignoraba mientras se comía el pez.

—¡Padre! —gritó la muchacha y golpeó a su madre. Ésta cayó contra los ladrillos y murió con el pez en la boca.

Así, Chiyoko se vio liberada de su madre y de su padre. Recobró su juventud y partió hacia una vida de felicidad.

Madre (*Haha*)
[1926]

1. El diario del marido

>   Esta noche estuve con una mujer
>   Al abrazarla... la suavidad femenina
>   Mi madre también era una mujer
>   Derramé lágrimas, le dije a mi nueva novia
>   Sé una buena madre
>   Sé una buena madre
>   Pues yo no pude conocer a la mía

2. Marido enfermo

    Ya hacía bastante calor y habían llegado las golondrinas. Los pétalos caídos de las magnolias del jardín de la casa contigua parecían barcos blancos. Tras la puerta de cristal, la mujer frotaba el cuerpo de su esposo con alcohol. Estaba tan consumido que se acumulaba suciedad en los intersticios entre las costillas.

    —Te veo como... Bueno, como a punto de cometer un suicidio de amor con tu enfermedad.

    —Tal vez. Por ser una enfermedad pulmonar, las bacterias avanzan arrasando todo hasta mi corazón.

    —Es cierto. Tus gérmenes están tan cerca de tu corazón como yo. Cuando caíste enfermo, lo primero que hiciste fue volverte terriblemente egoísta. Cerraste con rencor la puerta por la que llegaba a tu interior. De haber podido caminar, seguramente me habrías dejado.

—Lo hice porque no quería un suicidio amoroso de tres: yo, tú y las bacterias.

—Un suicidio de a tres suena bien. No me gustaría ser una mera observadora excluida. Que tu madre se haya contagiado la enfermedad de tu padre, no significa que a mí me pase. Lo que les haya sucedido a los padres no necesariamente les ocurre a los hijos.

—Es cierto. Yo no sabía que me afectaría la misma enfermedad de mis padres hasta que caí enfermo. Pero la padezco.

—Es verdad. Tal vez me convendría contagiarme. Y así no intentarías alejarte de mí.

—Piensa en nuestra hija.

—¿Nuestra hija? ¿Qué quieres decir?

—No entiendes mis sentimientos. No entiendes porque tu madre está viva.

—Eso es injusto, muy injusto. Cuando me hablas de ese modo, me siento tan molesta que tengo deseos de matar a mi madre. Quiero tragarme algunos gérmenes. Sí, quiero, quiero.

Chillando se lanzó sobre su marido y buscó sus labios. Él la tomó del borde de su escote para detenerla.

—Dáme esos gérmenes, dámelos.

Ella se retorcía, él la dominó sobre el piso usando toda la fuerza de su esqueleto. Cubrió el cuerpo semidesnudo, con el kimono desceñido, y no pudo evitar un escupitajo sanguinolento sobre su seno blanco y pleno. Rodó sobre el piso rogándole:

—No dejes que la niña mame de él.

3. Mujer enferma

—Mamá, mamá, mamá.
—Estoy aquí. Estoy viva.
—Mamá
La niña se lanzaba contra la puerta corrediza que separaba la habitación de la enferma.
—No la dejen entrar. No se lo permitan.
—Eres cruel.
La mujer cerró los ojos como resignada. Y echó la cabeza sobre la almohada.
—Yo era como la niña. No me permitían entrar en la habitación de mi madre. Lloraba afuera —dijo su marido.
—Es el mismo destino —dijo la mujer.
—¿Destino? Incluso si muero, no quiero usar esa palabra. La odio.
La niña lloraba en algún rincón de la casa. Por la calle pasó el sereno haciendo sonar sus tablitas de madera. También se lo oía golpear los carámbanos de las tuberías de agua con su vara de metal.
—No recuerdas a tu madre, ¿no? —le preguntó la mujer.
—No.
—Tenías tres años cuando murió, ¿verdad?
—Sí.
—Esta niña también tiene tres.
—Con el tiempo, llegué a creer que de pronto recordaría cómo era su rostro.
—Si hubieras visto la cara de tu madre muerta, estoy segura de que la recordarías.
—Sólo me acuerdo de cómo me lanzaba contra la puerta. Si la hubiera visto tanto como lo deseaba, muy por el contrario, creo que sería incapaz de recordar algo de ella.

Su mujer cerró los ojos por un momento. Y luego dijo:

—Somos infortunados por haber nacido en una época de escepticismo, una época que no cree en la vida después de la muerte.

—Es un momento poco propicio para los muertos. Pero sin duda pronto llegará un tiempo en que los muertos serán felices, una era de sabiduría.

—Tal vez.

La mujer recordó los viajes que ella y su esposo habían hecho juntos. Y luego siguió con todo tipo de bellas alucinaciones. Tomó las manos de su marido, como si hubiera despertado súbitamente.

—Yo... —dijo quedamente—. Creo que fui muy afortunada por haberme casado contigo. ¿Me crees, verdad, me crees si te digo que no guardo ningún resentimiento por haberme contagiado?

—Te creo.

—Entonces, cuando la niña crezca, asegúrate de que se case.

—Prometido.

—Sufriste mucho antes de casarnos. Creías que tendrías la misma enfermedad que tus padres, que tu mujer también se infectaría, y que tendrías un hijo que a su vez caería enfermo. Pero nuestro matrimonio me hizo feliz. Creo que fue bueno para mí. Por eso no permitas que sufra o se entristezca innecesariamente, imaginando que casarse es algo malo. Permítele la alegría de casarse. Es mi último deseo.

4. El diario del marido

Esta noche estuve con una mujer
Al abrazarla... la suavidad femenina

Mi madre también era una mujer
Derramé lágrimas, le dije a mi nueva novia
Sé una buena madre
Sé una buena madre
Pues yo no pude conocer a la mía

Mañana para uñas (*Asa no tsume*)
[1926]

Una muchacha pobre vivía en una habitación alquilada en el segundo piso de una casa miserable. Esperaba casarse con su prometido, pero todas las noches un hombre distinto pasaba por su habitación. El sol matinal no entraba en esa casa. La joven lavaba la ropa cruzando la puerta de atrás, calzada con unos zuecos masculinos de madera ya muy gastados.

Todas las noches los hombres hacían la misma pregunta:

—¿Qué pasa? ¿No hay mosquitero aquí?

—Lo siento. Me quedaré despierta toda la noche para espantarlos. Le ruego que me disculpe.

La muchacha, con cierto nerviosismo, encendía una espiral verde contra los mosquitos, y luego apagaba la lámpara. Fijando la vista en el tenue resplandor, intentaba recordar su infancia. Nunca dejaba de apantallar el cuerpo de los hombres. Soñaba con agitar alguna vez un abanico.

Ya se iniciaba el otoño.

Un viejo subió a la habitación del segundo piso. Era un caso infrecuente.

—¿No vas a colocar un mosquitero?

—Lo siento. Me quedaré despierta toda la noche y los espantaré. Por favor, disculpe.

—Aguárdame un momento —dijo el viejo y se puso de pie.

La muchacha intentó retenerlo tirando de su manga.
—Mantendré alejados a los mosquitos hasta el amanecer. No dormiré.
—Ya vuelvo.
El viejo descendió la escalera. Con la llama de la lámpara, la joven encendió la espiral. Sola en la habitación demasiado iluminada, le resultó imposible rememorar la infancia.
El viejo volvió al cabo de una hora. La muchacha se incorporó de un salto.
—Qué suerte que por lo menos han quedado en el techo esos ganchos para la red.
El viejo colgó una pieza de tul inmaculada en la miserable habitación. La muchacha se metió dentro de ella. Y al quitarse la ropa y extenderla fuera del mosquitero, su corazón latió agitado por un sentimiento refrescante.
—Sabía que usted regresaría, por eso lo esperaba con la lámpara encendida. Me gustaría observar este mosquitero tan blanco durante unos instantes más con esta luz.
Pero la muchacha cayó en un sueño muy profundo, algo que había necesitado durante meses. Ni siquiera se dio cuenta de en qué momento el viejo dejó la habitación.
Se despertó con el llamado de su prometido:
—Eh, eh...
—Después de tanto tiempo, finalmente podremos casarnos mañana... Qué hermoso es este mosquitero. Con sólo mirarlo me siento más ligero.
Lo descolgó mientras decía eso y le pidió que saliera de allí. Lo extendió y la hizo sentar encima.
—Siéntate sobre el tul. Se lo ve como un loto gigante resplandeciente. Y la habitación se vuelve límpida... como tú.

El roce de la tela nueva la hizo sentirse como una novia.

—Voy a cortarme las uñas de los pies.

Sentada sobre el nuevo mosquitero que llenaba la habitación, la muchacha empezó a cortarse candorosamente las uñas tanto tiempo descuidadas.

La joven de Suruga (*Suruga no reijo*)
[1927]

—¡Cómo me gustaría vivir cerca de Gotenba! Tengo una hora y media de viaje.

El tren había llegado a la estación Gotenba. Flexionando sus rodillas como una langosta, la jovencita pisoteó el piso del vagón. Tenía la cara pegada a la ventanilla, y veía cómo sus compañeras agitaban sus manos infantilmente diciendo adiós desde la plataforma. Había lanzado la frase con un tácito encogimiento de hombros.

En Gotenba el tren quedaba repentinamente vacío. Quienes hayan hecho algún viaje largo en el tren común más que en el expreso lo saben muy bien. A las siete u ocho de la mañana y a las dos o tres de la tarde, el tren se llena con un ramillete de flores. ¡Qué alegre y ruidoso se vuelve con la multitud de jovencitas que van y vienen de la escuela! Y qué breve es ese tiempo tan animado. En la siguiente parada, apenas diez minutos después, de las cincuenta muchachitas no queda ninguna. En mis viajes en tren, he tenido diversas impresiones de muchas jóvenes de distintos lugares.

Pero esta vez no estaba en un viaje largo. Iba de Izu a Tokio. En ese entonces vivía en las montañas de Izu. De Izu se hace un trasbordo en Mishima para la línea Tokkaido. En mi tren siempre había ese momento de flores. Las jovencitas eran estudiantes de las escuelas para niñas de Mishima y Numazu. Yo iba a Tokio una o dos veces por mes, y en el transcurso de un año y medio llegué conocer de vista a unas veinte. Recordaba mis emociones de los años en que iba al colegio en tren. Ya sabía en qué vagón estaban las muchachas.

Esta vez también estaba en el segundo vagón contando desde atrás. Cuando la joven dijo "Tengo una hora y media", quiso decir de Numazu a Suruga. Era una muchacha de Suruga. Si usted ha viajado más allá de Hakone, sabrá lo que es esto. Suruga es una ciudad cuyas muchachas, obreras de las hilanderías más allá del río de montaña, agitan sus pañuelos blancos saludando al tren desde las ventanas y los terrenos de las fábricas. La joven probablemente era la hija de algún ingeniero o técnico empleado en la compañía de seda. Generalmente viajaba en el segundo vagón contando de atrás, y era la más hermosa y la más fuerte de todas.

Era una hora y media en tren, ida y vuelta, dos veces por día. Tan largo era el viaje que su joven cuerpo de cervatillo se pondría rígido y también se sentiría inquieto. Además era invierno, de modo que tendría que salir de su casa cuando todavía estaba oscuro, y regresar cuando ya había caído el sol. El tren llegaba a Suruga a las 17:18. Pero para mí, esa hora y media era demasiado escasa. Era muy corta para verla vagamente sin observar cuando conversaba, sacaba los libros de su cartera, tejía, o se burlaba de sus amigas que estaban en otros asientos. Una vez que pasábamos Gotenba, sólo quedaban veinte minutos.

Igual que ella, yo miraba a las estudiantes que caminaban por la plataforma bajo la lluvia hasta perderlas de vista. Como era diciembre, las luces de la estación brillaban húmedas en la oscuridad. Y en las lejanas montañas, las llamas de alguna fogata se agitaban vívidamente.

Con una solemnidad totalmente opuesta a la vivacidad que hasta entonces había mostrado, la jovencita hablaba en susurros con una amiga. Iba a graduarse en marzo, iba a entrar en un colegio para mujeres en Tokio. Era evidente que hablaban de eso.

Llegamos a Suruga. A partir de allí ya no habría ninguna estudiante en el tren. La lluvia golpeaba la ventanilla a la que estaba pegada mi cara mientras la veía alejarse.

"Oh, señorita."

¿No había otra muchacha que corrió hacia ella cuando bajó, y la retuvo con fuerza entre sus brazos?

—Te esperaba. Podría haber tomado el tren de las dos. Pero quería verte antes de irme.

Bajo el paraguas, olvidadas de la lluvia, con las mejillas casi en contacto, ambas conversaban animadamente. Sonó el silbato del tren. Apurada, la otra lo abordó, y asomó la cabeza por la ventanilla.

—Cuando vaya a Tokio, podremos vernos. Por favor ven a mi misma pensión de estudiantes.

—No puedo.

—¿Por qué no?

Los rostros se velaron con tristeza. La segunda debía de ser una obrera en la hilandería, que dejaba la compañía para ir a Tokio, y que había esperado casi tres horas para encontrarse con esta estudiante.

—De algún modo nos encontraremos en la ciudad, entonces.

—Sí.

—Adiós.

—Adiós.

Los hombros de la muchacha obrera estaban empapados con la lluvia. Seguramente los de la estudiante también.

Yuriko (*Yuri*)
[1927]

Cuando estaba en la escuela primaria, Yuriko se dijo: "Siento tanta pena por Umeko, que tiene que usar un lápiz más pequeño que su pulgar y que carga el viejo portafolios de su hermano mayor".

Así, para igualarse a su más amada amiga, cortó su lápiz en muchos pedacitos con la pequeña sierra que venía con su cortaplumas. Y como no tenía un hermano mayor, llorando les pidió a sus padres que le compraran un portafolios de varón.

Cuando estaba en el colegio secundario, Yuriko se dijo: "Matsuko es tan bella. Sus lóbulos y sus dedos se ponen rojos y se cuartean con la helada, es adorable".

Así que, para ser como su más querida amiga, se enjabonó las manos durante largo rato en una palangana con agua fría, y luego se humedeció las orejas, y partió hacia la escuela con el frío viento matinal.

Se graduó y se casó, y no es necesario aclarar que Yuriko amaba a su marido con locura. Así que, imitando a la persona que más amaba en la vida, se cortó el cabello, usó gruesos anteojos, se dejó crecer la pelusa sobre el labio superior con la esperanza de que pareciera un bigote, fumó pipa, saludaba a su marido campechanamente, caminaba con paso elástico de hombre, e intentó alistarse en el ejército. Lo increíble era que su marido le prohibía cada una de estas cosas. Hasta se quejaba de que vistiera ropa interior como la suya. Hacía feas muecas cuando ella, para imitarlo, no usaba lápiz labial ni polvo. Y al verse así estorbada, su amor por él, como una planta a la que le hubieran tijereteado los brotes, lentamente se fue marchitando.

Pensó "qué desagradable es, ¿por qué no me permite hacer lo mismo que él? Es tan triste no ser igual a la persona amada".

Y así Yuriko se enamoró de Dios. Le rogó: "Dios, por favor muéstrate. De alguna manera, muéstrate. Quiero tomar Tu apariencia y obrar como Tú".

La voz de Dios, fresca y clara, llegó como un eco desde el cielo. "Serás un lirio, como el 'yuri' de tu nombre. Como el lirio, no amarás nada. Como el lirio, amarás todo."

"Sí", respondió dócilmente Yuriko y se convirtió en un lirio.

Huesos de Dios (*Kami no hone*)
[1927]

El señor Kasahara Seiichi, director de una compañía suburbana de trenes; Takamura Tokijuro, actor de películas históricas; Tsujii Morio, estudiante de medicina en una universidad privada; y el señor Sakuma Benji, dueño de un restaurante de comida cantonesa: todos y cada uno habían recibido la misma carta de Yumiko, la camarera de la cafetería La Garza Gris.

"Estoy enviándoles los huesos. Son los huesos de Dios. Mi bebé vivió un día y medio. Desde el momento en que nació no tuvo fuerza. Vi cuando la enfermera lo tomó por los pies, lo puso cabeza abajo y le pegó. Hasta que finalmente rompió a llorar. Anoche, según me contaron, dio dos bostezos y murió. También el bebé de la cama contigua a la mía —claro que había nacido sietemesino—, nació, orinó y murió al instante.

"El bebé no se parecía a nadie. Ni siquiera a mí en lo más mínimo. Era como un lindo muñeco. Imaginen a un bebé con la más adorable cara del mundo. No tenía ninguna marca o defectos. Tenía unas mejillas regordetas y sus labios se mantenían cerrados, con un poquito de sangre entre ellos cuando murió. Fuera de esto, no puedo recordar nada. Las enfermeras lo elogiaron diciendo que era adorable, con una piel tan delicada.

"Si iba a ser infortunado, si de haber vivido iba a ser débil, creo que fue mejor que muriera antes de haber mamado de mis pechos o de haber sonreído. Lloré por este niño que nació sin parecerse a nadie. Este bebé, en su corazón de bebé, mientras estaba todavía en mi vientre, ¿habrá hecho esfuerzos desgarradores por no parecerse a nadie? Vino a este mundo con esa patética previsión. Y ¿no dejó este mundo pensando: tengo que morir antes que empiece a parecerme a alguien?

"Ustedes, y es mejor decirlo con todas las letras, todos ustedes, hasta ahora, incluso si me hubiera acostado yo con cientos, miles de hombres, habrían puesto cara de desentendidos, como si esto importara tanto como cuántas tablas de madera pavimentan la calle. Sin embargo, cuando quedé embarazada, vaya batahola que armaron. Todos ustedes, caballeros —justamente ustedes hacer algo así—, vinieron con un gran microscopio masculino a escudriñar en los secretos de una mujer.

"Hakuin[1], el monje —no importa que sea una historia de otros tiempos— tomó el bebé de una muchacha soltera en sus brazos y dijo: 'Éste es mi hijo'. Dios ha rescatado también a mi hijo. Al bebé en el vientre, cuando pensaba tristemente a quién debería parecerse, Dios le dijo: 'Mi querido y amado niño, parécete a mí. Nacerás como un dios. Porque eres hijo de Dios'.

"A causa de la desgarradora previsión de este niño, no puedo decir a quién de ustedes quería yo que se pareciera. Y por eso estoy enviándoles a todos una parte de las cenizas."

El gerente, que se había metido de prisa la pequeña cajita de cartón blanco en el bolsillo, la abrió furtivamente dentro de su automóvil. Ya en su oficina, al llamar a la bella dactilógrafa para un dictado, tuvo ganas

---

[1] Célebre monje de la secta Rinzai (1685-1768).

de fumar. Al buscar en su bolsillo, la cajita con las cenizas salió junto con el paquete de Happy Hits.

El dueño del restaurante olfateó las cenizas, abrió su caja fuerte y colocó adentro la cajita, después de retirar la recaudación del día anterior para enviarla al Banco.

El estudiante de medicina estaba viajando en la línea del Ferrocarril de la Gobernación, cuando la cajita de cenizas que llevaba en el bolsillo fue aplastada por los macizos muslos de una estudiante linda como un lirio, arrojada contra él por una sacudida del tren. Se dijo "Creo que me casaré con esta muchacha". Y quedó encendido con una intensa lujuria.

El actor de cine, tras volcar las cenizas en una bolsita secreta en la que guardaba membranas de pescado y cantáridas, salió corriendo a una sesión de rodaje.

Un mes más tarde, Kasahara Seiichi fue a La Garza Gris y le dijo a Yumiko:

—Deberías enterrar las cenizas en un templo. ¿Por qué las conservas?

—¿Quién? ¿Yo? Se las di todas a ustedes. ¿Por qué habría de quedarme yo con algo?

Una sonrisa en el puesto de venta nocturno
(*Yomise no bisho*)
[1927]

    Me detuve por un momento. Esa noche, ya debían de haber pasado dos horas desde que el Hakuhin, un edificio que cumple estrictamente sus horarios, había cerrado sus puertas. De espaldas a él, en una calle de Ueno, me había detenido ante un puesto de petardos y cohetes, y otro de anteojos. Desde el caer de la tarde hasta la noche, había estado observando las multitudes sobre las aceras y, a mis ojos, la sucia calle, cuya extensión era el espacio entre el Hakuhin y estos puestos de venta nocturnos, se me hacía extrañamente amplia, así que me intimidaba caminar por el medio. Cada vez que un transeúnte demorado pasaba, el color de la suciedad apiñada, salpicada con agua, se volvía más negra, y los pedazos de papel flotaban todavía más blancos. Ya era tarde. Uno de los puestos que había cerrado era desplazado en un carrito. En el puesto de petardos y cohetes, varas de cohetes sin envolver; Peonias de Azuma, Ruedas de Flores; petardos envueltos en bolsas de colores; Nieve, Luna y Flores; y Agujas de Pino en cajas de colores alineadas en hileras de un rojo ocre. En el puesto de anteojos, lentes antiguos, anteojos para ver de cerca, anteojos de colores, anteojos para aparentar con monturas de oro (probablemente doradas), de plata, de aleación de oro y cobre, de acero, de carey; binoculares; anteojos protectores; anteojos para nadadores; lentes de aumento; y otros ordenados en hileras. Pero yo no estaba interesado ni en los cohetes ni en los anteojos.

Los puestos estaban separados por aproximadamente un metro. Como nadie miraba su mercancía, los vendedores habían abandonado sus lugares y parecían estar haciendo algo juntos en ese espacio de separación. El vendedor de anteojos se había movido sesenta centímetros y la vendedora de cohetes treinta, pues ella había corrido su banco, mientras que él lo había dejado en su puesto. Pero parecía no hacerle falta.

Acuclillado, con las rodillas ligeramente separadas, el hombre se apoyaba sobre la rodilla izquierda con el codo, sobre el cual descargaba el peso de su cuerpo inclinado. Con el zueco de madera de la muchacha, que colgaba de su mano derecha entre sus piernas, estaba escribiendo caracteres en la negra suciedad.

La muchacha intentaba leer, desde lo alto, la columna de caracteres que trazaba el hombre. El banco sobre el que estaba sentada era bajo y, como sus zuecos tenían taco, sus rodillas estaban levantadas y ligeramente separadas. Su delantal de trabajo caía entre sus piernas, y estaba echada hacia adelante, de modo que sus pequeños senos quedaban apretados contra las rodillas; los brazos colgaban alrededor de éstas, y las manos descansaban ligeramente, con las palmas hacia arriba, sobre los empeines. Su kimono de verano, con un estampado ordinario, estaba un poco manchado con sudor, y su peinado con forma de durazno hendido, un tanto deshecho. Como tenía el pecho presionado contra las rodillas, el cuello de su kimono quedaba flojo en la nuca y, por el frente, revelaba el nacimiento de los senos.

Al ver la escena, y con el piso cubierto de escrituras, me acerqué curioso. Aunque con un vistazo capté al dúo, no podía distinguir los caracteres trazados con el zueco. El hombre no borraba los signos sino que volvía a escribirles encima sin detenerse. Pero aun así, la muchacha de los petardos probablemente llegaba a leerlos. Cuando alguna frase se completaba sobre el piso, espontáneamente y al unísono, ambos levantaban la cara y se miraban. Pero, antes de sonreírse o decirse algo con los ojos o los labios, la muchacha bajaba la vista y el hombre empezaba a escribir otra vez. La joven tenía los dedos delgados y la cintura de una niña nacida en el seno de una familia pobre en algún antiguo suburbio de Tokio, pero se la notaba precoz para su edad.

En un momento en que el hombre había escrito tres o cuatro nuevas palabras, la muchacha de repente se bajó del banco. Adelantando la mano derecha, que había estado descansando sobre su empeine, intentó arrebatarle el zueco al hombre. Pero éste la esquivó hábilmente. Intercambiaron miradas, pero sin decir palabra, y sin mostrar ningún cambio en la expresión. Era raro. La joven dócilmente volvió a colocar su mano sobre el empeine. El hombre se plantó con firmeza sobre sus talones, abrió bien las rodillas, y empezó a escribir de nuevo. Esta vez, antes de que terminara, la joven lanzó su mano derecha como un relámpago. Pero la mano de él fue todavía más veloz. Resignada, ella retiró su mano con mansedumbre. Al tiempo que regresaba la mano al empeine, giró la cabeza hacia mi lado y nuestras miradas se encontraron. Yo no estaba preparado para eso. Sin querer, ella me dedicó una pequeña sonrisa. Y yo, también involuntariamente, se la devolví.

La sonrisa de la muchacha del puesto de fuegos artificiales me llegó directamente al corazón. Mientras observaba las posturas y acciones del dúo, la sonrisa que guardaba en mi corazón afloró en toda su pureza por esa muchacha. Era una sonrisa inocente.

El hombre, siguiendo la dirección de la mirada de la joven, también me observó. Me obsequió con una sonrisa taimada, y de inmediato puso una cara adusta. De pronto, me sentí helado. La muchacha, ruborizándose ligeramente, se pasó la mano izquierda por el cabello como para componerlo. Su rostro quedó oculto con la manga. Todo esto tenía lugar en el breve lapso posterior al movimiento de su mano para arrancarle el zueco de madera al hombre. Si bien yo con displicencia controlé la mala intención de la mirada que éste me había lanzado, me sentí avergonzado por haberles robado un secreto. Seguí caminando.

¡Vendedor de anteojos! Tu disgusto es comprensible. Es probable no lo sepas, pero la muchacha se ruborizó y escondió su rostro con la manga por tu causa. Te robé una tímida sonrisa que floreció fugazmente, ajena al puesto nocturno. Es claro que, por más que se miraran, estaban ustedes tan atentos a lo que hacían que sus caras eran casi inexpresivas. La sonrisa de la muchacha te estaba destinada, y si yo no hubiera estado mirando, probablemente tú se la habrías devuelto. Sin embargo, si robé una vislumbre, un instante antes de que el padre o el hermano mayor vinieran por ella, si mi inocente sonrisa en ese instante reflejó la de la jovencita, ¿no me lanzaste por tu parte una mirada dura junto con tu agria sonrisa? Para emplear términos de tu negocio, los lentes de tu corazón están empañados y fuera de foco. Pero existe la noche de mañana y la de pasado mañana. ¡Escribe miles, cientos de miles de caracteres en la suciedad hasta alcanzar el centro de la Tierra!

¡Muchacha de los fuegos artificiales! ¡Muchacha zurda! Para ti, tal vez sea lo mismo, pero me temo que, si escudriñas en el pozo que el vendedor de anteojos, al escribir miles y cientos de millones de caracteres, haga en la tierra con tu zueco de madera, acabarás con una dicción confusa y terminarás cayendo en ese pozo. No puedo decir si es mejor caer en el pozo o precaverse. Quizá sea mejor que sigas el carro que tu padre o tu hermano mayor, que han venido por ti, arrastran, y que pienses en el vendedor de anteojos mientras caminas por las desiertas calles del vecindario... Pero ¿y si hicieras estallar al mismo tiempo todos los fuegos artificiales que tienes alineados en tu puesto —las Peonias Azuma, las Ruedas de Flores, las Minas terrestres, la Nieve, la Luna, las Flores y las Agujas de Pino de tres colores— formando una flor de fuego que se abriera en la noche solitaria? Si hicieras eso, hasta el vendedor de anteojos, absolutamente atónito, pegaría un salto y saldría corriendo.

El ciego y la muchacha
(*Mekura to shojo*)
[1928]

O-Kayo no entendía cómo un hombre, capaz de volver solo en el Ferrocarril de la Gobernación hasta esa estación suburbana, precisaba ser conducido de la mano por la angosta callejuela hasta la estación. Pero, a pesar de este misterio, O-Kayo cumplía con su deber. La primera vez que Tamura había llegado a la casa, su madre le había dicho:

—O-Kayo, por favor, guíalo hasta la estación.

Un rato más tarde salieron de la casa, Tamura dejando colgar su bastón del brazo izquierdo, buscaba a tientas a O-Kayo. Al ver cómo la mano se agitaba ciegamente sobre su pecho, O-Kayo enrojeció, pero le ofreció la suya.

—Gracias. Todavía eres una jovencita —dijo Tamura.

Imaginó que debería ayudarlo a subir al tren, pero Tamura, apenas tuvo su boleto, le puso una moneda en la palma de la mano y con presteza pasó por el molinete sin ayuda. Siguió marchando a lo largo del tren, rozándolo con su mano a la altura de las ventanillas hasta la entrada por la que ascendió. Sus movimientos revelaban una habilidad adquirida. O-Kayo, que lo observaba, se sintió aliviada. Cuando el tren partió, no pudo evitar una leve sonrisa. Le pareció que había una virtud especial trabajando en las yemas de esos dedos, como si fueran ojos.

También sucedían estas cosas: cerca de la ventana

por donde a la tarde entraba la luz del sol, su hermana mayor, O-Toyo, arreglaba su corrido maquillaje.

—¿Puedes ver lo que se refleja en este espejo? —le preguntaba a Tamura.

La malevolencia en el comentario de su hermana era evidente, incluso para O-Kayo. ¿No era obvio que si O-Toyo estaba retocando su maquillaje, era ella la reflejada en el espejo?

Pero la malicia de O-Toyo nacía simplemente de su enamoramiento ante su propio reflejo.

—Una mujer bella le está haciendo el favor de mostrarse agradable. —recalcaba mientras daba vueltas alrededor de Tamura.

En silencio, él se apartaba de su lado, donde había estado sentado al modo japonés, y empezaba a frotar la luna del espejo con sus yemas. Entonces, con ambas manos, lo iba girando.

—¿Qué haces?

—Hay un bosque reflejado en él.

—¿Un bosque?

Como atraída por una carnada hacia el espejo, O-Toyo se arrodillaba ante él.

—El sol del atardecer resplandece entre el bosque.

O-Toyo observaba con desconfianza mientras Tamura deslizaba sus yemas sobre el espejo. Luego, riéndose burlona, retornaba el espejo a su lugar. Y otra vez se entregaba a su maquillaje. Pero O-Kayo sí se asombraba con el bosque en el espejo. Tal como Tamura lo había dicho, el sol poniente despedía una luz neblinosa y rojiza entre las copas del bosque. Todas las hojas otoñales, al recibir la luz desde atrás, relucían con una cálida transparencia. Era un atardecer inmensamente pacífico de un balsámico día otoñal. Y, sin embargo, la sensación que provocaba el bosque en el espejo era completamente diferente de aquella del bosque real. Tal vez porque no se reflejaba la delicada fumosidad de la luz, como tamizada por una gasa de seda, había una profunda y nítida frialdad. Era como una escena en el fondo de un lago. Y si bien O-Kayo estaba acostumbrada a ver cada día el bosque real desde las ventanas de su casa, nunca lo había observado con atención. Descripto por el ciego, era como si lo estuviera viendo por primera vez. "¿Podría Tamura ver verdaderamente ese bosque?", se preguntaba. Hasta deseaba saber el si conocería la diferencia entre el bosque real y aquel del espejo. La mano que acariciaba el espejo se volvía algo sobrenatural para ella.

Y cuando su mano asía la de Tamura al guiarlo, un súbito escalofrío la recorría. Pero, al repetirse esto como parte de su deber cotidiano cada vez que él regresaba a la casa, terminó por olvidar su temor.

—¿Estamos delante de la frutería, no?
—¿Ya pasamos por la funeraria?
—¿Ya vamos llegando a la tienda de kimonos?

A medida que avanzaban por la misma calle una y otra vez, Tamura, no del todo en broma ni del todo en serio, iba preguntando estas cosas. A la derecha, la tabaquería, el puesto de los rickshaw, el negocio de sandalias, la mimbrería, el puesto donde servían sopa de porotos rojos con pasteles de arroz; a la izquierda, la vinería, el vendedor de medias, la fideería, el local de sushi, la droguería, el negocio de artículos de tocador, el dentista. Mientras O-Kayo se los enumeraba, Tamura iba recordando el exacto orden de las tiendas a lo largo de las seis o siete cuadras camino a la estación. Lo distraía ir nombrando las tiendas una tras otra a medida que iban pasando frente a ellas. Y así, cuando el lugar tenía algún detalle o comercios nuevos, como una ebanistería o un restaurante estilo occidental, O-Kayo informaba a Tamura. Suponiendo que él se hubiera avenido a esa suerte de triste juego para distraerla, a O-Kayo le resultaba raro que reconociera todo a lo largo del camino, como una persona dotada de vista. Pero, y sin que pudiera decir exactamente cuándo, el juego se había convertido en una costumbre. Cierta vez que su madre estaba enferma en cama, Tamura preguntó: "¿Hay flores artificiales en la ventana de la funeraria?". Como si hubiera recibido un baldazo de agua fría, O-Kayo miró con asombro a Tamura.

En otro momento, él le preguntó como al pasar:
—¿Son los ojos de tu hermana mayor tan hermosos?
—Sí, lo son.
—¿Más bellos que los de cualquier otra persona?
O-Kayo se quedó callada.
—¿Más hermosos que los tuyos, pequeña O-Kayo?
—¿Y cómo podría usted asegurarlo?
—Te preguntas cómo podría. El marido de tu hermana era ciego. Incluso tras la muerte de su marido, ella sólo pudo conocer gente ciega. Y tu madre lo es. Así que es natural que tu hermana piense que sus ojos son extraordinariamente bellos.

Por alguna razón esas palabras calaron hondo en el corazón de O-Kayo.

—La maldición de la ceguera abarca tres generaciones.

O-Toyo, lanzando un suspiro, solía decir ese tipo de cosas para que su madre la oyera. A O-Toyo le preocupaba dar a luz una criatura ciega. Y aun si no naciera ciega, tenía el presentimiento de que, si fuera una niña, probablemente se casaría con un ciego. Ella misma se había desposado con un ciego por ser ciega su madre. Al tratar sólo con masajistas ciegos, su madre había sentido aprensión de un yerno vidente. Tras la muerte del marido de O-Toyo, varios hombres habían pasado la noche en la casa, pero todos eran ciegos. Un ciego le pasaba el dato a otro. La familia había quedado persuadida con el sentimiento de que si ofrecían sus cuerpos a algún hombre que no fuera ciego, podrían ser arrestadas sin aviso. Era como si el dinero para sostener a la madre ciega debiera provenir de ciegos.

Cierto día, uno de los masajistas ciegos había llevado a Tamura. Tamura, que no pertenecía a la cofradía de masajistas, era un hombre joven y saludable de quien contaban que había donado varios miles de yenes a una escuela para ciegos y sordos. Con el tiempo, O-Toyo lo transformó en su único cliente. Lo trataba como si fuera un tonto. Tamura, siempre con un aire triste, conversaba con la madre ciega. En esos momentos, O-Kayo lo observaba en silencio y con gran intensidad.

La madre murió de su enfermedad.

—Ahora, Kayako, ya estamos fuera de la desgracia de la ceguera. Estamos a salvo —dijo O-Toyo.

Poco tiempo después, el cocinero de un restaurante de estilo occidental se instaló en la casa. O-Kayo se retiró intimidada por su grosería. Llegó entonces el momento en que O-Toyo se despidió de Tamura. Por última vez O-Kayo lo condujo hasta la estación. Cuando el tren partió, ella sintió congoja, como si su vida hubiera terminado. Tomó el siguiente tren para ir tras Tamura. No sabía dónde vivía, pero presentía el camino que tomaría el hombre cuya mano había sostenido durante tanto tiempo.

La búsqueda de una mujer
(*Fujin no tantei*)
[1928]

Por las ventanillas abiertas del tren del Ferrocarril de la Gobernación llegaba el aroma de las nuevas hojas. La mujer, colgada de la correa de cuero, tuvo una seguidilla de estornudos. Sus pies estaban colocados, con los dedos hacia afuera, en una posición firme. Fuera cual fuese el modo en que se la observara, ella estaba conservando su lugar. Como se aferraba a la correa, una sombrilla de color naranja quedaba colgando de su brazo, y las mangas se deslizaban. Su cabello, recogido en un rodete bajo que daba la impresión de haber sido arremolinado con una sola mano, dejaba ver su nuca lívida y afeitada, de modo que incluso de espaldas provocaba una sensación cómica. Su casaca, de un diseño a rayas de color verde sobre un fondo añil oscuro, necesitaba un lavado. Su cuerpo se inclinaba hacia el lado donde colgaba la sombrilla; las caderas se destacaban. Él hacía lo que podía para no golpear estas protuberancias con sus nudillos.

En esta posición, la mujer, tras darle un mecánico golpe a su nariz, otra vez estornudaba. También emitía cavernosos bostezos. Asada no podía evitar estar tentado de la risa. Parecía que la mujer se había caído de la cama directamente al tren en esa tarde de mayo. Y hasta el follaje nuevo que corría junto con el tren seguramente podía parecerle el mismo que se veía al otro lado de la ventana de su dormitorio. La mujer estaba completamente relajada. El fresco viento de mayo parecía soplar a través de su cuerpo.

Asada, divertido con su nuca afeitada, estaba sentado en diagonal a ella con su estricto uniforme de la universidad. Aunque él bien sabía que ella era la mujer de su viejo compañero de colegio Ando, la señora probablemente no recordaría su cara. Y además, seguro que si le ofreciera el asiento, ella diría algo ridículo que lo haría enrojecer de vergüenza.

Una estación más tarde, él y la señora Ando estaban sentados frente a frente. Se le ocurrió saludarla. Pero, si bien giraba los ojos hacia todos lados como aterrorizada, ella parecía no ver nada. Tomando la pequeña sombrilla que tenía en el regazo, se la puso despreocupadamente sobre el hombro, como haría un niño con una escopeta de juguete. Y entonces, sin prestar atención a su entorno, bostezó otra vez profundamente. Tal vez por ser sus labios extremadamente suaves y elásticos, fue un bostezo sorprendente por lo circular. Su dentadura era bella, pareja, de modo que parecía que el bostezo había sido intencional. Pero la dama, indiferente como siempre, conteniendo las lágrimas de sueño con una serie de pestañeos que eran casi audibles, se limpió los llorosos ojos con varios parpadeos, y maliciosamente los movió hacia todos los lados.

Asada casi no podía contener la risa. De algún modo quería sorprender a la señora, que parecía olvidada de cosas como sorpresa o miedo. Y así fue que, cuando ella bajó del tren, se apresuró para alcanzarla.

—¿La señora Ando? Yo soy Asada.

—Oh, sí.

—Hace unos instantes en el tren…

—No me diga que viajamos juntos. No lo vi. Disculpe mi falta de atención.

—De ningún modo. Soy yo quien está en falta. Nos vimos una vez en Ginza. Usted iba con su marido. La reconocí de inmediato.

—¿A mí? Vaya.

—Es raro, pero usted se parece al hermano menor de Ando, Shinkichi.

—¿Sí?

Pensando "la he sorprendido", a Asada se le dibujó una leve sonrisa.

—Poco a poco usted se ha vuelto muy parecida a Shinkichi.

—Sé que mi marido tiene un hermano menor, pero nunca lo he visto. ¿Será posible lo que usted dice? ¿Ha visto a este hermano recientemente?

—Sí, muchas veces.

Era mentira; no se había cruzado con él en los últimos tres o cuatro años.

En el estudio de Ando, sobre su mesa de trabajo, una lujuriosa profusión de lirios se expandía como la cola desplegada de un pavo real. Los estantes, dispuestos en la pared, daban la impresión de ser parte de un mueble importante. Sobre las puertas, en una escena de refinado estilo japonés, se esparcían hojas otoñales en madreperla. Afuera, el jardín era una masa de llameantes azaleas color escarlata.

Todavía con su ropa de calle, la esposa de Ando sirvió un té tostado. Asada no pudo evitar una sonrisa de complacencia.

—El señor Asada dice que poco a poco me he vuelto muy parecida a Shinkichi.

—¿Cómo?

Ando se puso más pálido que los lirios. Borrando toda expresión de su rostro, la mujer abandonó la sala. Asada percibió cómo la llameante mirada de Ando inflamaba su expresión.

Para la siguiente visita, sobre la mesa de trabajo de Ando sólo había una rosa amarilla. Las azaleas del jardín se veían ennegrecidas y decaídas, como sangre de algún demonio.
Cuando Ando abandonó la habitación por un momento, entró su mujer.
—Señor Asada, usted dijo algo terrible. Desde entonces, es como si se hubiera instalado aquí esa calma que precede a la tormenta.
—¿Una tempestad?
—Sí.
—Se trata de una broma, ¿no?
—Si de verdad es algo divertido, no lo veo a usted riéndose mucho.
—Pero fue algo que se me ocurrió y que dije sin pensar.
—Eso es mentira.
—¿Mentira? Ese día en el tren, usted parecía no darme importancia, y pensé en algo para sorprenderla.
—No es correcto engañar al otro. Mi marido le da crédito a lo que usted dice, de modo que yo también creo en sus palabras. Sobre todo porque no sé cómo es Shinkichi. Mire, la última vez que usted estuvo aquí, allí...
Y la mujer señaló una pintura con amapolas.
—Antes, allí había un retrato de su padre. Apenas usted se fue, mi marido lo quitó. No recuerdo cuándo, pero cierta vez dijo que su hermano menor se parecía a su padre mucho más que él. El paisaje que colocó después mostraba el jardín de una casa desde donde se veía el mar. Había un banco blanco cerca de un cantero con

flores. Al ver la pintura, tuve la sensación de recordar ese jardín, de haber estado sentada en ese banco. ¿No será el jardín de Shinkichi? me pregunté. Era mi fantasía. Me empeñaba en observar el cuadro. ¿No había un cantero rodeado de césped o unas flores rojas —no sé cuáles— que conformaban macizos bajos en el jardín de Shinkichi? Quizá porque percibió mis sentimientos, mi marido volvió a cambiar el cuadro y puso éste con las amapolas. Y ahora me he puesto a pensar si no habrá amapolas florecidas en la casa de Shinkichi.

—Pero hace como cuatro años que no sé de Shinkichi, y mucho menos conozco su casa. Construir algo así a partir de una broma casual es dejar que se abra la flor del delirio alimentada con el fértil suelo del tedio humano. Dedique sus emociones a algo más fresco.

—No. Es un misterio refrescante.

Asada había sido compañero de clase de Shinkichi en el colegio. Shinkichi había dejado su casa al casarse con una joven parienta del campo que había estado bajo el cuidado de sus padres. Lo que Asada pudo averiguar fue que esta joven no había sido novia de su hermano mayor Ando. Fuera de esto, no sabía cómo habían sido las cosas.

Los claros días de otoño transcurrían para la madre de Asada con la incansable puesta en orden del jardín. El polvo de las alas de una polilla se dispersaba desde una bombita eléctrica. Cuando Asada dudaba entre dejar o retirar el trébol del altar ornamental, inesperadamente apareció la mujer de Ando, preguntando por él, acompañada por la niñera de su bebé.

Una vez en el estudio de Asada, la mujer tomó al bebé de los brazos de la niñera. Estaba envuelto en sedas y dormía.

—Señor Asada, quiero que mire a este bebé. Es mi hijo. Mírelo bien y diga si se parece a Shinkichi o no.
—¿Qué dice?
Atónito, observó el rostro de la mujer. Si bien sus mejillas estaban un poco hundidas, el color era saludable. La piel en el ángulo externo de sus ojos estaba levemente marchita. Su mirada absorta estaba clavada en el niño que sostenía sobre su regazo.
—No me mire a mí. Quiero que se concentre en el niño.
—Señora, hace mucho que no veo a Shinkichi. Y...
—Aún está intentando engañarme.
—Esto es absurdo.
—La tormenta estalló. Me echaron de la casa con mi bebé recién nacido. Mi marido piensa que yo me encuentro con Shinkichi en secreto y que este niño —a pesar de que nunca he visto a Shinkichi— es suyo. Pero también yo tengo la impresión de que mi marido tiene razón. Tal vez esta criatura realmente se parece a Shinkichi. ¿Significa que estoy enamorada de Shinkichi?
—No se le parece en absoluto. Si usted estuviera viviendo con Shinkichi, tal vez podría haber una semejanza. Pero...
—Ya fueron suficientes mentiras.
Y dicho esto, la mujer abrió bien sus ojos y le dirigió una severa mirada. En ese momento, el bebé se despertó y empezó a llorar con violencia.
—Vamos, duerme, duerme.
Ella acunó al niño y se echó a llorar.
—Tu madre va a averiguar quién es tu verdadero padre. Juntos iremos en su busca. Señor Asada, nos uniremos para lograrlo. Le suplico que me lleve adonde está Shinkichi. Por favor, lléveme allí ya mismo.
En la intensa mirada que le lanzó la mujer, Asada re-

cuperó a su antiguo compañero Shinkichi tal como lo había conocido. Y por primera vez cayó en la cuenta de que madre e hijo se le asemejaban tremendamente.

El ojo de su madre (*Haha no me*)
[1928]

Con cara de asustado y muy afanoso, el hijo del posadero, de tres años, entró corriendo en mi habitación, arrebató mi lapicera del portaplumas de plata de mi escritorio, y salió corriendo sin decir palabra.

Un rato después, entró la criada.

—Creo que esta lapicera le pertenece —dijo.

—Sí, es mía, pero se la había dado a ese niño que andaba por ahí.

—Pero quien la tenía era la niñera.

—Se la habrá sacado al niño. Debería haberle permitido quedarse con ella.

La criada sonrió. Me contó que la lapicera había sido encontrada en el fondo del baúl de mimbre de la niñera, que estaba lleno de cosas robadas. Una caja de barajas de un huésped, la enagua de la dueña, el estuche de madera del peine de la mucama y sus hebillas de adorno, así como dinero, unos cinco o seis billetes.

Aproximadamente medio mes después, la criada me dijo:

—Nunca nos sucedió algo tan vergonzoso. Esta muchacha nos ha deshonrado.

Era evidente que la cleptomanía de la niñera había ido en aumento. Con dinero en efectivo, había comprado en el almacén del pueblo rollos y rollos de tela, algo demasiado caro para alguien de su condición. La tienda había avisado en secreto a los de la posada.

Y a pedido de la dueña, la criada había interrogado a la muchacha. "Si va a hablarme con ese tono, voy y se lo cuento personalmente a la señora", había replicado, y se había retirado de la habitación contoneándose con exageración.

—Era como si me estuviera diciendo "no voy a admitir nada ante una simple criada como tú".

Según el relato de la criada, la niñera, sentada ante la dueña y ladeando inocentemente la cabeza, había enunciado los artículos uno por uno según los recordaba. Agregó que el total, con lo tomado de los huéspedes y del mostrador, representaría unos ciento cincuenta yenes.

—Dijo que se había mandado hacer tres o cuatro kimonos y unos abrigos, y que luego se los había enviado a su madre al hospital con un automóvil.

Cuando el clérigo principal la devolvió a la casa paterna, la recibieron sin ninguna muestra de disgusto. Al poco tiempo de que se fuera la hermosa niñera, también yo abandoné la posada. Detrás del coche de caballo, un automóvil corría como queriendo hender los verdes bosques. El carruaje se hizo a un lado para darle paso. Un poco más adelante, al costado derecho, el automóvil se detuvo. Y la niñera, muy efusiva, bajó de él. Con chillidos de alegría se lanzó sobre el carruaje.

—Estoy tan feliz de encontrarlo. Voy con mi madre a la ciudad para ver al doctor. Mi pobre madre está perdiendo la vista de uno de sus ojos. ¿No gusta acompañarnos en nuestro automóvil? Lo dejamos en la estación. No hay problema ninguno.

Me bajé del carruaje de un salto. Qué alegría resplandecía en el rostro de la niñera.

En la ventanilla, la venda que cubría el ojo de su madre se destacaba como una mancha blanca.

Truenos en otoño (*Aki no kaminari*)
[1928]

En el inicio del otoño, cuando las jovencitas regresan del mar y caminan por la ciudad como finos potros de pelaje castaño, tuvo lugar nuestra ceremonia de bodas, en el salón de un hotel, con el sonido antiguo de una flauta de bambú. De repente, se vio un chispazo en la ventana y estalló un trueno, como dando por acabada la ceremonia. La cara de mi novia de diecisiete años palideció. Cerró los ojos y su cuerpo se contrajo como una bandera mojada.

—¡Cierren la ventana y corran la cortina!

Cuando finalizó la ceremonia, el padre de la novia dijo:

—El miedo de mi hija a los truenos tal vez se deba a una vieja maldición.

Y contó esta historia sobre un hijo obediente de la antigua provincia de Tamba.

"Yoshida Shichizaemon, de la aldea de Haji en el condado de Amada, en Tamba, era tan devoto de sus padres que el señor feudal lo elogió por su piedad filial y lo eximió de pagar impuestos a la tierra. La madre de Shichizaemon tenía tal pavor a los truenos que palidecía incluso con el sonido de un tambor. Por eso, cada vez que se oía un trueno, Shichizaemon volvía corriendo a su casa sin importar dónde se encontrara o qué estuviera haciendo. En verano no se alejaba más allá de la aldea vecina. Y no sólo eso. Incluso tras la muerte de su madre, Shichizaemon corría hasta el cementerio y envolvía con sus brazos la lápida cada vez que oía el sonido de un trueno.

"Una noche, durante una tormenta, cuando estaba acurrucado sobre la lápida, abrazándola, murió fulminado por un rayo. Al día siguiente el cielo estaba despejado y resplandeciente. Pero cuando uno de los aldeanos intentó retirar el brazo de Shichizaemon de la piedra, éste se rompió en pedazos. Su negro cuerpo carbonizado era una silueta de cenizas que se deshizo cuando la tocaron. Evidentemente había sido un error intentar apartar al obediente Shichizaemon de la lápida de su madre. Una vieja recogió un dedo que estaba caído y se lo guardó dentro de una manga. Se inclinó y dijo: 'Voy a dárselo de comer a mi desconsiderado y atolondrado hijo'.

"Otros aldeanos también empezaron a recoger partes del cuerpo.

"Las cenizas fueron pasadas de generación en generación como un tesoro familiar. De niño mi madre me dio a comer algunas. Y me pregunto si es por eso que yo —y esta hija— les tememos a los truenos."

—¿A tu hija también —me referí a mi mujer como lo había hecho su padre— le diste algunas?, ¿también a ella?

—No, no tuve esa precaución. Pero si tus padres quieren darle un poco, se las enviaré en un paquetito.

En nuestra nueva casa en las afueras de la ciudad, donde todo es nuevo, cuatro grillos pegan un salto desde el flamante tocador de mi esposa, todavía cubierto con una funda blanca. Mi esposa tiene la misma levedad de verano que un ramo de lilas. Y entonces, una vez más, un violento trueno estalla como si el propio verano quisiera aniquilarse. Al aferrar a mi pequeña esposa encogida, lo que primero siento a través de su piel es algo en su interior que es como de madre. ¿Quién podrá garantizarme que no me convertiré en un cadáver carbonizado por abrazar esta cálida y suave lápida?

Destella un relámpago. Y retumba sobre el techo un trueno que parece convertir nuestra cama matrimonial en una cama mortuoria.

—¡La cortina, corre la cortina!

Hogar (*Katei*)
[1928]

Ceguera no necesariamente es sólo la que se padece en los ojos.

Tomando a su mujer ciega de la mano, el hombre la condujo hasta la colina para ver la casa que se alquilaba.
—¿Qué es ese sonido?
—El viento entre los bambúes.
—Claro. Hace tanto que no salgo de la casa que me he olvidado de cómo susurran las hojas de bambú... Tú sabes, las escaleras de la casa en la que vivimos son tremendamente angostas. Cuando nos mudamos, casi no me atrevía a subirlas. Ahora, justo cuando me he acostumbrado a ellas, me dices que otra vez vamos a ver una casa nueva. Un ciego conoce todos los escondrijos de su casa. Está tan familiarizado con ella como lo está con su propio cuerpo. Para un vidente, una casa es algo muerto, pero para un ciego está viva. Tiene una pulsación. Ahora ¿voy a chocar otra vez contra columnas y tropezarme con el umbral de una nueva casa?
Soltando la mano de su mujer, el hombre abrió el portón blanco.
—Se siente oscuro, como si los árboles demasiado crecidos ahogaran el jardín. Los inviernos serán fríos a partir de ahora —dijo ella.
—Es una casa de estilo occidental con paredes y ven-

tanas oscuras. Deben de haberla ocupado unos alemanes antes. La placa dice "Liederman".

Pero al empujar la puerta de entrada, el hombre retrocedió cegado por una luz deslumbrante.

—Es maravilloso. Hay tanta luz. Tal vez sea de noche en el jardín, pero adentro es de día.

El empapelado a rayas amarillas y rojas era deslumbrante, semejante a los tapices en rojo y escarlata que se despliegan durante las ceremonias. Los pesados cortinados rojos relucían como bombitas eléctricas de colores.

—Hay un sofá, una chimenea, una mesa y sillas, un escritorio, una lámpara de adorno, no faltan muebles. ¡Pruébalos!

Casi atropellándola, la hizo sentar en el sofá. Ella agitaba sus manos como una torpe patinadora sobre hielo y rebotaba como un resorte.

—¡Oh!, y hasta hay un piano.

La tomó de la mano y la hizo agacharse. Ella se sentó ante el pequeño piano próximo a la chimenea y palpó con cautela las teclas, como si se tratara de algo amenazador.

—Escucha, suena.

Empezó a tocar una melodía simple, probablemente una canción aprendida de niña, cuando todavía podía ver.

Él fue al estudio, donde había un gran escritorio. Y contiguo al estudio, descubrió un dormitorio con una cama doble. Aquí también había rayas, rojas y blancas, esta vez en una manta arrollada alrededor de un colchón relleno de paja. Se tiró sobre él. Era suave y elástico. Las notas de su mujer empezaban a sonar más alegres. Pero también podía oír su risa infantil cuando cada tanto se equivocaba, la penitencia de la ceguera.

—Ven aquí a ver esta gran cama.

Era extraño, pero la mujer se desplazaba rápidamente hacia el dormitorio, moviéndose por la casa desconocida como una muchacha vidente.

Se abrazaron. Él la hizo rebotar como un muñeco a resorte cuando se sentaron en la cama. La mujer empezó a silbar bajito. Estaban olvidados del tiempo.

—¿Qué lugar es éste?

—Bueno...

—De verdad, ¿dónde estamos?

—Donde sea que estemos, no es tu casa.

—¡Qué bueno sería que hubiera muchos lugares como éste!

Estación de lluvias (*Shigure no eki*)
[1928]

Esposas, esposas, esposas, esposas. Oh, mujeres, ¿cuántas de ustedes, en este mundo, son llamadas de ese modo? Sé que no es inusual que todas las muchachas se conviertan en esposas de los hombres, pero, mis amigos, ¿han visto alguna vez una multitud de esposas? Es una dolorosa sorpresa, algo así como ver una muchedumbre de prisioneras.

Ustedes no pueden imaginar la diferencia entre una multitud de esposas y una multitud de jovencitas estudiantes o de obreras de una fábrica. Las estudiantes o las obreras están reunidas por algo en común. En una palabra, han sido liberadas de sus hogares por ese algo. Pero una multitud de esposas está hecha de personas solitarias que han salido de sus casas como de salas de aislamiento. Si se tratara de un bazar de caridad o de un picnic que reuniera a compañeras de curso, uno podría decir que incluso las esposas pueden ser estudiantes de nuevo por un rato. Pero una reunión como ésta, que ocurre sólo por el amor de cada esposa por su marido, se conforma con personas solitarias. Sin embargo, no es ésta una historia sobre muchedumbres tristes.

Tomemos una estación de tren suburbana —Omori, por caso—. El claro cielo otoñal se ha nublado desde la tarde y está lloviendo, digamos. Un escritor está despidiendo a su mujer. Como lamentablemente ella no es paciente de una sala de aislamiento sino una bailarina en un teatro de Shigeno, en la entrada a la boletería de la estación, un paraguas le ha sido entregado a él por la esposa de su vecino, con estas palabras: "Vuelva feliz y seco. Yo le presto un paraguas".

Lo que le han dado no es simplemente un paraguas sino el sentimiento mismo de "esposa". Ruborizada hasta en el cuello, la esposa del vecino le sonríe. Es lo natural. Una muchedumbre de esposas, cada una con dos paraguas, está de pie alrededor de la salida de la estación ocupando un radio de veinte metros, con unánimes miradas de odio clavadas en la boletería.

—Oh, gracias. Es como el Día del Trabajo de las Esposas.

Él está aun más aturdido que la esposa del vecino. Como un orador locamente excitado, baja corriendo los escalones de piedra.

Una vez que traspasa el cerco de mujeres y se detiene para recuperar el aliento, da un suspiro de alivio y abre el paraguas. Para su sorpresa, se trata de un paraguas de mujer, verde agua, con un diseño de lirios azules. Ya fuera que ella, confundida, le entregara el paraguas equivocado, ya fuera que le hubiera dado el suyo propio, los gentiles sentimientos de la mujeres que habían ido a la estación bajo la lluvia del otoño tardío se infiltran en su corazón como un hilo de agua.

Muchas veces, desde su estudio del primer piso, había observado lo que quedaba al descubierto de sus piernas por encima de los tobillos cuando, trabajando con la bomba en el pozo, se quedaba sobre las puntas de los pies con la falda de su kimono ligeramente abierta. Cuando sus ojos se encontraron, su sonrisa le hizo pensar en el viento del otoño soplando sobre las frutas ya maduras. Ella era ese tipo de mujer. Pero ahora, resguardado bajo el paraguas con diseño floral y al pensar en su mujer, bailando como loca en brazos de otro hombre, la vieja y familiar soledad se apodera de él.

Desde las tres calles principales que convergen sobre la estación, un ejército de amas de casa, blandiendo con sus paraguas un doméstico —totalmente doméstico— amor, va al ataque. Sus ligeros pasos, su simple y sin dobleces aire de frágil salud, desacostumbrado a la luz externa, su humildad hacen pensar, por el contrario, en un violento ataque de oprimidos, de los humildes de la tierra, de prisioneros.

"El Día del Trabajo de las Amas de Casa… ésa sí que fue una buena metáfora, si he de dar mi opinión." Marchando en sentido contrario al avance sin fin de las mujeres, cada una con un paraguas para su marido, se dice: "Estas mujeres que han salido de sus cocinas sin nada de maquillaje, son la exacta imagen de hogares faltos de creatividad. Son un muestrario de los hogares de los asalariados".

Sonríe de un modo afín al lluvioso cielo otoñal. Pero las mujeres de la estación no sonríen. Son mujeres que, hartas de esperar, están a punto de llorar.

La verdad es que la mujer del vecino no tenía un segundo paraguas para su marido.

Si bien estos detalles muestran claramente que los vecindarios suburbanos de estas estaciones lluviosas —por caso, Omori o sus alrededores— son conejeras de jóvenes matrimonios donde los maridos oficinistas no manejan automóviles y las mujeres con sus vulgares kimonos de seda no tienen criadas, debo admitir que no es infrecuente ver, entre la muchedumbre, amas de casa con sombrillas de tosco papel aceitado y sus bebés atados en la espalda, o a viejas campesinas con los paraguas de sus maridos plegados y bastones, o a jóvenes señoras que, sin impermeables de otoño, visten oscuras capas de invierno... Las esposas, esposas, esposas de este enjambre, una vez que han divisado a sus hombres emergiendo de la boletería, cumplida su jornada, regresan con ellos al hogar, paraguas a la par uno del otro o tal vez bajo el mismo paraguas, sintiendo alivio y afirmación, una alegría y un deleite peculiar por este momento del día que los retrotrae a la felicidad de la luna de miel. Sin embargo su número, continuamente presionando alrededor de la salida de la estación, le hace a uno recordar una suerte de mercado de las mujeres del mundo en busca de maridos, el modelo del mercado del matrimonio, totalmente desprovisto de maquillaje y de romance.

La mujer del vecino, no obstante, tenía la esperanza de ser el único artículo de ese mercado que permaneciera sin vender. Temía y temblaba por miedo a que su pobre marido saliera de la estación. Pues, mientras entregaba el paraguas al escritor, su antigua rival en el amor había subido unos escalones para acercársele.

—Cuánto tiempo sin vernos. ¿Estás viviendo también en Omori?

—Oh, eres tú.

Las dos compañeras se sonrieron como si acabaran de reconocerse.

—¿No era ése el señor Nenami, el escritor?

—Sí.

—Ah, conque así es. Te tengo envidia. ¿Cuándo se casaron?

—¿Cuándo, me preguntas...?

—Qué rara eres. ¿Quieres decirme que estás tan feliz con tu matrimonio que te has olvidado de la fecha de tu boda?

—Fue en julio —afirmó la mujer súbitamente.

Ella no había llevado el paraguas para tener una atención con el escritor. Pero, al ver a su vieja rival en la estación, luchó con sus emociones, sin pensarlo, le entregó el paraguas al exitoso escritor Nenami.

—Eso es hace más de un año. Te has sonrojado como alguien que se hubiera casado ayer.

—Me alegra verte.

—A mí también. Déjame visitarte un día de éstos. Soy una lectora fanática del señor Nenami. Leí sobre lo buen mozo que es en una columna de chismes, pero es todavía más apuesto de lo que dicen. Estoy celosa. Para ser sincera, Chiyoko, te lastimé hace un tiempo. Pero, siendo así las cosas, probablemente debí hacer lo que hice. No sabía si presentarme o no. Pero cuando me di cuenta de que eras la mujer de Nenami, me sentí liberada y cómoda. Después de todo, las cosas han cambiado, eres tú la que se ha sacado la lotería, gracias a que yo aparté de ti a un perdedor. En lugar de sentir rencor por el pasado, deberías agradecerme. No es sino agua que pasa por debajo del puente, sólo eso. Un mal sueño del que ya te has olvidado porque ahora eres feliz. Ahora que me doy cuenta de que podemos ser nuevamente amigas, me siento feliz. Estoy fuera de mí, tan contenta. Quería felicitarte. Por eso me acerqué a saludarte.

"Mientes. Soy yo la ganadora." La mujer del vecino estaba entumecida, paralizada de alegría.

—¿Estás esperando a alguien más?

—Sí, le encargué a una discípula de él que me hiciera algunas compras en Matsuya.

Esta vez, su voz sonaba animada y firme.

Para valernos nuevamente de la metáfora favorita de Nenami, la entrada a la boletería es como la puerta de una enorme prisión de la sociedad. Los hombres, convictos sirviendo a una vida sentenciada a la servidumbre penal, cruzan la entrada y, junto con las inválidas que han venido a buscarlos, vuelven a sus salas de aislamiento. Éstas, sin embargo, eran dos esposas que temían la liberación de sus maridos. Cada vez que el tren llegaba, sentían un baño de frío en sus corazones. ¿Cuál de los maridos llegaría primero?

La mujer del vecino amaba demasiado a su marido como para volver a fingir que era la mujer de Nenami. Pues, justamente como su vieja rival había dicho, ella se había olvidado por completo de su antiguo amor gracias a su amor por otro hombre. Pero ver que la vieja llama era recibida por su rival sin duda era algo tan doloroso como ver arrancada su máscara. Todavía las cadenas de la costumbre de venir a buscar a su marido ataban a esta esposa a la estación lluviosa esa tarde de otoño.

Por su parte, la rival ya no quería a su marido, que no era ese estudiante universitario que ambas habían amado, el apuesto joven de la memoria de la otra mujer, sino un empleado de oficina con un sueldo bajo, harto de la vida, como se veía. Con el dinero justo para el boleto en su bolsillo, con el mismo traje que había usado en su boda y en los siguientes cuatro años ya raído, empapado por la lluvia de este final de otoño, su marido no era ningún premio, pero ella no podía devolverlo a su casa por fallas.

—Realmente los cielos de otoño representan a mujeres en llanto. Hoy no es el caso, pero la mayoría de los días los taxis desaparecen en seguida. Y nos vemos eternizadas en una especie de competencia de lealtad a los maridos. Es como un mercado de ropa vieja de mujeres, ¿no?

Viendo que no había respuesta a esta charla sobre maridos, la rival abordó el tema de la solidaridad.

—Mirémonos. Es una realización, no importa lo gastados que estén nuestros vestidos, maquillarnos suavemente y venir a la estación. Es la rebelión de las mujeres.

—Mi marido dice que es como el Día del Trabajo de las amas de casa.

—Y tiene razón. Así es. Avergonzaríamos a nuestros maridos si fuésemos feas.

Vestida con colores brillantes, calzando unas sandalias altas laqueadas de color amarillo, la rival lucía un nuevo maquillaje. Generalmente la mujer del vecino iba directamente de la cocina tal cual estaba. Su rival no olvidaba maquillarse incluso cuando durante la estación lluviosaiba a buscar a su marido con un paraguas; era lo que en otros tiempos le había hecho perder a la mujer del vecino a su novio. Pero ahora la mujer del vecino se había pintado con el lápiz labial propio de la mujer de un escritor, y estaba feliz con su maquillaje. Había derrotado a su rival.

—Pero yo tengo un complejo de inferioridad. Me preocupa atraer la atención de las personas.

—Es un feliz destino. Sólo unos pocos saben que eres la esposa de Nenami. Si quieres, puedo divulgarlo. Puedo decir "Permítame que le presente a la señora de Nenami" —dijo la otra, yendo más allá de lo que habría querido la mujer del vecino.

Luego, como tercera estrategia, la rival empezó a retocarse el maquillaje. Mientras, dándose ínfulas, alardeaba de sus conocimientos sobre música y el "nuevo teatro".

Precisamente entonces, con su frente destacándose como un flor blancasobre los blandos sombreros de fieltro de los oficinistas, cruzando el puente sobre las vías, ¿quién venía hacia este lado sino el celebrado actor del nuevo teatro que vivía en Omori? Como lo había visto llegar tarde de noche, del brazo con la mujer bailarina de Nenami, la mujer del vecino ya lo conocía de vista. Era él la persona de quien se rumoreaba que su vieja rival era más que amiga por esos días.

—Oh, es Nakano Tokihiko.

Con esta exclamación de la mujer del vecino, la compuesta rival se apartó rauda para ir hacia la salida de la boletería.

—¿El señor Nakano, verdad? Estaba esperándolo. Por favor venga bajo mi paraguas como si fuéramos amantes.

Susurrando esto, la rival coqueteaba con él. Tuvo suerte de que este Nakano, a quien estaba esperando por primera vez, fuera un galán. Cubriendo los hombros del caballero bajo el paraguas, que elegantemente hacía girar con una mano, cambió de dirección.

—Yo lo conduciré.

Con un aire de triunfo, se lanzó al mar de paraguas de las esposas.

Como una ciénaga con ruibarbos sometidos a las ráfagas de viento, los paraguas en la plaza que circundaba la estación susurraban y se ladeaban con hostilidad hacia esta pareja tan espléndidamente arreglada. Instantáneamente, la multitud se convirtió en una organizada cruzada de mujeres honestas, la brigada de los hogares. Pero la mujer del vecino estaba aún intoxicada con su victoria de maquillaje como para unírseles. "Ella debe de ser la amante del actor, pero no su esposa. Yo soy la mujer de un famoso escritor." Aunque las dos se habían maquillado, el suyo, más que el maquillaje de la amante que pronto se apagaría y diluiría, era el maquillaje natural de una mujer honesta. Por supuesto que nunca traicionaría a su verdadero marido. Bajo el paraguas, le contaría sobre este incidente en la estación de la lluvia. Y, ese mismo día, le contaría, con lágrimas en los ojos, la secreta historia de su viejo amor. De modo que, aunque estaba un poco mareada por la victoria del maquillaje, sus pensamientos estaban con su marido. Y ahora que la enemiga se había retirado, ella podía esperarlo sin ninguna sombra en el corazón.

Pero, ¿es la felicidad del maquillaje como una fruta en una rama alta? La mujer del vecino no era una acróbata acostumbrada a escalar el árbol del maquillaje como su enemiga. Si bien montada sobre la espalda de su enemiga ella había picoteado la fruta de ser la esposa de un escritor, su enemiga había emprendido vuelo más allá de la copa del árbol agitando con fuerza las alas del adulterio. A menos que alguien le tendiera una mano, ella no podría volver al suelo para unirse a la cruzada de mujeres honestas. Por más que esperó y esperó, su marido no llegaba para rescatarla. Las esposas, esposas, esposas, recogiendo a sus maridos, maridos, maridos, se dispersaron en medio de la oscuridad lluviosa. Las paredes de la estación quedaron tan desanimadas como muros de una ruina. La incesante lluvia con ráfagas de viento heló sus párpados. Con el maquillaje completamente corrido, la mujer del vecino empezó a sentir un hambre violenta. Incapaz como nunca de abandonar la estación, empeñosamente esperó por su esposo con una creciente conciencia nerviosa, como en exilio en la Isla de los Demonios.

Finalmente, a las nueve en punto, cuando ya llevaba cinco horas esperando en la entrada a la boletería, hacia donde se dejó llevar como una sombra alargada, no estaba su marido sino su viejo amor... en fin, el marido de su enemiga. En lugar de encontrar la fuerza para volver en sí, se dejó llevar por la tristeza que la inundó abruptamente. Con el miserable cansancio de alguien que acaba de abandonar una prisión, el hombre bajó los escalones de piedra, buscando inquieto a su mujer. Cuando la mujer del vecino, sin decir una palabra, desplegó su paraguas sobre su cabeza, las lágrimas se deslizaban por su cara como la misma lluvia de esa noche. Él no entendió.

Desde el primer piso de la casa a la que todavía no había vuelto su mujer bailarina, el escritor miró con desconfianza hacia la ensombrecida casa esa noche de lluvia y viento. Y estas palabras de advertencia a los maridos, maridos, maridos del mundo le vinieron a la mente:

"Oh, maridos, en días con tardes lluviosas, particularmente en noches de lluvia de finales de otoño, apresúrense hacia las estaciones donde sus esposas los aguardan. No puedo garantizar que el corazón de una mujer, al igual que un paraguas, no sea entregado a otro hombre".

En la casa de empeños (*Shichiya nite*)
[1929]

En la escarchada puerta de vidrio, iluminada con el reflejo de la nieve, las decoraciones de Año Nuevo con ramas de pino lanzaban sus sombras. Con una prenda blanca nueva bajo su kimono, el hijo del prestamista estaba sentado en el local. Sus labios eran tan rojos como los de una jovencita maquillada, y la suave carne de su cuello tenía una sensualidad femenina. El inacabado trabajo de taracea de las puertas enrejadas, evidentemente cambiado a fin de año, tenía el brillo artificial de un escenario. A través de las puertas abiertas, el visitante había intercambiado saludos de Año Nuevo con el muchacho. Por eso, con toda calma y sonriéndose, estaban ahora hablando de dinero e intereses. Que el diez por ciento mensual, lo cual hacía treinta yenes sobre trescientos...

—Bien, de modo que con mil quinientos o dos mil yenes, ¿uno podría vivir espléndidamente con los intereses? Es raro que no sean todos prestamistas.

—Por eso es mejor no pedir dinero prestado. Los intereses se deducen por adelantado y, con la comisión y los gastos, usted termina con mucho menos que el valor nominal del préstamo. Y un préstamo o un crédito, sin una garantía, es difícil —dijo el muchacho.

—Estoy en apuros. Si su familia conoce a un prestamista en el vecindario, le agradecería que me lo presentaran.

—Muy bien.

Aunque el muchacho le sonreía con una amabilidad de jovencita, su voz tenía el aceitado engaño del usurero astuto.

Si sigo hablando con él, me prestarán el dinero, pensaba el visitante. Pero esta esperanza egoísta y desesperada no podía revelarse ni siquiera en su expresión. Pensó en su mujer, que esperaba afuera, en la calle nevada. Justo en ese momento, y para su sorpresa, se abrió la puerta. Pero no era su mujer. Era un hombre.

Como alguien que hubiera caído enfermo en la calle y a duras penas pudiera regresar a su casa para morir, el hombre se balanceaba de adelante para atrás, agarrándose de la puerta de vidrio, que había deslizado para cerrar. Restregándose con su hombro contra la pared, se aferró de la reja de la caja.

—Es la primera vez que vengo. Quiero que me preste dinero por esto.

Y le mostró al muchacho un par de largas enaguas de mujer. La tela de muselina estaba excesivamente percudida. El primer visitante desvió la vista. Por la falda del kimono del hombre asomaban sus gastadas ropas de abrigo de franela. Las suelas de sus pesadas sandalias tenían una costra de nieve y lodo, y las gruesas correas estaban muy flojas.

—Por ser la primera vez, no puedo aceptar los artículos hasta no ver su casa.

—La verdad es que antes, a fin de año, vine y me dijeron lo mismo. Esa vez, mi mujer sentía vergüenza por los vecinos. Pero ahora mi mujer dice que ya estamos más allá de la vergüenza y la reputación, y que no importa que usted venga. Desde noviembre, ninguno de los dos hemos abandonado la cama. He hecho todo el camino desde más allá de la estación así como me ve. Tal vez no pueda regresar. Sólo puedo caminar muy despacio. Pero, en caso de acompañarme, ¿podría usted prestarnos un yen y cincuenta sen?

—Es Año Nuevo, no tengo a nadie a quien pueda enviar.

—Por favor, tenga en cuenta que estoy enfermo. Me tomó una hora recorrer poco más de mil metros.

El hombre se detuvo, y tosió dentro de un pedazo de diario. Mantenía sus rodillas firmemente juntas en una formal posición de sentado. Sus dedos sucios temblaban junto con el diario. Con una voz arrogante y agitada, y como si estuviera reprendiendo al muchacho, empezó a recitar sus miserias completas otra vez. Pero el muchacho, como una jovencita porfiada, no le contestaba.

—Y usted, allí en silencio...

Tomando las enaguas, el hombre empezó a envolverlas de nuevo con el papel de diario. Ocultando con precipitación bajo su rodilla la parte del diario que había quedado salpicada con sangre, gritó:

—¿Tiene sangre en las venas? ¿Sangre humana?

—Disculpe, pero no tengo la suficiente como para desperdiciarla tosiendo.

—¿Qué dice?

En un violento ataque de tos, el hombre desparramó sangre y saliva sobre toda la reja.

—Ésta es la sangre de un ser humano. Recuérdelo.

En la frente del hombre se marcaron unas venas azules. Sus ojos empezaron a dar vueltas, y pareció a punto de colapsar. El primer visitante intervino.

—Perdone. Si un yen y cincuenta sen lo ayudan, se los presto.

Sorprendido, el hombre lo miró. Y las fuerzas parecieron abandonarlo. Mientras dudaba, volvió a abrirse la puerta de entrada. El primer visitante presionó el dinero en la mano del hombre enfermo.

—Por favor, acéptelos.

El otro intentó darle las enaguas. Cuando las rechazó, el hombre, sonriendo, inclinando a tal punto su cabeza que el largo cabello cayó hacia delante, murmuró algo y salió tambaleándose del negocio. Con un desinfectante que había traído de una habitación interna, el muchacho limpiaba la sangre de las rejas.

—Parecía salido del infierno para chantajearlo.

—¿Cómo podía aceptar algo que era un nido de gérmenes de tuberculosis? Y con ese modo despótico de hablar, como un villano de teatro. Apuesto a que es comunista.

Un nuevo cliente, que había entrado al negocio como si lo estuvieran persiguiendo, estaba de pie en un rincón sin intentar escuchar la conversación. Pero cuando el muchacho volvió a la caja, se adelantó bruscamente. Sacó de su kimono un pequeño paquete envuelto en papel, y se lo tendió al joven.

—¿Cuánto es?

Cuando el muchacho abrió el paquete, había un amasijo de billetes. Para ocultar al muchacho de las miradas de otros clientes mientras contaba el dinero, el hombre se tomó del enrejado de modo que sus mangas lo cubrieron como alas de murciélago. Era el mismo enrejado que acababa de ser limpiado de sangre. Desde atrás, la figura del hombre murciélago parecía, a la vez que desarrapada, amenazadora. Después de tomar el recibo, se retiró cabizbajo con la rudeza de un hombre que viviera en las sombras de la privación.

—Ahí hay más de cien yen. ¿Qué diablos tenía empeñado para tener que pagar tal suma como interés?

—No son intereses.

El muchacho finalmente había recobrado su sonrisa femenina.

—Es un secreto, pero ese tipo está empeñando su capital.

—¿Es un ladrón? ¿Cuál de los dos tiene que pagar intereses?

—Él, del mismo modo que si fuera un artículo. Dice que es por sus vecinos. Quiere hacerles creer que su casa está siempre hipotecada y que ellos no tienen un centavo. Es exactamente el caso opuesto del otro hombre.

—Si tiene que aparentar ser tan pobre, el dinero debe de ser sucio. ¿En qué se ocupa?

—Si piensan que es pobre, no tiene que gastar dinero y la gente no se lo pedirá.

—Bien, pues hay gente que viene a pedirme dinero, y yo no sé qué hacer. ¿Por qué no me presta algo de ese extraño dinero?

—Bien, un momento.

El muchacho desapareció en el interior de la casa. Luego, tan amigable como una jovencita, volvió a aparecer.

—El viejo dice que lo aprueba. Es la mitad de los trescientos yen que usted mencionó.

De un salto el visitante salió del local a la nieve brillante por el sol. Parada entre los niños que construían un muñeco de nieve en el borde del bosque, su mujer le sonreía, luminosa y feliz.

El retrete budista (*Setchin Jobutsu*)
[1929]

Una primavera, hace mucho mucho tiempo en Arashiyama, en Kioto.

Damas de las familias de alcurnia de Kioto, sus hijas, geishas de los barrios de placer y prostitutas venían con sus galas de primavera a ver los cerezos en flor.

—Perdón por este pedido, pero, ¿podría usar su baño?

Las mujeres se inclinaban, sonrojadas, en la entrada de una fea granja. Cuando iban hacia los fondos, se encontraban con un retrete viejo y sucio protegido por unas esteras de paja colgantes. Cada vez que soplaba la brisa primaveral, la piel de las mujeres de Kioto sentía escalofríos. Se oía el llanto de niños por algún lado.

Al ver la incomodidad de las damas, a un campesino se le ocurrió una idea. Construyó un pulcro retrete y colgó un cartel con tinta negra. "Servicio pago, tres *mon*[1]." Durante la temporada de los cerezos en flor tuvo mucho éxito y se volvió rico.

—Últimamente, Hachibei reunió una considerable suma de dinero con su retrete pago. Creo que voy a construir uno para la próxima primavera y le birlaré el negocio. ¿Cómo me irá? —uno de los aldeanos, con envidia, le comentaba eso a su mujer.

—Es un mal razonamiento de tu parte. Tú puedes construir un retrete, pero es Hachibei el que tiene ya es-

---

[1] Valor monetario equivalente a un cuarto de penique.

tablecido el negocio y la clientela. Serás el novato y para cuando tengas alguna popularidad, ya serás pobre.

—Lo que no entiendes es que el baño que estoy imaginando no será sucio como el de Hachibei. Me han dicho que la ceremonia del té es muy popular en la capital, así que pretendo levantar un baño en el estilo de una sala de té. Ante todo, para los cuatro pilares, los troncos de Yoshino no se verían bien, de modo que emplearé maderas con nudos de Kitayama. El techo será de juncos y, en lugar de una cuerda, pondré una cadena como las que sostienen las pavas. Una idea original, ¿no te parece? Le haré unas aberturas a nivel del piso. Y las tablas serán de cedro. Las paredes tendrán una doble capa de yeso y la puerta será de ciprés. Lo techaré con cedro y usaré piedras de Kurama para el camino. Alrededor tendrá un cerco de bambú y, más allá del lavatorio de piedra, plantaré un arce rojo. Tan atractivo será que las escuelas de té Senke, Enshu, Uraku y Hayami, y todas las demás, lo encontrarán de su gusto.

Su mujer lo escuchaba con aire distraído, hasta que le preguntó:

—¿Y cuánto te costará?

De algún modo, el hombre consiguió con mucho esfuerzo levantar el espléndido retrete para la temporada de floración de los cerezos. Y un monje le pintó el cartel en llamativo estilo Tang.

—Baño pago, ocho *mon*.

Las mujeres de la capital se limitaban a observarlo ansiosas, convencidas de que era demasiado hermoso para ser usado. La mujer del pobre hombre pateó el suelo.

—¿Lo ves? Por eso te decía que no lo construyeras. Invertiste todo el dinero en esto, y ahora, ¿qué pasará?

—No hay motivo para tanto enojo. Mañana cuando vaya por allí ofreciéndolo, las clientas se pondrán en fila como hormigas. Levántate temprano tú también y prepárame un almuerzo. Daré unas vueltas y la gente se juntará como si esto fuera una feria de pueblo.

El hombre recobró la calma. Pero al día siguiente se levantó más tarde que de costumbre, a eso de las ocho. Vistió su kimono y se colgó la caja con comida al cuello. Se volvió para saludar a su mujer con un brillo triste en sus ojos.

—Bien, dijiste que esto era un sueño, un loco sueño. Ya verás. Una vez que haya hecho mi ronda vendrán como manada. Si el recipiente se llena, pon el cartel de cerrado y pídele al vecino Jirohei que retire un par de cargas.

A su mujer, todo le sonó muy raro: "¿Hacer rondas?", se dijo. "¿Estará pensando en caminar pregonando: 'Baño pago, baño pago'?" Mientras cavilaba, una jovencita arrojó ocho *mon* en la caja para recaudar dinero y entró en el baño. Y después de ella otra, y otra, las clientas no dejaban de acercarse. La mujer estaba desconcertada y boquiabierta mientras cuidaba la caja. Pronto tuvo que colocar el cartel de cerrado y hubo cierta conmoción hasta que el recipiente vacío fue repuesto. Antes de que terminara la jornada ya había recaudado ocho *kan* y vaciado el recipiente cinco veces.

—Mi marido debe de ser una reencarnación del bodhisattva Monju. Es la primera vez que sus sueños se cumplen.

Complacida, compró vino y lo esperaba, cuando sucedió algo patético: traían el cadáver de su marido a la casa.

—Murió en el baño pago de Hachibei, de lumbago, por lo que parece.

Apenas el hombre partió de su casa esa mañana, pagó tres *mon*, entró en el retrete de Hachibei y le puso pestillo a la puerta. Cada vez que alguien trataba de entrar, carraspeaba. Continuó así hasta quedar ronco y no poder incorporarse, hacia el final de ese largo día de primavera.

La gente de la capital se enteró de la historia.

—¡Qué triste fin para un hombre tan refinado!

—Fue un maestro insuperable.

—El suicidio más elegante de Japón.

—Un retrete budista. Salud a Amida Buda.

Fueron muy pocos los que no entonaron estos cánticos.

El hombre que no sonreía
(*Warawanau otoko*)
[1929]

El cielo se había vuelto una sombra profunda, como la superficie de una bella pieza de porcelana celadón. Desde mi cama veía cómo las aguas del río Kamo se teñían con el color de la mañana.

Desde hacía una semana, la filmación de la película se continuaba hasta bien entrada la noche, pues el actor con el rol protagónico tenía programado aparecer en escena diez días seguidos. Yo era tan sólo el autor, así que me limitaba a observar el proceso de filmación como un testigo casual. Pero mis labios se habían agrietado y estaba tan cansado que no podía mantener los ojos abiertos, incluso estando parado cerca de las encandilantes lámparas de carburo. Esa mañana había regresado a mi hotel en el momento en que las estrellas empezaban a desaparecer.

Sin embargo, me sentí refrescado por ese cielo color celadón. Y presentí que algún hermoso ensueño iba a hacerse realidad.

Primero, la imagen de la calle Shijo me vino a la mente. El día anterior había almorzado en Kikusui, un restaurante de estilo occidental cerca de Ohashi. Las montañas aparecieron ante mis ojos. Podía ver el color renovado de los árboles de Higashiyama desde la tercera ventana. Era lo previsible pero, para mí, que acababa de llegar de Tokio, era algo asombrosamente fresco. A continuación, recordé una máscara que había visto en la vidriera de un anticuario, una vieja máscara sonriente.

—Lo tengo. Qué hermosa visión —murmuré, feliz, mientras me apropiaba de una hoja de papel y traspasaba mi ensueño a palabras.

Rescribí la última escena del guión de la película. Cuando terminé, agregué una carta al director.

—Haré de la última escena una ensoñación. Máscaras con amables sonrisas aparecerán por toda la pantalla. Como no puedo finalizar esta negra historia con una brillante sonrisa, al menos podría envolver la realidad con una linda y sonriente máscara.

Llevé el manuscrito al estudio. Lo único que había en la oficina era el diario de la mañana. Delante del depósito de la utilería, la empleada de la cafetería limpiaba el piso con aserrín.

—¿Podría colocar esto en el lugar del director?

La película transcurría en un manicomio. Me entristecía ver las miserables vidas de los insanos que filmábamos cada día. Empecé a sentir que me desesperaría no poder agregar un final luminoso. Pero temía no encontrar un cierre feliz a causa de mi propia personalidad sombría.

Por eso me alegré con esta idea de las máscaras. Tenía una sensación placentera al imaginar a todos los del manicomio con una máscara sonriente.

El techo de vidrio del estudio relucía verde. El color del cielo se había encendido con la luz de la mañana. Aliviado, volví a mi habitación y me dormí profundamente.

El hombre que había ido a comprar las máscaras regresó al estudio alrededor de las once de la noche.

—He estado recorriendo todas las jugueterías de

Kioto desde la mañana, pero no había buenas máscaras por ningún lado.

—Veamos qué es lo que tenemos.

Al desenvolver el paquete me desconcerté.

—¿Esto? Bueno...

—Lo sé. No funcionarán. Pensé que iba a encontrar máscaras por todas partes. Estoy seguro de haberlas visto en todo tipo de tiendas, pero esto es lo único que pude conseguir en todo el día.

—Lo que imaginé es algo semejante a una máscara de Noh. Si ella no tiene calidad artística, quedaría simplemente ridícula en la película.

Al tomar la máscara de payaso en mis manos me dieron ganas de llorar.

—Para empezar, este color, fotografiado, se vería como un negro opaco. Y si no tiene una sonrisa más agradable, con el brillo blancuzco sobre la piel...

La lengua roja se desprendió de la cara marrón.

—Las están pintando de blanco en el taller.

La filmación se había detenido temporalmente, así que el director también salió del set escenificado como sala de manicomio, nos miró a todos, y se rió. No había modo de conseguir suficientes máscaras; y tenían que filmar la última escena al día siguiente. Si no se conseguían viejas máscaras, se conformaba con unas de celuloide.

—Si no hay máscaras artísticas, es mejor abandonar la idea —un hombre del equipo de guionistas dijo esto, tal vez simpatizando con mi desconcierto.

—¿Vamos a buscarlas por última vez? Recién son las once, de modo que probablemente todavía estén atendiendo por Kyogoku.

—¿Me acompañaría?

Partimos de prisa en un coche bordeando los diques

del río Kamo. En la orilla opuesta, las luces de las ventanas del hospital universitario se reflejaban en el agua. No concebía que hubiera tantos pacientes sufriendo en un hospital con todas esas ventanas bellamente iluminadas. Me pregunté si no convendría mostrar esas luces en caso de no encontrar las máscaras adecuadas.

Caminamos por todas las jugueterías de Shinkyogoku cuando empezaban a cerrar. Nos dimos cuenta de que era inútil. Compramos veinte máscaras de tortugas de papel. Eran encantadoras pero difícilmente podían calificarse de artísticas. Por la calle Shijo ya todo estaba cerrado.

—Un momento.

El hombre fue hacia una callejuela.

—Hay un montón de negocios por allí que venden instalaciones de viejos altares budistas. Creo que ha de haber también accesorios de teatro Noh.

Pero no había nada abierto. Espié dentro de los negocios a través de las puertas.

—Volveré a las siete de la mañana, pues de todos modos estaré despierto toda la noche

—Vendré con usted. Por favor, despiérteme —le dije.

Pero al día siguiente fue solo. Cuando me desperté, ya habían empezado a filmar con las máscaras. Habían encontrado cinco de las que se usaban en viejas representaciones musicales. Mi idea era emplear veinte o treinta del mismo tipo, pero, emocionado por lo que sería flotar en medio de las amables sonrisas de esas cinco máscaras, me distendí. Sentí que había cumplido con mi responsabilidad hacia los insanos.

—Las alquilé porque comprarlas era demasiado caro. Si se ensucian, no las aceptarán de vuelta, así que sean cuidadosos.

Después de estas palabras del apuntador, todos los

actores se lavaron las manos y tomaron las máscaras con las puntas de sus dedos, mirándolas como a tesoros.

—Si las laváramos, la pintura se desprendería, ¿no?

—Bueno, no se preocupen, yo las compro.

Realmente las quería. En mi ensoñación, veía un futuro donde reinaría la armonía y la gente tendría la misma gentil expresión de esas máscaras.

Apenas llegué a Tokio, fui directamente a la habitación de mi mujer en el hospital.

Los niños riendo se colocaban una máscara tras otra. Tuve una difusa satisfacción.

—Papá, colócate una.

—No.

—Por favor, colócatela.

—No.

—Colócate ésta.

Mi segundo hijo paró e intentó ponerme la máscara sobre la cara.

—Basta —le grité.

Mi mujer me salvó de ese incómodo momento.

—Ven, yo me la pongo.

En medio de las risas de los niños, palidecí.

—¿Qué haces? Estás enferma.

¡Qué horroroso fue ver esa máscara sonriente yaciendo en su lecho de enferma! Cuando se la quitó, su respiración se volvió fatigosa. Pero no fue eso lo que me espantó. Al quedar sin ella, la cara de mi mujer de alguna manera se afeó. Mi piel se puso fría y húmeda al ver su cara ojerosa. La cara de mi mujer me desconcertó. Había quedado cubierta durante tres minutos por la bella, gentil y sonriente expresión de la máscara, y ahora yo podía observar la fealdad de su rostro por primera vez. Aunque más que fealdad, era la expresión dolida de alguien aplastado por la desgracia. Después de quedar oculta por la bella máscara, ahora quedaba revelada la sombra de una vida miserable.

—Papá, póntela.

—Es tu turno, papá.

Los niños me volvían a importunar.

—No.

Me puse de pie. Si me ponían la máscara, y luego me la quitaban, quedaría horrible como un demonio a los ojos de mi mujer. Sentí miedo de la bella máscara. Y ese temor me despertó la sospecha de que el rostro siempre gentil y sonriente de mi mujer podría ser en sí mismo una máscara, o que la sonrisa de mi mujer podía ser un artificio, tal como la máscara.

Las máscaras no son buenas. El arte no es algo bueno.

Redacté un mensaje con la intención de enviarlo al estudio en Kioto.

"Corten la escena de las máscaras."

Pero al instante hice trizas la hoja del telegrama.

Descendiente de samurai (*Shizoku*)
[1929]

En la calma de la tarde, con las copas del bosque de junio meciéndose reflejadas en el agua de su bañera, escuchaba las voces de las mujeres. Era el típico parloteo de las madres cuando muestran a sus bebés, y los sostienen alzados contra sus vientres que recuerdan los de las ranas.

—A este niño, usted sabe señora, no le gustan los juguetes pequeños. Cuando dentro de poco empiece a caminar, va a empezar a patear todo a menos que consigamos mudarnos a una casa más grande, eso es lo que le digo a mi marido.

—Qué notable. Niño, si haces de tu casa un juguete, actuarás como un duende. Ojalá seas un héroe más importante que Yanagawa Shohachi.

—Sí, pero recuerde que ésta es la era de la educación.

—Ni hace falta que lo diga. Este hombrecito es muy extraño. Le gustan los periódicos y los libros con ilustraciones. Cuando le doy algunos, se quedan mirándolos por mucho tiempo con toda tranquilidad.

—Qué impresionante. Éste, en cambio, se mete papel de diario en la boca y hasta rasga los libros y se los come. Se mete de todo en la boca. No le veo la gracia.

—Bueno, este hombrecito no se mete nada en la boca.

—Oh, se lo ve tan bonito. Parece un bebé al que no le interesara comer.

Y se rieron con ese modo estridente que tienen las mujeres, y que suena amigable pero que no revela nada.

Al salir de la casa de baños, echó un vistazo al baño de mujeres. En el espejo del vestuario, los senos como pulpos muertos y las cabezas de los bebés, al igual que aquéllos, zangoloteaban intermitentemente.

Como era usual en los intervalos despejados durante la temporada de lluvias, una pila de grava estaba puesta a secar al costado de la calle mojada. En la cima de la pila, estaba sentada una jovencita de bello cutis que, al verlo, se cubrió el pecho con el tablero de dibujo que tenía sobre la falda.

—Es el artista de esta zona —les cuchicheó a las otras muchachitas que la rodeaban y, ruborizada, les indicó su estudio.

Atraído por su timidez, él espió el tablero que aferraba contra su pecho. Era una acuarela de la granja con techo de paja al otro lado del camino. Pero, más que mirar el color del techo de paja, lo que observaba era el color de los senos armoniosamente desarrollados, que se insinuaban en su vestido de verano suelto. Sus piernas desnudas se estiraban sobre la grava como los pecíolos de alguna flor.

—Le mostrarás tu dibujo a este artista —y al decir eso, puso su mano sobre el tablero de dibujo, que ella inesperadamente apartó de su pecho. La joven dio un grito agudo.

—¡Madre!

Sorprendido, se dio vuelta. La mujer que alzaba al bebé en el baño un rato antes estaba de pie en la entrada de la casa al otro lado de la calle. La muchacha, sin mirar a su madre, a quien había llamado, de repente se puso de pie mientras él dudaba. Fue como si lo acometiera una flor blanca. Mirando la acuarela que él sostenía, ella bajó de la pila de grava. La madre se escurrió en la casa. Las otras muchachas también se pusieron de pie, para oír su comentario sobre la pintura.

—¿Ésa es su casa?

—Sí.

—Su hermanito es el lector de periódicos más joven del mundo.

La joven inclinó su cabeza como una golondrina. Sonriendo amablemente, él le hizo notar con sarcasmo:

—Su casa es residencia de descendientes de samurai. Algo muy notable.

En su camino hacia y desde la casa de baños, acostumbraba mirar el inusual letrero con el nombre que estaba en la puerta de la casa de la jovencita. "Okiyama Kanetake, Descendiente de los Samurai del Clan Daté." Cuando pensaba en el hombre que se había tomado el trabajo de colocar tal información en la puerta de su deslucida casa alquilada en un suburbio de Tokio, no podía evitar una sonrisa irónica. Todo lo que le venía a la memoria al pensar en el clan Daté era una película titulada *Yamagawa Shohachi*, que había ido a ver como pasatiempo en una ciudad de aguas termales del interior. Al darse cuenta de que la mujer que en el baño había dicho que el pequeño debía ser un héroe más eminente que Yanagawa Shohachi era la esposa del descendiente de samurai, tuvo ganas de darse golpes en la rodilla y reír en voz alta. A partir de la historia del bebé que observaba los periódicos y los libros con ilustraciones, la vida de esta familia que se declaraba descendiente de samurai se le apareció vívidamente. Pero tal vez la mujer del descendiente no supiera sobre el clan de su esposo más que el nombre del héroe de un libro de relatos. Y la jovencita con ese vestido occidental tan simple, ¿no había salido corriendo de la casa con una placa tan grandiosa como una golondrina cualquiera? Y las golondrinas no comprenden los sarcasmos.

—El color está bien, pero debes ser un poco más suelta en la línea. No pintes como una descendiente de samurai.

Por ejemplo, una línea como la de tu pierna, que descubre los muslos, quería decirle. Ante este tercer sarcasmo, también, la muchachita se limitó a sonreír, pareciéndose cada vez más a una flor blanca.

—Si te gusta la pintura, ven a mi estudio. Hay todo tipo de libros de pintura.

—¿Podemos ir ahora?

Asintió y la joven adoptó una actitud determinada y lo siguió sin más. Silbando una ligera canción para disimular su sonrisa de satisfacción, él caminó con la vista fija en sus propios pasos. La muchacha, se dio cuenta él de pronto, también era descendiente de samurai. Congregando a las jovencitas humildes del vecindario a su alrededor mientras pintaba su acuarela, coqueteando con él, el artista; llamando a su madre; dejando atrás a sus compañeras y yendo sola a su casa... hizo todas esas cosas porque quería sentir que ella también era descendiente de samurai.

Dejando caer su palma sobre el hombro de la joven como si fuera a pegarle, con una fuerza en sus dedos que parecía querer estrujarla, le dijo:

—Te retrataré.

—Oh, encantada, ¿de veras lo hará?

—Claro que sí. Hoy te dibujaré con ese vestido blanco, pero debes saber, por haber ido a exposiciones, que un artista no puede dibujar el cuerpo humano salvo que esté desnudo. Si no te desnudas, no podré dibujar tu verdadera belleza. La próxima, ¿posarías desnuda para mí?

La joven asintió, con la sumisa tensión de una novia en su cara. Él se quedó tan asombrado como si lo hubieran pinchado con un alfiler.

Sin embargo, también eso probó ser la valentía desmedida de una descendiente de samurai. ¿Por qué? Porque cuando estuvo en su estudio a solas con la muchacha, empezó a sentir la moral del samurai dentro de sí, si bien, al igual que el bebé que comía periódicos, tenía ganas de hundir sus dientes en esa carne y devorar, empezando por las piernas como pecíolos, a esa jovencita samurai.

El gallo y la bailarina
(*Niwatori to odoriko*)
[1930]

Obviamente, la bailarina odiaba eso —tener que cargar un gallo de noche bajo el brazo— sin importar lo tarde que fuera.

La bailarina no era quien criaba pollos, era su madre la que se encargara.

Si ella llegaba a convertirse en una gran bailarina, tal vez su madre no tendría que dedicarse a la cría de aves.

—Están practicando desnudas en la azotea.

La madre estaba desconcertada.

—Y no una o dos, sino cuarenta o cincuenta, como si se tratara de una escuela de niñas. Desnudas... bueno, sus piernas lo están.

La luz primaveral inundaba la azotea de concreto. La bailarina sentía que sus brazos y sus piernas se estiraban como retoños de bambú.

—Ni en la escuela elemental se hace gimnasia en el patio al aire libre.

La madre de la joven se acercó a la puerta del vestuario para ver a su hija.

—El galló cantó de noche. Por eso vine. Pensé que te había pasado algo.

Esperó afuera hasta que el ensayo terminó.

—A partir de mañana, empezaré a bailar desnuda ante una audiencia.

No se lo había dicho a su madre antes.

—Hay gente muy rara. El baño del vestuario queda justo por donde estabas esperándome. Alguien nos dijo que un hombre estuvo allí de pie durante casi una hora con la mirada perdida, aunque la ventana está bien alta y la cubre un vidrio esmerilado. Él no podía ver ni una sombra. Dijeron que miraba cómo se deslizaban las gotas que se formaban sobre el cristal.

—No es de extrañar que el gallo cantara a la noche.

Era una costumbre donar los gallos que cantaban de noche a la deidad Kannon de Asakusa. Se decía que al hacerlo se evitaban calamidades.

Los gallos que convivían con las palomas de Kannon eran, según parecía, fieles profetas atentos al bienestar de sus dueños.

La bailarina volvió una vez a su casa por la tarde, y luego se dirigió a Asakusa, cruzando el puente Kototoi por Honjo. Cargaba un gallo envuelto en tela bajo su brazo.

Desenvolvió el bulto ante Kannon. Y apenas el gallo tocó el piso, agitó sus alas y se alejó corriendo.

—Los gallos son idiotas.

Sintió pena por el gallo, que probablemente estaría encogido en las sombras. Lo buscó pero no dio con él.

Entonces recordó que le habían dicho que tenía que orar.

—Kannon, ¿danzaste alguna vez hace mucho tiempo?

Inclinó la cabeza. Al levantar la vista, quedó estupefacta. En las ramas de un árbol gingko, tres, cuatro, o tal vez cinco gallos pasaban la noche.

"Me pregunto qué estará haciendo ese gallo." En su camino al teatro, la bailarina se detuvo ante la imagen de Kannon.

El gallo que había abandonado el día anterior empezó a acercársele. Sonrojada, la muchacha escapó. El gallo empezó a perseguirla.

La gente que estaba en el parque se quedó mirando, boquiabierta, cómo el gallo iba tras la joven.

Con el correr de los días el gallo se transformó en un ave salvaje en medio de las muchedumbres que concurrían al parque.

Aprendió a volar con destreza. Sus alas cubiertas de polvo se veían blanquecinas. Picoteaba los porotos junto con las palomas, con la indolencia extrema propia de un vagabundo de Asakusa, y se pavoneaba sobre el arca para ofrendas de la diosa.

La bailarina nunca volvió a pasar por delante del templo. Y si lo hubiera hecho, el gallo ni se habría percatado.

En la casa de la bailarina habían salido del cascarón veinte pollitos.

—¿Tal vez sería un mal presagio que los pollitos píen de noche?

—Para los seres humanos, como sabemos, es de lo más natural que los bebés lloren de noche.

—Lo que es raro es que lo haga un adulto.

La bailarina dijo estas trivialidades, y sin embargo, empezó a intuir que tenían un significado.

Muchas veces caminaba con muchachos que eran estudiantes. Según parece, las bailarinas un tanto calamitosas caminan con estudiantes.

Un día llegó a su casa y su madre le dijo:

—Me pregunto cuál puede ser el problema. Un gallo cantó de nuevo a la noche. Debes ir a orar a Kannon.

La joven bailarina sintió que la habían descubierto, pero sonrió. "Veinte pollitos han nacido, de modo que el canto del gallo tal vez signifique que está bien que yo camine con veinte hombres. Algo suficiente para una vida."

Pero estaba equivocada. La profecía del gallo no se refería a caminar con estudiantes.

Un hombre muy sospechoso empezó a seguir a la bailarina cuando cargaba el gallo envuelto bajo su brazo. Pero, por culpa del gallo, más que preocupada, la joven estaba avergonzada. Perdió la compostura; ¿qué pasaría si lanzaba un grito?

Una bailarina cargando un gallo era por cierto una visión extraña.

El hombre seguramente olfateó la oportunidad.

—Señorita, ¿no le gustaría participar de un plan para hacer dinero junto conmigo? Yo cada día hurgo en la basura del teatro donde usted baila, pero no soy un mendigo. Allí encuentro muchas cartas de amor dirigidas a las bailarinas, y que ellas arrojan a la basura.

—¿Y?

—Usted capta adónde quiero llegar, ¿no? Podríamos valernos de estas cartas para obtener dinero de los hombres que fueron tan locos como para enviarlas. Si contara con alguien dentro del teatro que pudiera ayudarme, sería para mí una tarea mucho más simple.

La bailarina trató de escapar. El hombre intentó agarrarla. Sin pensarlo, la muchacha lo rechazó con el brazo derecho, donde cargaba el gallo.

Ella le lanzó el bulto, gallo y todo, a la cara. El gallo agitó las alas. Y el hombre no pudo soportarlo.

Y huyó, dando alaridos. No entendió que se trataba de un gallo.

A la mañana siguiente, cuando la joven pasó delante del templo de Kannon, el gallo de la noche anterior estaba por allí y se acercó hasta sus pies. Pero esta vez ella ahogó la risa y no corrió, sino que se mantuvo en calma.

Apenas entró en el vestuario, dijo.

—Eh, todas, por favor tengan cuidado con sus cartas. No las arrojen a la basura. Y manden esta advertencia a los otros teatros para que la moral pública no corra riesgos.

Indudablemente, dentro de poco ella será una famosa bailarina.

Maquillaje (*Kesho*)
[1930]

Justo frente a la ventana del baño de mi casa queda la ventana del baño de la funeraria Yanaka.

El terreno que media entre las dos es usado como basurero por la funeraria. Arrojan allí las flores y las coronas utilizadas en los servicios.

Aunque era mediados de septiembre, los cantos de los insectos de otoño sonaban estridentes en el cementerio y cerca de la funeraria. Les dije a mi mujer y a su hermana menor que tenía algo interesante que mostrarles y las conduje al corredor, rodeando con mis manos sus hombros, pues hacía bastante frío. Era de noche. Llegamos al final del corredor y abrí la puerta del baño: un intenso olor a crisantemos penetró de repente en nuestras narices.

Con exclamaciones de sorpresa, las mujeres escudriñaron a través de la ventana. Afuera, la masa de crisantemos ocupaba toda la vista. Habrá aproximadamente unas veinte coronas de crisantemos blancos. Eran los restos de un funeral.

Mi mujer, extendiendo las manos como deseosa de tomarlos, dijo que hacía años que no veía tantos crisantemos. Encendí la luz, que centelleó sobre el papel plateado que envolvía las coronas.

Cuando trabajo hasta tarde, cada vez que voy al baño aspiro el aroma de las flores, y cada vez que estoy allí, siento cómo el cansancio provocado por la labor nocturna se disipa con la fragancia. A medida que se aproxima el amanecer, las flores se vuelven más blancas y el papel plateado más reluciente. Una vez, mientras me aliviaba, vi un canario posado sobre uno de los crisantemos. Agotado, tal vez se había desorientado y no había sabido volver a su lugar. Seguramente era uno de esos pájaros enjaulados que se sueltan en los servicios fúnebres.

Imágenes como ésta poseen su propia belleza. Sin embargo, por esa misma ventana, también se ve cómo se pudren las flores día a día.

Mientras escribo esto, a comienzos de marzo, veo cómo se ajan rosas rojas y modifican lentamente su color unas grandes campanillas. Vengo haciendo una cuidadosa observación del proceso. Ya son varios días.

Sólo se trata de flores, y lo puedo afrontar. Tampoco puedo evitar ver a las personas que aparecen en el marco de la ventana. La mayoría son mujeres jóvenes. Rara vez los hombres usan el baño allí. En cuanto a las de edad, ya no son coquetas y no necesitan examinar sus rostros en el espejo del baño de una funeraria.

Casi todas las mujeres jóvenes pasan un tiempo allí y comienzan a maquillarse. Siempre que sorprendo a una joven mujer de luto retocando su maquillaje en el baño de la funeraria, pintándose los labios con rouge, tiemblo aterrorizado como si ella tuviera la boca embadurnada con sangre que hubiera lamido de un cadáver. Hacen gala de una completa serenidad. Saben que nadie las ve pero, de todos modos, su proceder sugiere un sentimiento de culpabilidad, de estar haciendo secretamente algo impropio.

No es que desee observar esas extrañas sesiones de maquillaje, pero las dos ventanas están enfrentadas, así que a menudo soy testigo de este tipo de conducta desconcertante. Cada vez que ocurre, precipitadamente desvío la mirada. Suele sucederme al ver mujeres perfectamente maquilladas por la calle o en una recepción, que recuerdo la imagen de aquellas otras en el baño de la funeraria. Hasta pensé escribir a todas mis amigas para rogarles que nunca usaran el toilette de la funeraria Yanaka, si es que algunas vez por casualidad debían asistir allí a alguna ceremonia fúnebre. Porque no quiero verlas convertirse en brujas.

Pero ayer... Sorprendí a una muchacha de diecisiete o dieciocho años enjugándose las lágrimas con un pañuelo. Sollozaba transida de dolor, y sus hombros se agitaban con la pena. Entonces pareció abrumada y súbitamente se desplomó contra una de las paredes. Las lágrimas corrían copiosas y ella las dejaba deslizarse impotente.

Yo supuse que habría ido allí para llorar tranquila y a solas, y no para retocar su rostro en secreto. Sentí cómo la íntima pena de esta joven erradicaba las emociones misóginas que las visiones de aquella ventana habían sembrado en mí.

Pero entonces, de improviso, sacó un espejito, esbozó una sonrisa y se retiró del baño con rapidez. Fue como recibir una ducha de agua fría y casi grito.

Esa sonrisa era absolutamente inescrutable.

El marido atado (*Shibarareta otto*)
[1930]

De todos modos los maridos están atados a sus mujeres.

Y además sucede a veces que un marido está literalmente atado, de pies y manos, con cuerdas y cables o lo que sea, por su mujer. Por ejemplo, cuando ella está enferma y debe guardar cama y el marido debe cuidarla: es cansador para la enferma tener que levantar la voz para despertar al marido dormido. Y puede suceder, también, que la mujer esté durmiendo en una cama y el marido en otra. ¿Cómo hace ella para despertarlo en medio de la noche? Lo mejor es atarle una cuerda al brazo y, llegado el momento, dar un tirón.

Una mujer enferma en cama es un ser solitario. Ya sea que sople viento entre las hojas del árbol, o que tenga una pesadilla, o que los ratones hagan ruido, despertará con algún pretexto a su marido para hablar con él. La fastidia el hecho de que esté dormitando a su lado mientras ella está insomne.

—Últimamente, no te levantas cuando tiro de la cuerda. Quiero acoplarle una campana, y que sea de plata.

Se le ocurrirán este tipo de ideas, de modo que en lo profundo de una noche otoñal, por ejemplo, se oirá un melancólico tintineo, vale decir, el sonido de la campana con la que la mujer despertará a su marido.

Es cierto que Ranko también ató a su marido con una cuerda alrededor de su pierna. Pero la de ella era una música vivificante, exactamente lo contrario del melancólico sonido de la campana de la mujer enfermiza. Ella era una corista. A medida que el otoño se iba haciendo más frío, en su marcha del vestuario al escenario, la piel descubierta y maquillada se le ponía de gallina, aunque pronto, con la danza de jazz, el maquillaje se le empapaba de sudor. Al ver sus piernas bailando como si tuvieran vida propia, ¿quién imaginaría que estaban atadas a un único hombre? Si bien la verdad es que no era el marido el que le había atado las piernas, sino ella quien había atado una de las de su marido.

Eran las diez cuando el teatro cerró y ella entró en el baño del vestuario. Sólo cuatro noches de cada diez podía regresar a su departamento antes de que el agua del baño estuviera helada. Las otras seis noches, los ensayos se prolongaban hasta las dos o tres, o incluso hasta el amanecer. Y aunque en su edificio, cerca del parque de Asakusa, muchos de los inquilinos eran artistas de teatro, las puertas se cerraban a la una de la madrugada.

—Tengo una cuerda que cuelga de mi habitación al tercer piso.

Cierta noche, en el vestuario, a Ranko se le escapó con descaro esta observación.

—La cuerda está atada a la pierna de uno que cuando tiro, emite un gruñido y se levanta.

—Así que un verdadero "hombre cuerda".

(En el mundo del teatro, así se llama a un hombre que vive del trabajo de una mujer.)

—Ranko, usted está corriendo un riesgo, todo eso es algo peligroso. Digamos que yo llego y tiro de la cuerda, el que estaba durmiendo, pensaría "Es Ranko" y abriría la puerta. E incluso si yo subiera al tercer piso, él no se daría cuenta de que soy otra persona. Iré para allá y probaré a ver qué pasa. Gracias por contármelo.

Si el dato hubiera quedado confinado al vestuario, no habría pasado a mayores. Sin embargo, el secreto de la cuerda llegó a oídos de una pandilla de pillos que frecuentaban el teatro. Después de conseguir unas entradas con alguna artimaña, fueron en grupo a un palco y se dedicaron a gritar los nombres de las coristas que estaban en escena. Y amenazaron también con ir a tirar de la cuerda de Ranko.

—Esta noche, algunos de esos bribones van a ir y tirar de la cuerda…

Cuando Ranko telefoneó desde el vestuario al departamento para tenerlo sobre aviso, su marido le respondió con voz somnolienta.

—¿Así que eso maquinan? Pues tiraré de la cuerda a mi vez, entonces.

—No hagas eso. Tengo una buena idea.

Ranko sonrió mientras sostenía el tubo del teléfono.

—No son sino unos alborotados muchachos, pero gritan mi nombre cuando aparezco en escena. Son unos increíbles propagandistas de mi persona. Creo que les agradeceré esto de un modo más ingenioso. Algo para comer, tal vez unos pasteles con dulce de porotos serían adecuados. Por favor, ata unos a la cuerda. Es probable que no hayan comido nada desde la mañana. Se pondrán muy contentos, me considerarán una señora muy lista. Y seré más popular que nunca.

Y si bien asintió con un bostezo, el poeta agobiado por la pobreza no tenía suficiente dinero para comprar los pasteles prometidos. Cuando miró a su alrededor, en la habitación no encontró otra cosa que un ramo de flores que Ranko había traído del teatro.

¿Habría fenecido completamente entre los bribones juveniles la delicadeza de sentir placer por las flores antes que por la comida?

Cuando, riendo, los traviesos muchachos le dieron un buen tirón a la cuerda, inesperadamente no hubo resistencia del otro extremo. Un bulto envuelto en papel de diarios bajó entre crujidos. ¿Qué pasaba? Levantaron la vista hacia la ventana del tercer piso pero estaba cerrada. Cuando desenvolvieron el paquete, había flores, flores y más flores. Eran las flores artificiales que el marido de Ranko había desprendido del ramo. Los muchachos lanzaron vítores.

—Qué gesto tan elegante.

—Qué ocurrencia tan espléndida. Admirable.

—Arrojaremos estas flores a escena cuando Ranko dance mañana.

Y todos se metieron una dentro del cinto de sus kimonos, y se llenaron con ellas las mangas. Y así se estaban por retirar, cuando se dijeron:

—Muchachos, tal vez no haya sido de Ranko la idea.

—Sí, pues probablemente esté todavía en el teatro.

—Ha de haber sido su marido.

—¿No es mejor aún?

—Es realmente un poeta.

La noche siguiente, arrojaron las flores sobre el escenario en el momento en que Ranko danzaba.

Sin embargo, siendo Ranko una actriz de Asakusa, no eran sólo los ensayos nocturnos los que la hacían volver tarde. Con sus colegas, muchas veces iban a tiendas del distrito rojo de Yoshiwara para comer fideos y beber hasta las tres de la madrugada. Y también recibía invitaciones de sus admiradores para ir al parque, un camarín abierto durante la noche. La banda de los pillos vio todo eso, y desde el obsequio de las flores, se habían declarado aliados del marido.

—Vamos a darle una lección a Ranko. Algunos de nosotros nos llevaremos a su marido para dar un paseo.

Mientras está afuera, alguien subirá a su departamento y hará un atado con las ropas y los artículos de tocador de Ranko, y lo atará a la cuerda. Cuando Ranko regrese borracha y tire, el atado se le caerá encima. Y recibirá este mensaje: "¡Vete, fuera!". Éste es el plan.

La noche en que todo el plan ya estaba hábilmente ajustado, uno de los muchachos abordó a Ranko que se iba del brazo con un admirador.

—¿No temes que tu marido te eche si sigues divirtiéndote de este modo?

—No te preocupes, lo tengo atado.

Hábitos al dormir (*Nemuriguse*)
[1932]

Acometida por un agudo dolor, como si le hubieran tirado del cabello, se despertó tres o cuatro veces. Pero al darse cuenta de que parte de su negra cabellera se había enredado en el cuello de su amante, sonrió. A la mañana diría: "Mi cabellera tiene este largo ahora. Pero cuando dormimos juntos, de verdad se estira".

Y muy tranquila, cerró los ojos.

"No quiero dormir. ¿Por qué debemos dormir? Si siendo amantes, debemos dormir, ¡imagínate!" Las noches en que quisiera quedarse con él, diría esto, como si fuera algo misterioso.

—Más bien deberías decir que la gente hace el amor justamente porque duerme. Un amor que nunca durmiera sería aterrorizante. Algo ideado por un demonio.

—No es cierto. En primer lugar, te recuerdo que al principio ninguno de los dos dormía, ¿o sí? No hay nada tan egoísta como dormir.

Y era cierto. Apenas él se dormía, retiraba el brazo de debajo de su cuello, frunciendo el ceño inconscientemente. También ella, que se adormecía teniéndolo sujeto en un abrazo, veía al despertarse que sus brazos no conservaban ninguna tensión.

—Entonces, enrollaré mi cabello alrededor de tu brazo y lo mantendré preso.

Luego, dando una vuelta a la manga del kimono de

dormir de él en su propio brazo, ella lo retuvo con fuerza. Pero fue inútil, dormir le robó la energía a sus dedos.

—Muy bien, entonces, tal como reza el viejo proverbio, te ataré con la soga que es mi cabello de mujer.

Y diciendo esto, ella dio una vuelta al cuello de él con su cabello negro como alas de cuervo.

Esa mañana, sin embargo, él sonrió ante lo que ella le dijo al despertar.

—¿Dices que tu cabello está más largo? Está tan enredado que no puedes ni pasar un peine por él.

Con el tiempo se fueron olvidando de estas cosas. Ahora, ella duerme como si se hubiera olvidado de que él está allí. Pero cuando se despierta, su brazo siempre está en contacto con el cuerpo de él, y el brazo de él está sobre ella. Por ahora, y mientras no reflexionen sobre sus gestos, éste es el hábito que han adquirido.

Paraguas (*Amagasa*)
[1932]

La lluvia primaveral no llegaba a mojar las cosas. Era ligera como neblina, apenas suficiente para humedecer ligeramente la piel. La jovencita salió corriendo y se dio cuenta de eso al ver al muchacho con un paraguas.

—¿Llueve?

El muchacho había abierto el paraguas más para ocultar su vergüenza al pasar por la tienda donde estaba la jovencita que para protegerse de la lluvia.

Sin decir palabra, se lo ofreció a la jovencita. Ella sólo se dejó cubrir un hombro. El muchacho se estaba mojando, pero no se atrevía a pedirle que se colocara bajo el paraguas con él. Y ella, aunque deseaba colocar su mano en el mango junto con la del muchacho, parecía a punto de escapar corriendo.

Llegaron a un estudio fotográfico. El padre del joven iba a ser transferido en su empleo a un lugar lejano. Ésa sería la fotografía de despedida.

—¿Podrían sentarse juntos?

El fotógrafo señaló el canapé, pero el muchacho no podía sentarse al lado de la jovencita. Se quedó de pie detrás de ella, rozando ligeramente su abrigo con la mano que descansaba en el respaldo del sofá, deseoso de que sus cuerpos estuvieran de alguna manera conectados. Era la primera vez que la tocaba. El calor del cuerpo que podía sentir a través de las yemas de sus dedos le hizo intuir la calidez que podría experimentar de tenerla desnuda entre sus brazos.

A lo largo de su vida recordaría el calor de su cuerpo cada vez que mirara esa fotografía.

—¿Me permitirían tomarles otra? Podría ser una más de cerca y con ustedes uno al lado del otro.

El joven asintió.

—¿Y tu cabello? —le susurró a la jovencita.

Ella levantó la vista, lo miró y enrojeció. Sus ojos brillaron con alegría. Dócilmente se escabulló al tocador. Al ver pasar al muchacho por el negocio, había salido disparada, sin tomarse el tiempo de arreglar su cabello. Ahora le preocupaba tenerlo así despeinado, como después de quitarse un gorro de baño. La muchacha estaba tan intimidada que no se había atrevido a acomodar su cabellera delante de él, y el muchacho, por su parte, temió que se turbase aun más si le pedía que se lo arreglara.

La alegría de la jovencita al correr al tocador también aligeró el ánimo del muchacho. Cuando ella volvió, se sentaron en el canapé como si eso fuera lo más natural en el mundo.

Al abandonar el estudio, el muchacho miró por todas partes buscando su paraguas. Y vio que la jovencita se le había adelantado, y que estaba afuera y lo tenía en la mano. Cuando ella se dio cuenta de que el muchacho la miraba, de repente cayó en la cuenta de que había tomado su paraguas. Ese pensamiento la sobresaltó. ¿Su acción involuntaria le habría probado al muchacho que ella sentía que también le pertenecía?

El muchacho no podía ofrecerse para sostener el paraguas, y la jovencita no se atrevía a tendérselo. De algún modo ya no eran los mismos que al marchar por esa misma calle rumbo al fotógrafo. Se habían vuelto adultos. Regresan a sus casas con la sensación de que eran una pareja formal, y todo por este incidente con el paraguas.

Máscara mortuoria (*Desu masuku*)
[1932]

No sabía cuántos amantes había tenido. Pero era obvio que él sería el último pues la muerte de ella era inminente.

—De haber sabido que moriría tan pronto, habría preferido que me mataran. —Sonrió luminosa. Incluso cuando la sostenía, él comprobaba en su mirada que recordaba a los muchos hombres que había conocido.

Y aun cuando estaba próximo el fin, no descuidaba su belleza, ni olvidaba a sus muchos amores, sin percatarse de que así apagaba su brillo.

—Todos los hombres querían matarme. Aunque no lo decían, lo deseaban en su corazón.

El hombre que ahora la tenía en sus brazos, moribunda, no albergaba la inquietud de perderla por otro, y eso lo convertía en afortunado en comparación con los atormentados amantes anteriores, conscientes de que, salvo matándola, no habría otro modo de conservar su corazón. Pero se estaba cansando de sostenerla. La mujer siempre había demandado un intenso amor. E incluso enferma, no podía conciliar el sueño sin sentir alrededor de su cuello o sobre sus senos las manos de un hombre.

Poco a poco su condición empeoró.

—Tómame los pies. Están tan tristes que ya no puedo tolerarlos.

Sus pies se sentían desamparados, como si la muerte fuera a filtrarse por ellos. Se sentó al lado de la cama y se los tomó con firmeza. Tenían el frío de la muerte. Y sin que pudiera evitarlo, sus manos empezaron a temblar extrañamente. Podía sentir la sensualidad de la mujer a través de sus pequeños pies. Esos pequeños, fríos pies transmitían a las palmas del hombre la misma alegría que había sentido cuando acariciaba sus plantas cálidas y suaves. Se avergonzó de esa sensación que mancillaba la sacralidad de la muerte. Pero, preguntándose si ese pedido de tomarle los pies no sería acaso un último recurso entre las tretas del amor, se alarmó ante su descarada feminidad.

—Tal vez estés pensando que algo se apaga en nuestro amor ahora que ya no hay lugar para los celos. Pero cuando esté muerta, tendrás motivo para padecerlos. Seguramente, por algo —dijo y expiró.

Y fue tal como dijo.

Un actor de teatro moderno vino al velorio y maquilló el rostro del cadáver como si quisiera resucitar, una vez más, la fresca y vital belleza que la mujer había tenido cuando estaban enamorados.

Más tarde, un artista cubrió el rostro con yeso. El maquillaje aplicado por el actor la había hecho parecer tan viva que era como si el artista la sofocara para matarla de celos, y que quería una máscara mortuoria para recordar el rostro de la mujer.

Viendo cómo la batalla del amor la seguía acosando, el hombre se dio cuenta de cuán vacía y efímera victoria había sido que muriera en sus brazos. Y sobre eso reflexionaba cuando fue al taller del artista, dispuesto a arrancarle la máscara de las manos.

Pero esa máscara podía ser tanto de una mujer como de un hombre. O de una muchacha pero también de una anciana.

—Es ella, pero no lo es. Para empezar, no podría asegurar si se trata de un hombre o de una mujer. —La voz del hombre revelaba que el fuego en su pecho se había extinguido.

—En efecto —dijo el artista descorazonado—. Si uno observa una máscara mortuoria ignorando a quién pertenece, generalmente no puede determinar el sexo. Hasta un potente rostro como el de Beethoven, al observar su máscara, empieza a verse como de mujer... Sin embargo, yo creía que ésta se vería femenina pues no hubo nadie tan femenina como ella. Pero, al igual que todos, no pudo vencer a la muerte. La diferencia entre los sexos queda abolida con la muerte.

—Toda su vida fue la tragedia de la alegría de ser mujer. Hasta último momento, lo fue de modo absoluto. Si finalmente ha podido escapar de esa tragedia —dijo el hombre con la sensación de que una pesadilla se había desvanecido— creo que podemos estrecharnos las manos, aquí, ante esta máscara mortuoria que podría ser tanto de hombre como de mujer.

Rostros (*Kao*)
[1932]

Desde los seis o siete años hasta que tuvo catorce o quince, no había dejado de llorar en escena. Y junto con ella, la audiencia lloraba también muchas veces. La idea de que el público siempre lloraría si ella lo hacía fue la primera visión que tuvo de la vida. Para ella, las caras se aprestaban a llorar indefectiblemente, si ella estaba en escena. Y como no había un solo rostro que no comprendiera, el mundo para ella se presentaba con un aspecto fácilmente comprensible.

No había ningún actor en toda la compañía capaz de hacer llorar a tantos en la platea como lo lograba esa pequeña actriz.

A los dieciséis, dio a luz a una niña.

—No se parece a mí. No es mi hija. No tengo nada que ver con ella —dijo el padre de la criatura.

—Tampoco se parece a mí —dijo la joven—. Pero es mi hija.

Ese rostro fue el primero al que no pudo comprender. Y sabrán que su vida como niña actriz se acabó cuando tuvo a su hija. Entonces se dio cuenta de que había un gran foso entre el escenario donde lloraba y desde donde hacía llorar a la audiencia, y el mundo real. Cuando se asomó a ese foso, vio que era negro como la noche. Incontables rostros incomprensibles, como el de su propia hija, emergían de la oscuridad.

En algún lugar del camino se separó del padre de su niña.

Y con el paso de los años, empezó a creer que el rostro de la niña se parecía al del padre.

Con el tiempo, las actuaciones de su hija hicieron llorar al público, tal como lo hacía ella de joven.

Se separó también de su hija, en algún lugar del camino.

Más tarde, empezó a pensar que el rostro de su hija se parecía al suyo.

Unos diez años más tarde, la mujer finalmente se encontró con su propio padre, un actor ambulante, en un teatro de pueblo. Y allí se enteró del paradero de su madre.

Fue hacia ella. Apenas la vio, se puso a llorar. Sollozando se aferró a ella. Al hallar a su madre, por primera vez en la vida lloraba de verdad.

El rostro de la hija que había abandonado por el camino era una réplica exacta del de su propia madre. Pero ella no se parecía a su madre, así como ella y su hija no se asemejaban en nada. Pero la abuela y la nieta eran como dos gotas de agua.

Mientras lloraba sobre el pecho de su madre, supo qué era realmente llorar, eso que hacía cuando era una niña actriz.

Ahora, con corazón de peregrino en tierra sagrada, la mujer se volvió a reunir con su compañía, con la esperanza de reencontrarse en algún lugar con su hija y el padre de su hija, y contarles lo que había aprendido sobre los rostros.

Los vestidos de la hermana menor
(*Imoto no kimono*)
[1932]

Últimamente la hermana mayor suele ponerse la ropa de su hermana menor. Y sale a pasear a la tarde por el parque donde su hermana menor caminaba con su prometido.

De la primavera al otoño, decenas y centenares de parejas pasean durante la tarde, tomados de la mano, por ese parque con pocos faroles y muchos árboles frondosos.

Su casa queda al final del parque.

Muchas veces la hermana mayor había hecho salir a la menor de la casa, pidiéndole que caminara con su prometido hasta la parada del trolebús enfrente del parque.

Ahora, en cambio, es la hermana mayor la que con frecuencia va a la casa del doctor en el vecindario, enfrente del parque, para retirar la medicina de su hermana.

La ropa que ahora tiene puesta se la había comprado a su hermana para su boda.

—Sólo me compras vestidos que son más serios que los tuyos —se quejaba a menudo su hermana.

—No quiero que desperdicies tu vida vestida con ropa llamativa y loca como la mía. Por eso me tomo esta molestia.

—Debo trabajar sin tener ninguna diversión. ¿Es eso lo que quieres decir?

—Hasta tú podrías dictaminar de qué tipo de vida se

trata cuando no hay diferencia entre los vestidos para salir y los de entrecasa.

—Ha de ser mejor que no hacer nada, como en la mía.

Con cambios de trabajo a un ritmo vertiginoso, de geisha a actriz de cine, a pareja de baile pagada, la hermana mayor actuaba por lo general como practicante de la "nueva danza" en un pequeño teatro de revistas en Asakusa. Había logrado que el joven gerente del teatro le comprara una casa, de modo que podía darse el lujo de aparecer en escena sólo cuando le daba la gana. Al poco tiempo de convertirse en actriz de cine, había traído a su hermana menor del campo. Quería darle lo que para ella ya parecía imposible: la mayor bendición en la vida, un buen matrimonio.

La hermana mayor había elegido un marido para la menor, y ya le tenía preparado un ajuar. Proyectaba su propio sueño en la muchacha. ¡Lo duro que había trabajado durante esos dos o tres años —como si no hubiera hecho otra cosa— para la boda de esa hermana menor que era como su otro yo!

—Mi hermana no sabe absolutamente nada del mundo. Es como si no hubiera visto a nadie más que a mí.

Y al sonreír ante el prometido de su hermana menor, los ojos se le llenaban de lágrimas. Se sentía embriagada con el placer de poder decir algo así.

Al igual que el diseño de la ropa que había comprado para su hermana, el marido que había elegido era un hombre común. Su hermana, que nunca había estado expuesta a los vientos del mundo, nunca sabría de las penas que había pasado por ella, pensaba. La sorprendió el modo osado de hablar que su hermana empleaba con el hombre. Si bien correcto, era más audaz que su propio modo rudo de hablar. Con su hombre, la hermana se iba volviendo cada vez más irónica, encontrándole defectos sin cesar.

Incluso después del casamiento, la hermana menor se quejaba sobre las inconveniencias de su vulgar marido.

—Tienes suerte en andar por allí diciendo cosas tan complacientes sobre mí a todo el mundo.

La hermana mayor, con la cabeza gacha, se mordía el labio.

Cuando enfermó, la hermana menor de inmediato regresó a la casa de su hermana mayor. Parecía complacida con su enfermedad como una excusa para el divorcio. Pero su enfermedad vertebral prenunciaba una muerte próxima. La hermana menor lo ignoraba. La mayor, que lo sabía, empezó a sentir que su hermana era como su hija.

—Esta niña es mía y sólo mía.

La hermana estaba encerrada en un corsé que, como la armadura de un esgrimista, la mantenía derecha debajo del kimono. Tenía agujeros abiertos para los pechos, lo que le daba un aspecto de mujer encinta. A medida que avanzaba el otoño, sus manos empezaron a resultar frías al tacto. En su cara demacrada, las mejillas tomaron un rubor de tísica, sus ojos se agrandaron y se volvieron llorosos. Cuando se maquillaba más pronunciadamente que su hermana, adquiría una suerte de bella indecencia.

Con el tiempo, el corsé fue colocado al aire libre en un rincón soleado del balcón. Y cuando la hermana menor tuvo que guardar cama, fue abandonado en un rincón del jardín. La hermana menor ya no pudo levantarse de la cama. Cuando nevaba, el corsé se volvía blanco junto con el resto del jardín. En las dos aberturas abiertas en el pecho, en esas pequeñas ventanas redondas por donde asomaban los senos, se posaban los gorriones, sus cabezas moviéndose de un costado a otro en una perfecta escena de nevada matinal, como en un triste cuento de hadas.

La hermana mayor pensó que sería bueno que el marido subiera, para mostrarle cómo estaban las cosas. Quería decirle que una muerte como la de su hermana, en la que la fuerza de vivir iba menguando imperceptiblemente, era misericordiosa, que carecía de una verdadera aflicción.

El marido de la hermana menor, después que su mujer quedara postrada en cama, dormía en las casa de la hermana mayor e iba a la oficina desde allí. Aunque la hermana, en su lecho de enferma, tenía los sentimientos de una criatura, empezó a sentir la falta de su marido y sólo de él. A los ojos de la mayor, este cambio parecía lastimero, pues ahora tanto su hermana como su marido parecían olvidados de la muerte en su mutuo amor.

La hermana menor, como un tirano imbécil, no permitía que su marido se apartara de su lecho. "No me gusta que vayas a la casa de baños", decía o "No me gusta que leas el diario". Era totalmente incapaz de soportar la soledad de permanecer despierta en plena noche. Atada una mano de su marido a la suya con un angosto cinto rojo, tiraba de él y lo obligaba a levantarse varias veces.

—Has sido muy bueno con ella.

Antes de continuar, la hermana mayor se aseguró de que lo que sentía no eran celos.

—Es triste decirlo, pero pronto todo habrá acabado.

Cuando llegaba de la oficina, el marido de la hermana menor muchas veces se quedaba removiendo la tierra del suelo en la entrada donde la hermana mayor salía a recibirlo. El corazón de la hermana también vibraba. Ninguno decía una palabra. Para el marido, la hermana mayor se había convertido en la menor.

Después que la hermana menor regresara a la casa y tuviera que guardar cama, la hermana mayor solía vestir la ropa de la menor.

Ahora, la hermana mayor se las arregla con tres o cuatro cambios de los mejores vestidos de la temporada. La ropa que había comprado hacía dos o tres años para el ajuar de su hermana resulta demasiado conservadora para ella incluso tal como está ahora. Se la ve tan joven y tan semejante a su hermana que se las creería de la misma edad. Su hermana, a medida que declina, ya no parece un ser humano sino una flor marchita o aquel corsé cubierto de nieve en el jardín. La hermana mayor no se parece a la hermana como es ahora ni tal como era antes de la enfermedad. Se parece a ambas. Sentada ante el espejo, muchas veces ha descubierto a la más joven dentro de ella. No sólo viste la ropa de su hermana sino que también, sin darse cuenta, ha empezado a llevar el cabello levantado del mismo modo en que ella lo hacía.

Ahora, de noche, es la hermana mayor la que cruza el parque, por el que su hermana paseaba con su prometido, en busca de remedios. Aunque es vagamente consciente de que se está asemejando cada vez más a su hermana, continúa de este modo.

Una noche ya cerca de la primavera, cuando las parejas de amantes empiezan a aparecer por el parque, la hermana mayor, vistiendo nuevamente las prendas de su hermana, marcha de prisa por un sendero. Va a informar al doctor que la muerte de su hermana por complicaciones de la peritonitis es inminente. Es la hora de cierre la biblioteca. Recordaba haber atravesado una multitud de gente pero no parece haberse dado cuenta de que alguien la estaba siguiendo.

—Kotoko.

Repentinamente llamada por el nombre de su hermana, se vuelve.

—Ah, de modo que eras tú, Kotoko, después de todo.

Un hombre al que nunca antes había visto se pone a caminar a su lado.

—Está usted confundido. Kotoko...

—¿Acaso quieres hacerme creer que sabes tu nombre pero que yo lo he olvidado?

—Kotoko está en casa. Se está muriendo.

Los dos respiran con agitación.

—¿Otra vez con eso? Antes me decías que tenía que pensar que Kotoko había muerto. Decías que por deber hacia tu hermana o alguien, ibas a casarte, que eso equivalía a morir.

Atónita al principio, la hermana mayor se va tranquilizando. ¿También su hermana había tenido un amante? Intenta vislumbrar la cara del hombre, cerca de la suya, en la oscuridad de la noche. Qué extraño, la noche de la muerte de su hermana, ser confundida con ella por su amante.

—Decirme que piense que estás muerta, cuando...

El hombre agarra a la hermana mayor del hombro.

—Cuando estás así de viva.

La sacude violentamente. La hermana mayor se tambalea.

—Perdóname —balbucea sin querer.

Es una disculpa hacia su hermana. Ocultando el hecho de que tenía un amante, su hermana se había casado con el hombre que ella le había escogido. Se había transformado en un títere. Las fuerzas abandonan el cuerpo de la hermana mayor. Se olvida de que los brazos del hombre la rodean.

El hombre sostiene a la mujer, que parecía a punto de desvanecerse, contra su pecho.

¿Amaba todavía el amante de su hermana a su hermana? Transformada en su hermana, había conocido el corazón del hombre. Se le ocurre que debía contarle a su hermana moribunda sobre esto. Inesperadamente los ojos se le llenan de lágrimas.

—Todavía me amas. Me amas de este modo.

El hombre, sosteniéndola, conduce a la hermana mayor bajo la sombra de un árbol.

En brazos del hombre, la hermana mayor imagina vívidamente a su hermana moribunda, rodeada del mismo modo por los brazos de su marido. Mientras se somete al deseo del hombre, se ve a sí misma casándose con el marido de su hermana tras la muerte de ésta. La visión desata una salvaje tormenta en su sangre.

La hermana mayor, que había buscado en su hermana menor lo que sentía que había perdido, lo recobraba para sí misma mediante la muerte de su hermana.

La mujer del viento otoñal
(*Akikaze no nyobo*)
[1933]

Había acompañado a la mujer hasta la puerta. Los pasillos del hotel y la entrada estaban tan calmos como la superficie de un espejo en la que se reflejaran las desteñidas y ligeras nubes del otoño. Por algún motivo sentía que no debía dirigirse directamente a su habitación en el segundo piso. Se detuvo en el rellano de la escalera y tomó el libro que estaba en el extremo derecho del estante. Y junto con el libro, un grillo que casi le salta a la cara. Era un tomo de una enciclopedia. Lo abrió en una página que tenía este artículo: "La mujer del viento otoñal. Poeta de tanka humorístico del período Edo. Sobrina de Daimojiya-fumiro de los Yoshiwara, esposa de Kabocha Motonari. Así apodada por su poema: El viento rumorea la llegada del otoño / Y rompe el sello del séptimo mes / Dispersando una única hoja de paulonia. También escribió muchos waka".

"¡Qué trivial!" No había comprendido realmente el poema. Cuando uno está haciendo un viaje aburrido, se dijo, se aferra a todo tipo de chismecitos con información intrascendente. Siguió subiendo las escaleras. Su habitación olía a cosméticos. En el cesto de papeles, al lado del tocador, había varias hebras de cabello.

"¡Cuánto cabello que ha perdido! ¡Qué desolación!" Los recogió. Tal vez la mujer, asustada con la pérdida de cabello, los había enrollado alrededor de su dedo y se había quedado observándolos. Formaban ovillados círculos apretados.

Salió al balcón. El automóvil en el que viajaba la mujer corría a lo largo de la carretera blanca. Cerró su ojo derecho y colocó un ovillo de cabello delante del izquierdo, entrecerrando el ojo como si observara por una lente: y así siguió al automóvil lejano. Parecía una flor de metal o un juguete. Se sintió tan complacido como un niño. Pero el cabello tenía olor a moho, como si la mujer no se lo hubiera lavado en mucho tiempo. Olía a penurias. Era esa época del año en que, de haber acunado la cabeza de la mujer, se habría sobresaltado con lo frío de su cabellera.

Su relación se limitaba a haberle prestado él la habitación por media hora. Enfermo de tuberculosis, el marido de la mujer había llegado al hotel en busca de un cambio de clima. Jactándose de su espíritu firme, insistiendo en que podía superar su enfermedad con la fuerza de su voluntad, sin embargo no permitía que ella lo dejara solo ni un minuto. Pero la mujer debía regresar a Tokio para hacer preparativos, probablemente relacionados con dinero o algunos otros tediosos asuntos, incluso con su muerte inminente en dos o tres días. Furtivamente fue a su habitación, donde se cambió por las ropas que usaría en el viaje y se fue del hotel a escondidas.

La mujer, vestida siempre con un delantal blanco, iba y venía por los pasillos del hotel con una expresión melancólica. En ese lugar alborotado, que bullía de visitantes extranjeros durante el verano y el invierno, su figura, de una belleza que evocaba la vida de hogar, le había oprimido el corazón. Por cierto que ella era "la mujer del viento otoñal".

El automóvil quedó oculto por la cima del promontorio.

—*Mummy, Mummy.*

Llamando con una voz cristalina, un niño inglés de cuatro o cinco años bordeaba el césped. Detrás de él venía su madre, acompañada por dos perros pekineses. La transparente dulzura del niño le hizo pensar que las viejas pinturas occidentales con ángeles no eran meras invenciones. El césped marchito, con algo de verde oculto en sus profundidades, le recordaba el silencio de un convento sin monjas. El muchacho y los perros se escaparon al bosque de pinos. Sobre el bosque debía verse una franja recta de mar azul; ¿sería que en los dos o tres años desde su última visita, las copas de los pinos habían crecido hasta taparla? Desde la dirección de ese mar invisible, el cielo se nublaba con atemorizante rapidez.

Cuando estaba a punto de regresar a su habitación, oyó música de salón. Era la hora del té, pero ningún huésped había bajado al comedor. Las luces estaban encendidas. Por la puerta de vidrio podía ver al mayordomo y a una mujer que parecía una doncella de rango más alto, la única pareja en el piso, danzando al compás de un vals. La mujer, rolliza, vestía un uniforme que le marcaba las caderas, y se notaba que no bailaba bien.

Entró desde el corredor, se acostó descansando su cabeza sobre un codo y se durmió. Al despertar, se oía el ruido de hojas secas arrastradas por el jardín en la parte posterior de la posada. Las puertas de cristal golpeteaban. Los sonidos eran anuncios de un tifón otoñal.

"¿Cómo se encontrará ese hombre enfermo? ¿Ya habrá vuelto su mujer?" Se sentía intranquilo. A punto de telefonear a la recepción, sintió que unos ojos lo observaban desde las profundidades del otoño. De repente, desafiante, sintió un poderoso y posesivo amor por esa mujer.

El nacimiento a salvo de los cachorritos (*Aiken anzan*)
[1935]

Desde remotos tiempos, las mujeres encintas se colocan un lazo de ligera tela iwata a partir del día del perro en verano, para que su trabajo de parto resulte tan fácil como lo es el de las perras. Actué como partero de mis perras en varias oportunidades. El nacimiento de una nueva vida es algo bueno, y alimentar y ver crecer cachorros es una gran alegría para aquellos que los crían. Pero el año pasado pasé momentos difíciles con dos partos complicados que se sucedieron.

Tanto la fox-terrier *wire haired* como la collie parían por primera vez. El tercer cachorrito de la fox terrier se había ahogado en el conducto, y el veterinario se había visto obligado a extraer al cuarto con fórceps. Por suerte, los dos primeros cachorritos y la madre se salvaron. La collie tuvo un problema más grave. Se había pasado de la fecha en una semana, luego diez días, sin dar a luz. Algo bastante raro entre perros. Yo no podía dormir, preguntándome si no sería esa noche. Llamé a dos veterinarios e incluso a un amigo mío que es obstetra, para saber si los fetos estaban vivos o no. Los tres discutieron una y otra vez si convenía o no operarla. Finalmente decidieron una cesárea. El pronóstico de la madre parecía favorable, pero murió esa misma noche. Los siete cachorritos que llevaba adentro estaban putrefactos.

Calculé mi pérdida monetaria con esos dos dificultosos nacimientos en algo más de mil yenes. Sumado a esto, tras la muerte de la collie me sentí tan triste que me mudé de mi casa en Sakuragi-cho. La conducta de la collie había sido como la de una niña consentida. Nunca se alejaba de mi lado cuando me quedaba escribiendo de noche. Frotaba su cabeza en mi regazo. Hasta cuando iba al baño, me seguía. La experiencia me hizo darme cuenta de la imprecisión de los veterinarios en comparación con los notables avances en obstetricia. Cuando una perra importante esté pasando por un parto difícil, sería muy conveniente que estuviera presente también un obstetra.

El siguiente parto fue el segundo de la terrier. Al verla restregarse en la paja de su caja a eso de las once de la noche, me di cuenta de que estaba por parir. Le di yema de huevo y gachas de avena, y dispuse todo el equipo para el nacimiento: algodón, tijeras, una cuerda de *shamisen*[1], alcohol, y demás. La caja de la perra estaba ubicada al lado de mi escritorio. Sólo por esa noche, mi mujer, todavía vestida con su kimono, dormía cerca del *kotatsu*[2] detrás de mí. Esta perra vivía siguiendo a mi mujer por todas partes, de modo que era imposible que se mantuviera tranquila, ni siquiera por un momento, a no ser que pudiera verla.

Al final, la perra descaradamente abandonó la caja y fue hacia la almohada de mi mujer. Dio vueltas y vueltas sobre la colcha cerca de los hombros de mi esposa, como si fuera a parir justo allí. Mi mujer estaba dormida, ignorante de todo. Luego, la perra empezó a respirar con agitación. Bostezaba y ponía una cara rara como diciendo: "¿Por qué mi estómago me duele tanto cuan-

---

[1] Instrumento musical semejante al laúd.
[2] Mesa baja calefaccionada, tradicional en la casa japonesa.

do estoy cansada?". Gimiendo, empezó a girar en círculos. Mientras esperaba, yo leía la primera colección de cuentos de Niwa Fumio[3] *Trucha de agua dulce*.

Poco después de las tres de la mañana, finalmente empezó el verdadero trabajo. Examiné el canal de parto. El tiempo era el correcto, de modo que la coloqué en la caja. Mientras me miraba, haciendo un inmenso esfuerzo rompió bolsa, al tiempo que lamía el fondo de la caja. Cuando miré, vi que un cachorrito había nacido. Eran las cuatro en punto.

—Eh, están saliendo, está teniendo a sus cachorritos. Despierta. Están naciendo.

Mi mujer se puso de pie de un salto, pero cuando vio sangre, sus manos empezaron a temblar y se quedó aturdida. El cachorrito estaba dentro de una bolsa que parecía un embutido o un globo. Yo estaba acostumbrado a eso.

Por supuesto, la madre lamió la placenta e intentó mordisquearla y tirar de ella. El cachorrito parecía una rata empapada, pero en un momento dado abrió la boca y empezó a moverse. Yo corté el cordón umbilical con la tijera; había pensado en atarlo con la cuerda, y después cortar ésta, pero era mucho trabajo, de modo que simplemente lo corté tal como estaba. En verdad, primero corté la placenta, luego el cordón umbilical. No debía confundir el orden.

Envolví la placenta en algodón y la puse a un costado. Se suponía que la perra se la comería, aunque según una teoría no es bueno para el estómago de los perros comerse la placenta, si bien, de acuerdo con otra, favorece la subida de la leche. Como había un pedazo de placenta por cada cachorrito, me pareció mejor darle uno o dos.

---

[3] Escritor nacido en 1904, protegido de Kawabata.

El cachorrito se mostró activo y más movedizo cuanto más yo lo observaba, como si una fuerza misteriosa fluyera de la lengua de su madre a medida que lo iba limpiando. El perrito fue en busca de la leche materna. Los limpié a ambos con algodón.

—Bueno, éste vive, y tiene un buen pelaje, aunque es un poco pequeño.

Me sentí aliviado. Me limpié la sangre de las manos mientras mi mujer se inclinaba sobre la caja.

—Es mejor cuando son pequeños. Este parto fue más sencillo que el anterior con esos de mayor tamaño. ¿Habrá muchos más adentro? Es aterrador. No puedo tocar al cachorrito. ¿Será capaz de mamar?

Lo coloqué sobre la palma de mi mano y lo observé. Era una hembra.

El segundo cachorrito salió un poco más tarde, aproximadamente a las cuatro y cuarenta. Quedó atascado en el canal de parto por unos minutos. Era un macho, más grande que el anterior. Era vivaz y su cabeza blancuzca le daba aire de tunante. Mi mujer puso al cachorrito húmedo sobre su regazo para darle calor. Y lo limpió con algodón.

—Estoy contenta de que dos estén vivos. Igual que la vez pasada —le dijo a la perra para animarla.

Menos de diez minutos más tarde, se deslizaba hacia afuera el tercer perrito. Era un macho con un antifaz negro. Le di la placenta a la madre. Sequé al perrito, pero se arrastró sobre su lomo y se volvió a mojar, con la cabeza cubierta de sangre. Mi mujer lo colocó dentro del kimono para darle calor. Ya estaba olvidada de su temor inicial.

—Uy, se aferra a mi pecho. Me lastima.

La perra confiaba absolutamente en mi mujer, pero miraba a derecha e izquierda como manifestando su extrañeza porque el llanto de los bebés saliera del interior de su kimono.

Entonces, desde el otro extremo de la sala, hubo un llamado. Era de mi lechuza. La escena del nacimiento y el llanto de los cachorritos eran tan extraños, que la lechuza apenas si podía contenerse. No sólo levantó la cabeza y se estiró para ver, sino que también rondó la caja para poder observar.

—Así que también estás por aquí. Me había olvidado por completo de ti.

Me paré y le di un gusano.

El cuarto cachorrito —un machito, por supuesto— nació alrededor de las cinco y veinte. Mi mujer dijo que más tarde, pero a eso de las seis yo ya había puesto de pie a la madre y la estaba revisando. Su vientre parecía vacío. Había sido un parto sencillo. La madre devoró la yema y la avena y tomó agua. Por las patas y hocicos de los cachorritos corría sangre pura, y ellos derramaban salud. Algunos ya tenían el hocico negruzco. Cumplido mi deber, me lavé las manos pegajosas, me puse a leer el diario y a pensar en viajes.

Mi mujer sentenció:

—Bien, muy bien. Los bebés por cierto duermen mucho —y no dejaba de friccionarle el lomo a la madre.

Repasé los nombres de mis viejos amigos, Ishihama Kinsaku, Suzuki Hikojiro, Suga Tadao, Ozaki Shiro y Takeda Rintaro, quienes habían sido todos ellos padres de niños que mi mujer no conocía todavía, y le propuse a ella visitarlos a todos. Me levanté para guardar la ropa de cama. Y al abrir los postigos, la cálida mañana colmó la habitación con luz. Era el 18 de enero.

Lugar natal (*Sato*)
[1944]

Cuando Kinuko volvió de visita a la casa de sus padres, recordó el momento en que su cuñada había regresado a su lugar natal.

En la aldea de montaña de su cuñada, había una tradición conocida como "la fiesta de las bolas de masa". Cada año, la noche del 31 de enero, todas las muchachas casadas que se habían ido estaban invitadas a la aldea para tomar sopa de poroto dulce con bolitas de masa.

—¿De veras piensas ir, con toda esta nieve? —la madre de Kinuko le había preguntado con cierta brusquedad, mientras miraba cómo su nuera cargaba a su bebé a la espalda y salía.

—¿Lo disfrutará tanto? Tiene a sus propios hijos pero actúa como una niña ella misma. ¿Por qué?, como si no hubiera desarrollado ningún afecto por esta casa...

Entonces, Kinuko había dicho:

—Pero si yo me fuera a otra parte, madre, esta casa me sería siempre querida. Y si yo no me impacientara por regresar, te dolería, ¿no es así, madre?

A causa de la guerra, en el pueblo había pocos hombres. La nuera formaba parte de equipos de mujeres que incluso cumplían tareas con caballos. Kinuko, que había partido hacia la ciudad para casarse, llevaba una vida relativamente fácil, y sentía que algo le faltaba. Ahora, cuando le venía el recuerdo de su cuñada emprendiendo una penosa marcha por las montañas para regresar a su pueblo natal en medio de la nieve enceguecedora, un grito de aliento hacia ella casi escapaba de su garganta.

Cuatro años después de casarse y mudarse, la propia Kinuko volvió de visita a su casa. Se despertó con los ruidos de su cuñada en la cocina. Las montañas prolongaban el muro con revoque blanco de la casa vecina. Los recuerdos la invadieron. Las lágrimas se agolparon en sus ojos cuando, hablando con su difunto padre en el altar familiar, le dijo: "Soy feliz".

Fue a despertar a su marido.

—De modo que aquí estamos, otra vez en tu vieja casa.

Su marido paseaba la vista por la sala.

Antes del desayuno, la madre de Kinuko había estado pelando manzanas y peras, y se las ofrecía a su renuente yerno.

—Vamos, pruébalas y recuerda cuando eras niño.

Regañaba a los nietos que le pedían un poco de esa fruta. A Kinuko le encantaba ver la afabilidad de su marido, asediado por los sobrinos y sobrinas.

Su madre salió con el bebé en brazos:

—Miren cómo ha crecido el hijito de Kinuko —alardeaba ante los que andaban por allí.

La cuñada se levantó para buscar las cartas que su marido enviaba desde el frente. Al observar su figura de atrás, Kinuko se dio cuenta del paso del tiempo... y de la autoridad que le habían legado al convertirse en miembro de la familia. Entonces Kinuko se estremeció.

Agua (*Mizu*)
[1944]

Apenas la mujer llegó de su pueblo desde Japón para casarse, al hombre lo transfirieron a una estación de observación meteorológica en la cadena de montañas Hsing-an en Manchuria. Lo que más sorprendió a la mujer fue que una lata de aceite llena de agua —un agua turbia y sucia— costara siete *sen*. Sólo imaginar que con ella tendría que enjuagarse la boca o lavar el arroz le daba náuseas. En seis meses, las sábanas y la ropa interior se habían amarilleado. Y, para empeorar las cosas, en diciembre el pozo se congeló hasta la superficie. Los peones les traían bloques de hielo de algún lugar, y ella los usaba alguna que otra vez para un baño, después de largos preparativos. No era éste un lugar para despilfarros. ¡Qué bendición calentar sus entumecidos huesos! Recordó el baño en su hogar como si se tratara de un sueño imposible. La toalla blanca en la mano, sumergida hasta los hombros en el agua caliente que embellecía sus brazos y piernas.

—Disculpe, pero ¿no le habrá quedado un poco de agua?, ¿me podría prestar un poquito? —Una vecina apareció, cargando una botella de arcilla. —Estoy lavando mis cacerolas por primera vez en mucho tiempo, me descuidé y usé toda la que tenía.

Ya no tenía agua, pero le ofreció un poco del té que había sobrado.

—No puedo esperar hasta la primavera para chapotear con mi lavado como a mí me gusta. Qué bueno sería poder salpicar un poco de agua —dijo la vecina.

La abundancia de agua pura era el anhelo de todos los nativos de Japón. La nieve derretida se hacía esperar. El agua derramada de una palangana y absorbida por la tierra. Los dientes de león brotando.

Invitó a su vecina a tomar un baño en su tina. Entonces el tren que iba hacia la frontera norte ingresó en el valle. Era tiempo de tener noticias sobre las condiciones en el frente de batalla en el sur.

—Qué grande —dijo la vecina con voz entusiasta disfrutando de su baño caliente.

Y lo era, desde la estación meteorológica en el lejano norte donde trabajaba el marido de la mujer, hasta los cielos de los mares del Sur. Ése era el Japón de aquellos días.

Cuando la mujer salió al frente de su casa, las flores congeladas que la niebla había formado en las diminutas ramitas de los alerces estaban cayendo, se diría que como pétalos de cerezo. Y cuando elevó la vista, la perfección azul del cielo le recordó los mares de su tierra natal.

Monedas de plata de 50 (*Gojusen ginka*)
[1946]

Era una costumbre que los dos *yen* de salario que ella recibía a comienzos de mes, en monedas de plata de cincuenta *sen*, fueran guardados en el monedero de Yoshiko por su propia madre.

En esa época, las monedas de cincuenta habían visto reducido su tamaño. Estas monedas, que parecían livianas aunque resultaban pesadas, le hacían sentir a Yoshiko que su pequeño monedero de cuero rojo estaba colmado de una sólida dignidad. A menudo, cuidadosa de no gastarlas, las conservaba hasta fin de mes en su cartera. No es que Yoshiko desdeñara esos placeres adolescentes como ir al cine o a una cafetería con las amigas con quienes trabajaba; simplemente consideraba esas diversiones como ajenas a su vida. Nunca las había experimentado y por eso no se sentía tentada por ellas.

Una vez por semana, en su camino de regreso de la oficina, se detenía en las grandes tiendas y compraba, por diez *sen*, una pieza de pan francés condimentado que le gustaba mucho. Fuera de eso, no había nada que particularmente quisiera.

Sin embargo, un día en Mitsukoshi[1], en la sección de artículos de escritorio, un pisapapeles de cristal le llamó la atención. Era hexagonal, con un perro grabado en relieve. Encantada con el perro, Yoshiko lo tomó en sus ma-

---

[1] Un gran negocio tradicional.

nos. Su frialdad vibrante, su inesperado peso le provocaron un instantáneo placer. Yoshiko, que amaba ese tipo de trabajos delicadamente acabados, quedó cautivada a pesar de sí misma. Después de sopesarlo y estudiarlo desde cada ángulo, con calma y un poco renuente, volvió a colocarlo en su estuche. Costaba cuarenta *sen*.

Al día siguiente regresó. Y volvió a examinar el pisapapeles. Y así al otro día. Después de diez días de hacer lo mismo, finalmente se decidió.

—Lo llevo —le dijo al vendedor, con el corazón agitado.

Cuando entró en su casa, la madre y la hermana mayor se rieron de ella.

—Comprar algo así, es como un juguete.

Pero cuando lo tomaron en sus manos y lo observaron, dijeron:

—Tienes razón, es precioso.

Y:

—Es muy original.

Lo sostuvieron a contraluz. La pulida y prístina superficie de cristal y la empañada superficie, como cristal helado, del relieve, armonizaban extrañamente. En las caras hexagonales también había una exquisita precisión, como en la métrica de un poema. Para Yoshiko era una adorable obra de arte.

Y si bien Yoshiko no esperaba felicitaciones por el criterio con el que había realizado la compra, tomándose diez días para decidir si el pisapapeles era un objeto digno de pertenecerle, se sintió complacida con la aprobación de su buen gusto por parte de su madre y su hermana mayor.

Y aunque se hubieran burlado de ella por su excesiva prudencia —tomarse diez días para comprar algo que costaba sólo cuarenta *sen*— Yoshiko no habría podido actuar de otra manera. Nunca le había sucedido tener que arrepentirse de comprar algo impulsivamente. No era que la muchacha de diecisiete años fuera dueña de un juicio tan riguroso que precisara de varios días para meditar y observar antes de tomar una decisión. Era que tenía un vago temor a despilfarrar las monedas de cincuenta *sen* de plata, que adquirían en su mente la dimensión de un importante tesoro.

Años más tarde, cuando se mencionaba la historia del pisapapeles y todos se echaban a reír, la madre decía muy seria: "Me parecías tan adorable entonces".

A todas y cada una de las pertenencias de Yoshiko se le asociaba una anécdota divertida como ésta.

Les encantaba hacer las compras de arriba hacia abajo, descendiendo ordenadamente piso a piso, de modo que iban al quinto por ascensor. Ese domingo, especialmente seducida por el placer de ir de compras con su madre, Yoshiko había ido a Mitsukoshi.

A pesar de que ya habían terminado las compras, al llegar al primer piso, su madre, por rutina, se dirigió al sector de las liquidaciones.

—Hay tanta gente, mamá. No me gusta —refunfuñó Yoshiko, pero su madre no la oía. Evidentemente, el clima del sector de liquidaciones, con sus estrategias competitivas, había conquistado a su madre.

Era un lugar armado con el solo propósito de hacer gastar dinero a las personas, pero tal vez su madre encontrara algo interesante. Suponiendo que la estaba observando, Yoshiko la siguió a cierta distancia. Como había refrigeración no hacía calor.

Primero, la compra de tres juegos de artículos de escritorio por veinticinco *sen*; su madre se volvió y miró a Yoshiko. Se sonrieron dulcemente una a la otra. Últimamente su madre venía birlándole sus útiles, para disgusto de Yoshiko. Ahora podemos hacer las paces, parecían decir sus miradas.

Arrastrada hacia los mostradores con utensilios de cocina y ropa interior, la madre no fue lo suficientemente fuerte para hacerse camino entre la masa de clientes. En puntas de pie y espiando por sobre los hombros o metiendo su mano entre los pequeños intersticios en medio de las mangas, miró pero no compró nada. Al principio poco convencida pero luego resuelta a un definitivo no, se encaminó hacia la salida.

—Oh, ¿sólo noventa y cinco *sen*?

Justo sobre uno de los costados de la salida, tomó uno de los paraguas en liquidación. Después de revolver las pilas, todos llevaban la misma etiqueta por el mismo valor.

Aparentemente sorprendida, su madre decía: "Tan baratos, ¿no te parece, Yoshiko?". Su voz repentinamente vivificada. Como si su indecisión, su perplejo rechazo a irse sin comprar algo hubiera encontrado su oportunidad.

—Bien, ¿no te parece que están baratos?

—Lo están.

Yoshiko tomó uno de los paraguas en sus manos, su madre otro, y lo abrió.

—Los moños solos costarían eso. La tela… bueno, es rayón, pero están bien terminados, ¿no te parece?

¿Cómo era posible que vendieran algo tan digno a ese precio? Mientras esa pregunta se le cruzaba a Yoshiko, una extraña sensación de antipatía crecía en ella, como si un tullido le hubiera dado un empujón. Su madre, completamente absorta, abría un paraguas tras otro, revolviendo en la pila para encontrar uno adecuado a su edad. Yoshiko esperó un momento y dijo:

—Madre, ¿no tienes uno en casa?

—Sí, pero…

Le echó una rápida mirada a Yoshiko y siguió.

—Tiene diez años, no, más, lo he tenido por quince años. Está gastado y pasado de moda. Y, Yoshiko, piensa si le doy éste a alguien, lo contento que se pondría.

—Es verdad. Está bien si es para un regalo.

—Cualquiera se alegraría.

Yoshiko sonrió. Su madre parecía estar eligiendo un paraguas con ese "alguien" en mente. Pero no había nadie cerca. De haberlo, seguramente su madre no habría dicho "cualquiera".

—¿Qué te parece éste?

—Se lo ve bien.

Aunque había dado una respuesta poco entusiasta, fue al lado de su madre y empezó a buscar el paraguas conveniente.

Otras clientas, con vestidos de verano de rayón y diciendo "qué barato, qué barato", se llevaban paraguas en su camino de salida de la tienda.

Sintiendo pena por su madre que, con la cara colorada, intentaba a duras penas dar con el paraguas adecuado, Yoshiko se irritó con su propia indecisión.

Como diciendo "¿Por qué no comprar uno, cualquiera, de una vez?", se alejó de su madre.

—Yoshiko, abandonemos esto.

—¿Cómo?

Con una débil sonrisa que flotaba en las comisuras de su boca, como sacudiéndose algo, la madre puso su mano sobre el hombro de Yoshiko y se alejó del mostrador. Ahora era Yoshiko la que sentía una indefinible renuencia. Pero una vez que hicieron seis o siete escalones, se sintió aliviada.

Apretó la mano que su madre había apoyado en su

hombro y la entrelazó en la suya. Y abrazada a ella, caminando tomada de su hombro, se apresuró a conducirla hacia la salida.

Eso había sucedido hacía siete años, en 1939.

Cuando la lluvia goteaba sobre el techo de metal de la choza, agujereado por la metralla, Yoshiko, al pensar que habría convenido comprar ese paraguas, se veía a sí misma con ganas de hacer de eso otra historia divertida con su madre. Ahora, el paraguas costaría unos cien o doscientos *yen*. Pero su madre había muerto en los bombardeos del barrio de Kanda en Tokio.

Incluso si ellas hubieran comprado el paraguas, probablemente se habría perdido en las llamas.

Por casualidad, el pisapapeles de cristal había sobrevivido. Cuando la casa de su marido en Yokohama se incendió, el pisapapeles estaba entre las cosas que ella metió desesperadamente en un bolso de emergencia. Era el único recuerdo de su vida en la casa materna.

Desde la tarde, en el callejón se oían las extrañas voces de las muchachas del vecindario. Hablaban sobre cómo hacerse de mil yenes en una sola noche. Tomando el pisapapeles de cuarenta *sen* —cuya compra, cuando tenía la edad de esas muchachas, había demorado diez días en decidir— Yoshiko observó el perrito trabajado en relieve. Y de pronto se dio cuenta de que no había quedado un solo perro en todo el vecindario incendiado. Y ese pensamiento le produjo un sobresalto.

Medias blancas (*Tabi*)
[1948]

¿Por qué mi hermana mayor, que era una persona tan gentil, tenía que morir de ese modo? No lo comprendía.

Víctima de delirios nocturnos, mi hermana arqueó su cuerpo hacia atrás. Sus vigorosas y tiesas manos temblaban con violencia. Y aun cuando esto cesó, su cabeza parecía a punto de caer de la almohada por el lado izquierdo. Fue entonces cuando, de su boca entreabierta, salió deslizándose lentamente un gusano blancuzco.

Desde entonces, a menudo se me hace vívidamente presente la blancura de ese gusano. Y en esos instantes se me impone la imagen de las medias blancas[1].

Cuando estábamos colocando varios objetos en el ataúd de mi hermana, dije:

—Madre, ¿y las medias blancas? Debemos meterlas también.

—Está bien. Me había olvidado. Esta niña tenía lindos pies.

—Número nueve. Asegurémonos de no mezclar las suyas con las tuyas o las mías —dije.

Mencioné las medias no sólo porque los pies de mi hermana eran pequeños y hermosos, sino por los recuerdos que ellas provocaban.

---

[1] *Tabi*, medias tradicionales para usar con kimono, con un formato en el que el dedo pulgar queda separado.

Era diciembre y yo tenía doce años. En el pueblo cercano, la compañía de medias Isami auspiciaba un festival de cine. Un equipo de propaganda que iba de pueblo en pueblo, haciendo flamear rojos gallardetes, llegó a nuestra aldea. Decían que las entradas estaban mezcladas con los volantes que repartían. Los niños los seguíamos recogiendo todos. En realidad, el truco consistía en hacernos comprar las medias para usar las etiquetas como entradas de cine. En ese entonces, en aldeas como la nuestra, salvo días de feria o durante el Festival de Bon[2], no había oportunidad de ver películas. Las medias se vendieron bien.

También yo tomé un volante, con la imagen de un hombre atractivo. Esa tarde fui temprano al pueblo y me puse en una fila frente al pequeño cine teatro. Me sentía incómoda y temerosa. El volante, ¿serviría o no como entrada?

—¿Qué es esto? Un simple volante —se me rió en la cara el de la boletería.

Volví a casa alicaída. Por algún motivo no podía entrar. Llena de tristeza, fui a dar una vuelta por el estanque. Mi hermana salió con un balde para juntar agua. Me puso la mano sobre el hombro y me preguntó qué me pasaba. Me tapé la cara con las manos. Ella dejó el balde, entró y volvió con dinero.

—Ve rápido.

Cuando iba a doblar la esquina, me volví, y allí estaba mirándome. Corrí todo lo que pude. En la tienda de medias, me preguntaron por el tamaño. Estaba aturdida.

—Fíjese en las que tiene puestas, entonces.

En el broche estaba grabado "nueve".

---

[2] Celebración en honor de los muertos en el mes de julio.

Cuando estuve de regreso, le tendí las medias a mi hermana. Ella era número nueve, también.

Pasaron unos dos años. Nuestra familia se había trasladado a Corea y vivíamos en Seúl. Durante el tercer año de la escuela secundaria, me enamoré de mi maestro, el señor Mitsuhashi. En casa me vigilaban y me prohibían visitarlo. El señor Mitsuhashi se resfrió y tuvo complicaciones, de modo que no tuvimos exámenes finales.

En una salida con mi madre, poco antes de Navidad, decidí que le compraría al profesor un regalo para desearle una pronta mejoría. Y compré una galera de satén escarlata. En el moño llevaba un ramito de acebo con un ramillete de frutillas intercalado. Y adentro, chocolates envueltos en papel plateado.

Cuando entré en la librería sobre la avenida, me encontré con mi hermana. Le mostré mi paquete.

—Adivina qué es. Un obsequio para el señor Mitsuhashi.

—No debiste hacerlo. —Mi hermana hablaba en voz baja, como reprendiéndome. —¿Acaso no te prohibieron verlo, incluso en la escuela?

Mi felicidad se evaporó. Por primera vez sentí que mi hermana y yo éramos dos personas absolutamente diferentes.

La galera roja se quedó en mi mesa de estudio, y la Navidad pasó. Pero el día 30 de ese último mes del año, desapareció. Hasta la sombra de mi felicidad ha desaparecido, pensé. No me atrevía a preguntarle ni a mi hermana qué había sucedido con el sombrero.

Al día siguiente, víspera de Año Nuevo, mi hermana me invitó a dar un paseo.

—Ofrecí esos chocolates en memoria del profesor Mitsuhashi. Parecían un rubí en medio de las flores blancas. Quedaba lindo. Pedí que los colocaran en el ataúd.

Yo no sabía que el señor Mitsuhashi había muerto. Después de dejar la galera roja sobre mi mesa, no había vuelto a salir. Evidentemente todos me habían ocultado la muerte del profesor.

Hasta ahora, la galera roja y estas medias blancas son las únicas cosas que he colocado en un ataúd. Oí que el señor Mitsuhashi, en su delgado camastro de una pensión barata, respirando a duras penas, con los globos de sus ojos salidos de sus cuencas, agonizó.

¿Qué significaban esa galera roja y estas medias blancas? Yo, que estoy viva, me lo pregunto.

El cuervo (*Kakesu*)
[1949]

Desde el amanecer se oían los graznidos del cuervo. Cuando abrieron los postigos, lo vieron volar desde una de las ramas bajas del pino, pero había regresado. Durante el desayuno llegaba el sonido de sus alas agitadas.

—Ese pájaro molesta. —El hermano menor había empezado a ponerse de pie.

—Momento, espera. —La abuela lo detuvo. —Busca a su hijito. Aparentemente el pichón se cayó del nido ayer. Ella estuvo volando hasta tarde durante la noche. ¿No sabrá dónde está? Es una buena madre. Esta mañana empezó a buscarlo de nuevo.

—La abuela sabe —dijo Yoshiko con admiración.

Los ojos de la abuela no veían bien. Aparte de un ataque de nefritis hacía unos diez años, nunca había estado enferma. Pero, a causa de las cataratas, que padecía desde su juventud, sólo veía nublado con el ojo izquierdo. Había que alcanzarle el tazón de arroz y los palitos. Si bien podía manejarse a tientas por el interior de la casa, no podía andar sola por el jardín.

Algunas veces, de pie o sentada ante la puerta corrediza de vidrio, extendía las manos, abría en abanico los dedos dentro de los rayos de sol que pasaban por el vidrio, y se quedaba con la vista fija, concentrando toda la vida que le quedaba en esa percepción de varias puntas. En esos momentos, a Yoshiko la impresionaba su abuela. Y aunque tenía el impulso de llamarla desde atrás, se retiraba furtivamente.

Esa abuela casi ciega, simplemente por el canto del cuervo, hablaba como si lo hubiera visto todo. Yoshiko estaba maravillada.

Cuando Yoshiko fue a la cocina para ordenar lo que se había utilizado en el desayuno, el cuervo estaba cantando en el techo de la casa vecina. En el jardín posterior había un castaño y dos o tres duraznaros. Al observar los árboles, se dio cuenta de que lloviznaba tan tenuemente que sólo contra un denso follaje se percibía.

El cuervo, abandonando su lugar para pasar al castaño, sin dejar de graznar hizo un vuelo rasante para retornar a la primera rama.

La madre no podía irse. ¿Era porque su pichoncito estaba allí por algún lado?

Con esa duda en la cabeza, Yoshiko fue a su habitación. Tenía que estar lista antes de que la mañana se esfumara.

Por la tarde, su padre y su madre vendrían con la madre de su prometido.

Sentada ante el espejo, Yoshiko se miró las manchitas blancas debajo de las uñas. Se decía que eran un aviso de que se está por recibir algo, pero ella había leído en el diario que eran un síntoma de falta de vitamina C o algo por el estilo. La tarea de maquillarse fue un verdadero placer. Las cejas y los labios quedaron increíblemente atractivos. Su kimono, también se acomodó con soltura.

Había pensado en esperar a su madre para que la ayudara a vestirse, pero fue mejor hacerlo ella por sí misma, se dijo.

Su padre no vivía con ellos. Ésta era su segunda madre.

Cuando su padre se había divorciado de la primera madre, Yoshiko tenía cuatro años y su hermanito dos. Los motivos aducidos para el divorcio fueron que la madre se vestía de un modo llamativo y que despilfarraba el dinero, pero Yoshiko presentía que en lo profundo había algo más, que la verdadera causa se ocultaba en algo mucho más grave.

Su hermanito, todavía un niño, había encontrado una fotografía de su madre y se la había mostrado a su padre. El padre no había dicho palabra, pero con una cara de terrible enojo, la hizo en un instante trizas.

Cuando Yoshiko tenía trece años, había recibido a la nueva madre en la casa. Más tarde, había llegado a la conclusión de que su padre había soportado la soledad por diez años pensando en el beneficio de sus hijos. La segunda madre era una buena persona. La vida familiar continuó en un clima tranquilo.

Cuando su hermano menor, que había comenzado el colegio secundario, se trasladó a un pensionado de estudiantes, se produjo un notable cambio en la actitud que hasta entonces había tenido con la madrastra.

—Hermana, me encontré con nuestra madre. Está casada y vive en Azabu. Es realmente bella. Se alegró de verme.

Tomada de sorpresa, Yoshiko se quedó sin habla. Empalideció y se puso a temblar.

De la habitación contigua vino la madrastra y se sentó con ellos.

—Es algo bueno, es algo bueno. No está mal que se encuentren con su madre. No es sino natural. Sabía que un día esto iba a suceder. No me importa en absoluto.

Pero las fuerzas parecían haber abandonado el cuerpo de la madrastra. A Yoshiko, la segunda madre, con su delgadez la impresionó como alguien patéticamente frágil y pequeño.

Su hermano se puso de pie bruscamente y se fue. Yoshiko tuvo ganas de reprenderlo.

—Yoshiko, no le digas nada. Hablarle sólo le haría peor —dijo la madrastra con voz queda.

Los ojos de Yoshiko se llenaron de lágrimas.

El padre ordenó que su hermano abandonara el internado y volviera a la casa. Y aunque Yoshiko supuso que eso daría fin al asunto, fue el padre el que se fue a vivir a otro lado con la madrastra.

Eso la había asustado. Se sentía como aplastada por el poder de la indignación y el resentimiento masculinos. ¿Su padre no los quería por sus lazos con la primera madre? Le parecía que su hermano, que se había enojado tan brutalmente, había heredado la temible intransigencia masculina de su padre.

Sin embargo, también Yoshiko se sentía capaz de comprender la tristeza y el dolor de su padre durante esos diez años entre el divorcio y su nuevo matrimonio.

Entonces, cuando su padre, que se había alejado de ella, volvió trayendo una propuesta matrimonial, Yoshiko se había sorprendido.

—Yo te he causado grandes preocupaciones. Le he contado a la madre del joven que eras una muchacha con estas circunstancias y que, más que tratarte como a una prometida, ella debía intentar devolverte algo de los felices días de una infancia.

Al oírle decir a su padre esas cosas, Yoshiko rompió en sollozos.

Si ella se casara, ya no habría una mujer para hacerse cargo de su hermano y su abuela. Por eso se había decidido que las dos casas se unificaran. Así Yoshiko se quedó tranquila. Tenía temor de un matrimonio arreglado por su padre, pero cuando se acordaron los términos, no resultó algo tan terrible después de todo.

Cuando terminó de arreglarse, Yoshiko se dirigió a la habitación de su abuela.

—Abuela, ¿puedes distinguir el rojo en este kimono?

—Apenas veo algo de rojo borrosamente por aquí. Señálamelo. —Atrayendo a Yoshiko hacia sí, la abuela acercó sus ojos al kimono y a la faja. —Ya me he olvidado de tu cara, Yoshiko. Cómo me gustaría ver cómo eres ahora.

Yoshiko se quedó quieta soportando el cosquilleo, con una mano suavemente apoyada sobre la cabeza de su abuela.

Deseosa de encontrarse con su padre y los demás, Yoshiko no podía quedarse allí sentada, esperando ociosa. Salió al jardín. Extendió su mano con la palma hacia arriba, pero la lluvia era tan fina que no la mojó. Levantándose el ruedo del kimono, Yoshiko buscó afanosamente entre los arbolitos y en la espesura del bambuzal. Y allí, entre las hierbas crecidas bajo unas matas de trébol, estaba el pichoncito.

Con el corazón agitado, Yoshiko se fue aproximando agachada. El pichoncito de cuervo, encogido, no se movía. Era fácil tomarlo en las manos. Parecía haberse quedado sin energía. Yoshiko miró alrededor, pero la madre pájaro no se veía por ningún lado.

Corrió hacia la casa, gritando:

—Abuela, he encontrado al pichoncito. Lo tengo en mi mano. Está muy débil.

—¿Así lo ves? Intenta darle agua.

La abuela no perdía la calma.

Vertió un poco de agua en un tazón para arroz y hundió en ella el pico del pichoncito, que con movimientos graciosos ondulatorios de su cuello, éste empezó a beber. Y entonces —ya recobrado— se puso a piar.

La madre, evidentemente atraída por este canto, llegó volando. Posada en un cable, cantó. El pichoncito, forcejeando en la mano de Yoshiko, cantó de nuevo.

—¡Qué bueno que haya vuelto! ¡Devuélvelo a la madre, rápido! —le dijo la abuela.

Yoshiko volvió a salir al jardín. La madre levantó vuelo del cable de electricidad pero se mantuvo a distancia, mirando fijamente hacia Yoshiko desde lo alto de un cerezo.

Para mostrarle que el pichoncito estaba en su palma, Yoshiko extendió la mano y luego, con mucha delicadeza, lo depositó en el suelo.

Tras la puerta de vidrio, Yoshiko vio cómo la madre, guiada por el piar plañidero de su hijito, que no dejaba de mirar al cielo, se fue aproximando. Cuando llegó a la rama más baja del pino más cercano, el pichón agitó las alas, intentando volar hacia ella. Tropezando en su esfuerzo, cayendo una y otra vez, aunque no por eso dejó de llamarla.

La madre demoraba cautelosa su salto al suelo.

Pronto, sin embargo, se lanzó en línea recta hacia su hijo. La alegría del pichón era inmensa. Alzando la cabeza, con las alas extendidas agitándose, se estiraba hacia su madre. Evidentemente ella le había puesto algo de comer en la boca.

Yoshiko sólo tenía un deseo, que su padre y su madrastra llegaran pronto. Quería que vieran esa escena.

Barquitos de hojas de bambú (*Sasabune*)
[1950]

Akiko colocó el balde al lado de las malvas. Tomó algunas hojas del bambú que crecía debajo del ciruelo y se dedicó a fabricar barquitos de juguete que puso a flotar en el agua.

—Mira, barquitos. ¿No son divertidos? —dijo.

Un varoncito se acuclilló delante del balde, escudriñando los barcos. Luego sonrió y miró a Akiko.

—Esos barquitos son hermosos. Akiko te los hizo porque eres muy inteligente. Pídele que juegue contigo —dijo la madre del niño mientras regresaba a la sala.

La mujer era también madre del prometido de Akiko. Como Akiko se había dado cuenta de que quería hablar algo a solas con su padre, había salido para que conversaran tranquilos. El niño era tan inquieto que lo había llevado con ella al jardín. Era el menor de los hermanos de su prometido.

El niño metió la mano en el balde y agitó el agua.

—Mira, los barcos están en guerra.

Y se maravillaba con los barcos girando en remolinos.

Akiko se alejó para escurrir un kimono de verano que había estado lavando. Luego lo colgó. La guerra había concluido, pero su prometido no regresaba.

—Hagamos otra guerra. Hagamos otra —gritaba el niño más violentamente mientras revolvía el agua. Las gotas le salpicaban la cara.

—Mírate. Basta ya. Tu cara está empapada.

Akiko dio por terminado el juego.

—Los barcos ya no se mueven —se lamentó el niño.

En verdad los barcos no se movían. Sólo flotaban sobre el agua.

—Vayamos al arroyito del fondo. Allí andarán muy bien.

El niño tomó algunos de los barcos. Akiko volcó el agua en la base de las malvas y regresó el balde a la cocina.

Los dos se apostaron en una roca en la orilla de la corriente. Y cada uno lanzó un barco, y el niño aplaudió regocijado.

—Mira, mi barco va primero.

El niño corrió para no perder de vista su barco ganador.

Lanzando de una vez el resto de los barcos, Akiko fue tras el niño.

De repente se dio cuenta de que debía asegurarse de apoyar con fuerza el talón izquierdo sobre el suelo.

Generalmente, el talón izquierdo de Akiko no tocaba el suelo por las secuelas de la polio. Era pequeño y frágil, y el arco de su pie era alto. De niña, ella no podía ir a las excursiones al campo o saltar a la soga. Había planeado llevar una vida tranquila y solitaria. Pero, inesperadamente, se hicieron arreglos para que ella se casara. Confiada en que podría compensar su desventaja con fuerza de voluntad, empezó a practicar y dejaba su talón apoyado en el suelo con una constancia que nunca había tenido antes. Su pie izquierdo pronto sufrió excoriaciones, pero Akiko perseveraba como si estuviera cumpliendo una penitencia. Sin embargo, desde la derrota de Japón en la guerra, había abandonado. La excoriación persistió con el aspecto de una grave cicatriz por congelamiento.

Como el pequeño era el hermano menor de su prometido, trató de desplazarse con su talón sobre el suelo. Hacía mucho que ya no lo practicaba.

La corriente de agua era estrecha, y las malezas que colgaban de las orillas habían capturado tres o cuatro de los barcos.

El niño se había detenido unos diez pasos adelante y miraba cómo su barco se iba alejando. No percibió que Akiko se acercaba. No vio cómo intentaba caminar correctamente.

El hoyo en la nuca del niño le recordaba a Akiko el de su prometido. Y tan fuertes era el deseo de abrazarlo como duro el esfuerzo que hacía para mantenerse de pie.

La madre salió. Le agradeció a Akiko y urgió al niño a partir.

—Adiós —se limitó a decir éste.

Akiko se quedó preguntándose si su prometido habría muerto en la guerra o si el acuerdo se habría roto. ¿El ofrecimiento de casarse con una lisiada había sido sólo por sentimentalismo en tiempos de guerra?

No entró; en cambio, se dirigió hacia la nueva casa que estaban construyendo en el terreno contiguo. Era una casa grande, única en la zona, de modo que todos los transeúntes se detenían para echarle una mirada. La construcción se había detenido durante la guerra, y la maleza había crecido entre las pilas de madera. Ahora el trabajo había sido retomado y avanzaba. Dos tensos pinos habían sido plantados en la entrada.

A Akiko la casa le causaba una impresión de tozudez sin gracia. Además, había demasiadas ventanas. La sala tenía ventanas por todos los costados.

El vecindario murmuraba acerca de qué clase de gente se mudaría allí, pero nadie tenía ninguna certeza.

Huevos (*Tamago*)
[1950]

Marido y mujer se habían engripado y dormían uno al lado del otro.

Era raro que durmieran juntos, pues la mujer siempre traía al nieto mayor a dormir con ella, y su marido odiaba que el niño lo despertara temprano.

El marido se había engripado de una manera divertida. Había una vieja posada de aguas termales en Tonosawa, en Hakone, que era su favorita, y a la que iba incluso durante el invierno. Ese año había ido a principios de febrero. El tercer día se levantó apurado y fue a tomar su baño, pensando que ya era la una y media de la tarde. Al volver, la criada ponía carbón en el brasero, con aspecto de estar medio dormida.

—¿Qué pasó esta mañana? Me sorprendió verlo levantarse tan temprano.

—¿Cómo? ¿Me está haciendo una broma?

—Eran apenas las siete. Usted se levantó a las siete y cinco.

—¿Cómo? —estaba perplejo. —Ya veo. He confundido la aguja de la hora con el minutero. Vaya confusión. Mis ojos están envejeciendo.

—Desde la recepción, me preocupaba que un ladrón o alguien hubiera entrado en su habitación.

Al observarla, vio que la criada se había puesto un kimono forrado sobre el camisón. Al ser despertada, no había tenido seguramente tiempo de cambiarse. Cuando él había telefoneado a la recepción para avisar que estaba levantado, no había obtenido respuesta porque ella estaba dormida.

—Lamento tanto haberla hecho levantar tan temprano.
—No importa. De todos modos ya era hora. ¿Va a acostarse de nuevo? ¿Vuelvo a preparar su cama?
—Déjeme pensarlo.

Colocó sus manos sobre el brasero. Ahora que ella lo mencionaba, se sentía con un poco de sueño, pero al mismo tiempo reanimado con el frío.

Al fin, había dejado la posada cuando la mañana era muy fría. Y se había engripado.

El origen de la gripe de su mujer no era claro, pero la gripe abundaba, así que probablemente se la había contagiado de alguien.

Para cuando su marido estuvo de regreso, la mujer ya guardaba cama.

Cuando el hombre contó la historia de cómo se había levantado demasiado temprano tras confundir las agujas del reloj, toda la familia lanzó una carcajada. Todos se acercaron a mirar su reloj de bolsillo.

Era un reloj bastante importante, pero se llegó a la conclusión de que uno podía confundir las agujas con la escasa luz y ojos soñolientos, pues las dos tenían la misma forma con círculos en sus extremos. Y las movieron para comprobar si siete y cinco podía confundirse con una y media.

—Papá necesita un reloj que brille en la oscuridad —dijo la hija menor.

Sintiéndose lánguido y afiebrado, el marido decidió dormir al lado de su esposa.

—Para hacerte compañía —dijo.
—Puedes tomar la misma medicina que el doctor me indicó. Después de todo, tenemos lo mismo.

Al despertar a la mañana siguiente, la mujer le preguntó:

—¿Cómo encontraste Hakone?

—Bueno, hacía mucho frío —contestó él, resumiendo así todo—. Anoche tosiste muchísimo y me despertaste, pero apenas yo carraspeaba te sobresaltabas asustada. Era sorprendente.

—¿De verdad? No me di cuenta.

—Dormías profundamente.

—Pero cuando duermo con nuestro nieto, tengo un sueño ligero.

—Además, y a tu edad, dabas saltos cada vez que te sobresaltabas.

—¿Me sobresaltaba?

—Sí.

—Tal vez sea instintivo, incluso en una mujer de mi edad. Me había olvidado, dormida, de que a mi lado había un cuerpo extraño.

—¿Un cuerpo extraño? ¿Me he convertido en un cuerpo extraño? —El marido sonrió forzadamente, pero luego agregó: —Bueno. Una noche en Hakone (creo que era un sábado) un montón de gente llegó al mismo tiempo a la posada. Después del banquete, un grupo de huéspedes se dirigió a la habitación contigua para dormir, pero una geisha que había venido con ellos estaba tan borracha que farfullaba. Y rezongaba por teléfono con otra geisha que estaba en otra habitación. Chillaba y farfullaba. Yo no podía entender lo que decía, pero era algo así como "voy a poner un huevo, voy a poner un huevo". Era gracioso cómo lo decía.

—Pobrecita.

—¿Pobrecita? Su voz atronaba.

—Entonces miraste tu reloj, medio dormido y te levantaste, ¿correcto?

—No, tonta —el marido volvió a sonreír con una mueca.

Oyeron pasos.

—Mamá —la hija menor, Akiko, llamaba desde el otro lado de la puerta corrediza—, ¿estás despierta?

—Sí.

—¿Papá también?

—Sí, también.

—¿Puedo entrar?

—Sí.

La hija de trece años entró y se sentó al lado de su madre.

—Tuve una pesadilla.

—¿Con qué?

—Me había muerto. Estaba muerta. Sé que era yo.

—¡Qué sueño tan horrible!

—Sí. Vestía un kimono ligero, todo blanco. Bajaba por una calle. A ambos lados había neblina. La calle parecía flotar, y yo flotaba al caminar. Una vieja extraña me seguía. Me seguía todo el tiempo. No hacía ruido de pasos. Estaba tan asustada que no podía volverme, pero sabía que ella estaba allí. Yo no podía escapar. Madre, ¿sería la Muerte?

—Por supuesto que no —dijo ella mientras miraba a su marido—. ¿Y qué pasó después?

—Entonces yo seguía caminando, y aparecían casas por aquí y por allá a lo largo de la calle. Eran casas bajas como chozas, del mismo gris y de formas suaves y redondeadas. Me escabullí dentro de una. La vieja se confundía y se metía en otra. Qué suerte, me dije. Pero no había lugar ni piso ni nada en esa casa, sino sólo huevos apilados por todas partes.

—¿Huevos? —dijo su mujer con una exhalación.

—Huevos, yo creo que eran huevos.

—¿De verdad? ¿Qué pasaba después?

—No estoy segura, pero creo que me iba al cielo, lejos de la casa y los huevos. Y justo cuando estaba pensando "Me voy al cielo", me desperté.

La muchacha miró a su padre.

—Padre, ¿voy a morirme?

—Por supuesto que no.

Sorprendido por la pregunta, le respondió del mismo modo que su mujer. Le extrañaba que una jovencita tuviera esa pesadilla de muerte, y la mención de los huevos lo descolocaba aun más.

—Fue tan pavoroso. Todavía lo es —decía la joven.

—Akiko, ayer cuando me dolía la garganta, creí conveniente que tomara huevo crudo. Fuiste a comprarlos, y por eso soñaste con huevos.

—¿Podrá ser? ¿Te traigo unos ahora, mamá? ¿Quieres?

La niña salió.

—Tú, pensando en esa inútil geisha de los huevos, lograste que aparecieran en su sueño. Pobrecita —dijo su mujer.

El hombre miraba al techo.

—¿Tiene Akiko sueños frecuentes con la muerte?

—No sé, creo que es la primera vez.

—Pero hay algo.

—¿Qué?

—¡Que eran los huevos los que le permitían ascender al cielo!

La hija trajo el huevo. Lo cascó y se lo ofreció a su madre.

—Aquí tienes —dijo, y salió de la habitación.

La mujer miró de soslayo el huevo.

—No puedo tragarlo. Me inquieta. Tómalo tú.

El marido también miró el huevo con el rabillo del ojo.

Las serpientes (*Hebi*)
[1950]

Ineko, de cuarenta y cuatro años, tuvo este sueño.

No era su casa; era sin duda alguna casa a la que había ido pero, al despertarse y reflexionar, no podía determinar de quién era. En el sueño, la señora Kanda, mujer del presidente de la compañía, tenía un aire de dueña de casa. Ineko había imaginado que se encontraba en la casa de los Kanda. Pero la apariencia de la sala y la disposición eran diferentes de las que tenía la verdadera casa de los Kanda.

Cuando al principio vio los pájaros, a Ineko le pareció que su marido también estaba en la habitación. Aparentemente estaban sólo ellos.

Después de oír el relato del sueño, su marido le preguntó:

—¿Los pájaros estaban en jaulas o venían del jardín?

A Ineko le costó encontrar una respuesta.

—Estaban en la sala. Caminaban alrededor de la sala.

Había dos pájaros, pequeños como colibríes y con largas plumas en la cola. Sus cuerpos eran más pequeños que el largo de la cola, y las plumas de la cola eran muy grandes y tupidas, y destellaban como joyas.

Ineko tenía la impresión de que las plumas estaban hechas con varias piedras preciosas. Cuando se movían, colores hermosos y luces se escalonaban delicadamente en ellas, como si varias piedras preciosas refulgieran, al captar los cambios de la luz con sus facetas.

Cuando los pájaros se posaron en la mano de Ineko y agitaron sus alas, éstas también brillaron con efectos iridiscentes de cinco o siete tonalidades.

Fuera de asombrarse ante tanta belleza, Ineko no había sentido nada. No le parecía extraño que un pájaro con una cola enjoyada estuviera posado en su mano.

En algún momento su marido había salido de la habitación. Ahora la señora Kanda estaba allí.

En la habitación, el hueco ornamental estaba del lado oeste. Del sur al este estaba el jardín, con un corredor a los dos costados del salón. En el ángulo nordeste, el corredor daba una vuelta y se convertía en el corredor de la sala. Ineko y la señora Kanda estaban sentadas en la esquina nordeste.

Cinco serpientes reptaban por la sala. Al verlas, Ineko no gritó pero se preparó para escapar.

—Está bien. No hay de qué preocuparse —dijo la señora Kanda.

Cada una de las serpientes era de un color diferente. Incluso después de despertarse, Ineko recordaba nítidamente los colores. Una era negra, otra rayada, la tercera roja como una serpiente de montaña, la cuarta tenía el mismo diseño de las víboras pero con colores más vivos, y la quinta tenía el resplandor de la mexicana ópalo de fuego, una serpiente tremendamente hermosa.

"Qué hermosas", pensaba Ineko.

De algún lado había llegado la anterior esposa de Shinoda y allí estaba sentada. Joven y encantadora, parecía una bailarina.

Aun cuando la señora Kanda parecía de su verdadera edad y la propia Ineko de la suya, la anterior esposa de Shinoda estaba incluso más joven que cuando Ineko la había conocido veinticinco años antes. Su encanto se diseminaba a su alrededor.

La anterior señora de Shinoda vestía un kimono liso de color verde.

Y si sus vestidos se veían pasados de moda, su peinado era de una total actualidad. Recogido atrás, era irritantemente elaborado. Un adorno irisado estaba colocado adelante. Era como una peineta circular con varias piedras, o como una pequeña diadema. Había piedras rojas y verdes, con predominio de diamantes.

—Qué bello.

Como Ineko lo miraba, la primera mujer de Shinoda se llevó la mano a la cabeza y se quitó el ornamento. Lo extendió a Ineko, diciendo: "¿no me lo compraría?".

Mientras lo sostenía frente a la cara de Ineko, el adorno de cabello empezó lentamente, desde uno de sus extremos, a moverse con ondulaciones. Y al final, era una serpiente. Una pequeña serpiente.

De otra parte de la casa llegaba el sonido de agua corriendo y voces de criadas. En la esquina más lejana había una despensa con objetos para el té. Dos criadas lavaban batatas.

—Mira bien lo que compras. ¿No son éstas demasiado grandes? —decía una de ellas.

La otra respondía:

—Es injusto. Elegí las grandes creyendo que serían buenas y ahora me reprenden.

En ese momento Ineko se despertó.

En el sueño, sin que ella le diera mayor importancia, también el jardín estaba infestado de serpientes.

—¿Era un hervidero?

A esta pregunta de su marido, Ineko respondió de un modo preciso:

—Había veinticuatro.

Además, en una habitación aparte, detrás de la sala, parecía haber una reunión de hombres. El señor Kanda, presidente de la compañía, estaba allí junto con su hermano menor y el marido de Ineko. Durante su sueño, Ineko tenía la sensación de haber oído sus voces en una conversación.

Al finalizar el relato de su sueño, ella y su marido se quedaron en silencio por un rato.

—Me pregunto qué será de la primera señora de Shinoda ahora —dijo finalmente el marido.

—Sí, ¿qué estará haciendo? —Ineko repitió: —Me pregunto dónde estará.

No la había visto en esos veinticinco años. Hacía unos veinte que Shinoda había muerto.

Shinoda y el marido de Ineko habían sido compañeros en la universidad. La primera mujer de Shinoda había ayudado mucho a Ineko, que estaba en una clase inferior en la misma escuela de mujeres. Fue por sus buenos oficios que Ineko se había casado. Pero al poco tiempo, Shinoda se había divorciado y se había vuelto a casar. Como Ineko y su marido también conocieron a la segunda esposa, la anterior pasó a ser llamada "la primera esposa".

La primera esposa desapareció de su vista poco después del divorcio. Shinoda murió tres o cuatro años después de volver a casarse.

El marido de Ineko y Shinoda habían trabajado en la misma compañía. La primera mujer, intercediendo ante el superior, Kanda, les había conseguido los puestos.

Antes de casarse con Shinoda, la primera mujer había estado enamorada de Kanda. Pero como Kanda no se había querido casar con ella, se había casado con Shinoda.

La señora de Kanda se había casado sin saber nada de todo eso. Una vez le había dicho a Ineko que Shinoda había sido cruel con su mujer.

Ahora Kanda era el presidente de la compañía, y el marido de Ineko continuaba trabajando en la empresa.

Ineko no intentó forzar una interpretación de ese sueño, pero le quedó grabado en el corazón.

Lluvia de otoño (*Aki no ame*)
[1962]

En lo hondo de mi alma tuve la visión de una lluvia de fuego cayendo sobre montañas, rojas por el color de las hojas de otoño.

En verdad, fue en un valle donde vi esto. El valle era profundo. Las montañas se elevaban a ambos lados del cauce de un arroyo. No podía ver el cielo a menos que me estirara hacia lo alto. El cielo era todavía azul, pero teñido de crepúsculo.

El mismo tono tenían las piedras blancas del arroyo. ¿Era el silencio de los colores otoñales que me rodeaba y colmaba mi cuerpo el que me hacía sentir el anochecer? El arroyo corría por el valle color añil, y cuando mis ojos se maravillaron de que las hojas no se reflejaran en el profundo color del río, me di cuenta de que el fuego caía en el agua.

La lluvia de fuego o las cenizas no parecían caer, sólo reverberaban sobre el agua. Pero seguramente estaban cayendo; los pequeños trozos de fuego caían en el agua añil y se desvanecían. A causa de las hojas rojas no podía distinguir si el fuego también caía delante de las montañas. Así que levanté la vista al cielo sobre las montañas y vi pequeños fragmentos de fuego cayendo con una velocidad impresionante. Tal vez porque los fragmentos de fuego se movían, la estrecha franja de cielo se veía como un río flotando entre las orillas formadas por los rebordes de las montañas.

Se hizo de noche y esta fue la visión que tuve, adormecido dentro de un tren expreso rumbo a Kioto.

Me dirigía a un hotel en Kioto para ver a una de dos niñas que habían quedado grabadas en mi memoria por quince o dieciséis años, desde esa vez que estuve internado en el hospital por una cirugía de cálculos biliares.

Una era una bebita que había nacido sin el conducto colédoco que evacua la bilis. Como su expectativa de vida era menor que un año, le hicieron una operación para conectarle el hígado y la vesícula con un tubo artificial. Me acerqué a la madre mientras ella permanecía de pie en el vestíbulo con su beba en brazos. Le dije, mientras miraba a la criatura:

—Todo salió bien. Qué niña tan hermosa.

—Gracias, pero el doctor dice que no vivirá más de dos días, por eso estoy esperando a alguien que nos va a llevar a casa —me contestó la madre con calma.

La bebita dormía plácidamente. Su kimono con camelias abultaba ligeramente en el pecho, tal vez a causa de los vendajes de la operación.

Mi negligente observación había nacido de los distendidos sentimientos que se establecen entre los pacientes en un hospital, donde hay muchos niños que llegan por cirugías cardíacas y que, antes de las operaciones, suelen corretear por los pasillos y jugar en el ascensor subiendo y bajando. Muchas veces había tenido oportunidad de hablar con este tipo de niños. Tenían entre cinco y siete u ocho años. Es conveniente reparar los daños cardíacos congénitos cuando son pequeños. Si no, los niños podrían morir jóvenes.

Una niña, en particular, me había llamado la atención. Cada vez que yo entraba en el ascensor, estaba ella. Esa niña de cinco años se mostraba siempre hosca y se acuclillaba en una esquina del ascensor a la sombra de las piernas de los adultos. Su mirada intensa destellaba, su boca se mantenía obstinadamente cerrada. Cuando le pregunté a una enfermera, me dijo que la nena estaba sola en el ascensor unas tres o cuatro horas por día. Incluso sentada en el sofá del vestíbulo mantenía la misma expresión de enojo. Por más que le hablara, su mirada no se modificaba. "Esta niña sin duda llegará a algo" le dije a la enfermera.

No volví a verla.

—La operaron, ¿no? ¿Cómo salió de la cirugía? —le pregunté a la enfermera.

—Volvió a su casa sin someterse a la operación. Vio morir a la niña de la cama contigua, y dijo: "Me voy a casa, me voy a casa". Y no quiso escuchar razones.

—Pero ¿no morirá joven?

Y allí iba yo a Kioto a ver a la niña, ahora en el esplendor de la edad.

Con el ruido de la lluvia golpeando en la ventanilla, me desperté de mi ensoñación. Las visiones se borraron. Me di cuenta de que la lluvia había estado golpeando la ventanilla desde que me había adormecido, pero que se había intensificado con el viento que ahora lanzaba pesadamente las gotas contra el vidrio. Las gotas de lluvia iban de un extremo al otro de la ventanilla. Se detenían por un momento y luego recomenzaban su movimiento. Yo veía como un ritmo cuando un grupo de gotas avanzaba, o algunas mayores caían debajo de otras más pequeñas, o cuando todas juntas se desplazaban dibujando una sola línea a lo largo de la ventanilla. Yo oía una música.

Mi visión del fuego cayendo de las montañas otoñales había sido sin sonido, pero imagino que fue la música de la gotas golpeando y corriendo sobre el vidrio lo que se había transformado en esa visión del fuego.

Un comerciante me había invitado a una exhibición de kimonos que iba a realizarse en el vestíbulo de un hotel de Kioto dentro de dos días. Una de las modelos era Beppu Ritsuko. No me había olvidado de ese nombre, pero no podía creer que se hubiera convertido en modelo. Esta vez iba a Kioto más para ver a Ritsuko que a los arces rojos.

Como al día siguiente llovió, a la tarde me quedé mirando televisión en el vestíbulo del cuarto piso. El espacio funcionaba como una sala de espera para algunas fiestas de casamiento; dos o tres grupos de invitados estaban parados por allí. Las novias con todos sus atavíos también pasaban por allí. Cada tanto me daba vuelta para observar a las parejas que eran fotografiadas después de la ceremonia.

El comerciante vino a saludarme. Le pregunté si Beppu Ritsuko se encontraba ya en el hotel. De inmediato me llevó hacia un costado. De pie, delante de una ventana nublada por la lluvia, una joven observaba con una mirada intensa cómo una pareja de novios estaba siendo fotografiada. Era Ritsuko. Sus labios estaban firmemente cerrados. Retrocedí y dudé. Quería preguntarle, a esta joven que había sobrevivido y que estaba allí de pie, tan alta y tan bella, si me recordaba.

—Es que mañana en el desfile se vestirá de novia… —me susurró el comerciante al oído.

Vecinos (*Rinjin*)
[1962]

—Con personas como ustedes, mis padres estarán felices —dijo Murano, mientras estudiaba a los recién casados Kichiro y Yukiko—. Ellos son completamente sordos. Suena raro decirlo, pero no se preocupen por nada.

Por motivos de trabajo, Murano se había mudado a Tokio. Sus viejos padres se quedaban en la casa de Kamakura. Vivían en un ala independiente. Por eso él había buscado ocupantes para la casa principal. Antes que cerrarla, era preferible tener gente viviendo en ella. Para los ancianos, también eso significaba compañía. El alquiler era nominal. El que había concertado el matrimonio, un conocido de Murano, le habló de la joven pareja, volviendo a actuar como intermediario. Cuando Kichiro y Yukiko habían ido a conocer a Murano, fueron recibidos con beneplácito.

—Será como un florecimiento súbito cerca de ellos. No he estado buscando especialmente ocupantes, pero si puedo tenerlos a ustedes aquí, tanto la vieja casa como los ancianos se verán bañados por los rayos de la juventud. Y ya casi lo veo —dijo Murano.

La casa de Kamakura estaba en el extremo de uno de los varios valles de los alrededores. La casa principal, con sus seis habitaciones, era demasiado amplia para la joven pareja. La noche de su llegada, desacostumbrados al silencio y a la casa, dejaron encendidas todas las luces de las seis habitaciones. Con las luces encendidas, incluso en la cocina y la entrada, se sentaron en la sala de doce *tatami*[1]. Si bien era la habitación más grande, con la cómoda de Yukiko, el tocador, la cama, y los otros enseres de la dote que habían llevado allí por el momento, apenas había lugar para sentarse. Y eso los hizo sentirse cómodos.

Componiendo con distintas combinaciones las cuentas de su collar roto, Yukiko intentaba crear uno nuevo. De los doscientos o trescientos viejos abalorios de cristal, llamados "ojos de libélula", que su padre había coleccionado durante sus cuatro o cinco años en Taiwan, Yukiko había recibido, antes de su casamiento, dieciséis o diecisiete de los que más le gustaban. Ensartándolos en un collar, los había llevado consigo durante la luna de miel. Por ser rarezas apreciadas de su padre, simbolizaban para Yukiko la emoción de separarse de sus padres. La mañana siguiente a su noche de bodas, Yukiko se puso el collar. Atraído por éste, Kichiro la abrazó, apoyando la cara sobre su cuello. Yukiko sintió picazón, y se apartó con un pequeño grito. El hilo del collar se cortó, y las cuentas se esparcieron por todo el piso.

También Kichiro, separado de ella, pegó un grito. Y los dos, de rodillas, se pusieron a juntar las cuentas caídas. Yukiko, incapaz de contener la risa al ver a Kichiro gateando sobre sus manos y rodillas en busca de los abalorios, de pronto se distendió.

Eran esos abalorios los que Yukiko trataba de enhebrar la noche de su llegada a Kamakura. Las cuentas diferían en color, diseño y forma. Las había redondas, cua-

---

[1] Esteras que sirven de medida de superficie, de aproximadamente 1,70 m².

dradas y alargadas como tubos. Los colores —rojo, azul, violeta, amarillo, y otros— eran simples colores primarios; sin embargo, con el tiempo, habían adquirido un sutil, suave matiz. Los diseños también tenían el encanto ingenuo del arte nativo. Si uno modificaba con delicadeza el orden de las cuentas, el carácter del collar también variaba sutilmente. Fabricadas por los artesanos nativos para ser ensartadas en collares, cada cuenta tenía un orificio para el paso del hilo.

Al verla intentar distintas combinaciones, Kichiro le preguntó:

—¿No recuerdas el arreglo original?

—Lo hice junto con mi padre, pero no lo recuerdo. Las ensartaré de un modo que a ti te guste. Por favor échale una mirada.

Hombro contra hombro, se olvidaron del paso del tiempo con el arreglo de las cuentas. Y se fue haciendo tarde.

—¿No hay algo caminando afuera? —preguntó Yukiko.

Se oía el sonido de hojas caídas arremolinándose. Las hojas parecían haber caído no sobre el techo de esa casa sino sobre el del ala independiente. El viento se acentuaba.

A la mañana siguiente, Yukiko llamó a Kichiro:

—Ven aquí, ven pronto. Los ancianos allí atrás están alimentando a un par de milanos negros. Y están desayunando todos juntos.

Cuando Kichiro se levantó y salió, vio que las puertas de la otra ala de la casa estaban completamente abiertas a la apacible y clara luz del otoño. Bajo el sol que inundaba la habitación, el viejo y su mujer tomaban su desayuno. Este sector estaba en una pequeña elevación del jardín, separado con un cerco bajo de flores de té silvestre. Como el cerco estaba completamente en flor, esa parte de la casa parecía flotar sobre un manto de flores. Por los otros tres lados estaba rodeada, al punto de hundirse, por un bosque variado con todos los colores de la montaña. El sol matinal del otoño tardío, resplandeciendo entre el cerco y el follaje, los bañaba con su calor hasta su más profundo interior.

Los dos milanos se aproximaban a la mesa y estiraban sus cuellos. La vieja pareja, tomando el jamón y el huevo de sus platos, los masticaban y luego se los alcanzaban con sus palitos. Cada vez que esto sucedía, las aves extendían un poco sus alas.

—Se los ve tan mansos —dijo Kichiro—. Salgamos y vayamos a saludarlos. No creo que les importe que sea durante el desayuno. Quiero ver de cerca esos pájaros tan queridos.

Yukiko entró para cambiarse de ropa. Al regresar, tenía puesto el collar en el que habían trabajado con tanto empeño la noche anterior. Con el ruido de sus pasos que se aproximaban al cerco, las dos aves levantaron vuelo súbitamente. El golpe de sus alas sobresaltó a la joven pareja. Con una exclamación, Yukiko los vio perderse en el cielo. Obviamente eran milanos salvajes que sólo habían bajado por los ancianos.

Después de expresar con fineza su agradecimiento por permitirles vivir en la casa principal, Kichiro dijo:

—Lamento haber espantado a los pájaros. Se los veía encantados con ustedes.

Pero los viejos parecían no oír nada. Y aparentemente sin siquiera intentarlo, observaron con una mirada perdida a la joven pareja. Mirando a Kichiro, Yukiko le preguntó con los ojos qué hacer.

—Han sido muy amables en venir. Madre, esta hermosa pareja son nuestros vecinos ahora.

El hombre habló de un modo brusco, como para sí mismo. Pero su mujer tampoco pareció entender.

—Pueden ustedes olvidarse de que dos viejos sordos como nosotros andan por aquí. Pero a nosotros nos gustan los jóvenes. No nos eviten, ni se escondan.

Kichiro y Yukiko se inclinaron en una reverencia.

Un milano volaba en círculos sobre el techo de la cabaña. Cantaba con una voz melodiosa.

—Los milanos no han terminado su desayuno. Bajarán otra vez de la montaña. No debemos perturbarlos.

Kichiro hizo una seña a Yukiko, mientras se ponía de pie.

En lo alto del árbol (*Ki no ue*)
[1962]

La casa de Keisuke estaba sobre la playa, allí donde el río desemboca en el mar. Aunque el río corría al costado del jardín, a causa del terraplén no se lo veía desde la casa. La vieja playa con sus pinares, levemente más baja que el terraplén, parecía parte del jardín, y sus pinos parte del pinar de éste. Entre los que estaban de este lado, había un grupo con ejemplares del pino negro de China.

Michiko, abriéndose camino por el cerco, iba a jugar con Keisuke. En realidad, sólo iba a estar con él. Ambos eran alumnos de cuarto grado. Ese rodeo por el cerco, en lugar de entrar directamente por el portón de entrada o por la puerta de servicio, era un secreto entre los dos. Para una chica, no era fácil. Cubriéndose la cabeza y la cara con ambos brazos, curvada sobre su vientre, tenía que zambullirse en el cerco. Lanzada con ímpetu al jardín, muchas veces Keisuke la recibía en sus brazos.

Cauteloso, para que la gente de la casa no llegara a enterarse de que Michiko iba todos los días, Keisuke le había enseñado ese camino a través del cerco.

—Me gusta. Mi corazón late con violencia como nunca —decía Michiko.

Un día, Keisuke se trepó a un pino. Mientras estaba allí, llegó Michiko. Sin mirar a los costados, se apresuraba por la playa. Se detuvo en el cerco, en el lugar por donde siempre pasaba, y miró a su alrededor. Protegiéndose la cara con una trenza y con la otra mitad en la boca, y abriéndose paso con los brazos, se lanzó al cerco. En lo alto del árbol, Keisuke contenía la respiración. Cuando ella salió al otro lado en el jardín, no vio a Keisuke, a quien suponía allí. Asustada, se escondió dentro de las sombras del cerco, donde Keisuke no podía verla.

—Mitchan, Mitchan —la llamó Keisuke.

Ella, saliendo del cerco, recorrió el jardín con su mirada.

—Mitchan, estoy en el pino. Estoy en lo alto del pino.

Al levantar la vista guiada por la voz, Michiko no dijo una palabra. Ahora Keisuke le decía:

—Sal al jardín, vamos, ven.

Michiko salió del cerco y levantó la vista hacia Keisuke:

—Baja tú.

—Mitchan, sube. Es lindo estar aquí.

—No puedo. Te burlas de mí, como todos los varones. Baja tú.

—Sube. Las ramas son gruesas, hasta una chica puede treparlas.

Michiko estudió las ramas. Luego dijo:

—Si me caigo, será tu culpa. Si me muero, no llegaré a conocer lo que me cuentas.

Sosteniéndose de una rama baja, comenzó su ascenso. Para cuando llegó a la rama de Keisuke, Michiko estaba intentando recuperar el aliento:

—Subí, subí. —Sus ojos resplandencían. —Me da miedo. Sosténme.

Keisuke la atrajo firmemente hacia sí. Michiko, con sus brazos alrededor del cuello de Keisuke, dijo:

—Se puede ver el océano.

—Uno puede ver todo. Más allá del río, e incluso río arriba... Qué bueno que hayas subido.
—Me gusta, Keichan. Vamos a subir de nuevo mañana.
Keisuke permaneció en silencio durante un instante.
—Mitchan, es un secreto. Leo libros y hago mi tarea aquí arriba. No conviene que se lo cuentes a nadie.
—No lo haré —Michiko inclinó su cabeza en señal de asentimiento—. Dime, ¿por qué te has convertido en pájaro?
—Te lo contaré por ser tú, Mitchan. Mi padre y mi madre tuvieron una horrible pelea. Mi madre dijo que iba a llevarme con ella a la casa de sus padres. Yo no quería verlos, así que trepé al árbol y me escondí. Llamándome: "¿a dónde te has ido, Keisuke?", me buscaron por todas partes. Pero no pudieron encontrarme. Desde el árbol pude ver a mi padre caminando por la orilla del mar buscándome. Eso fue la primavera pasada.
—¿Por qué peleaban?
—¿No lo sabes? Mi padre tiene otra mujer.
Michiko no dijo nada.
—Desde entonces estoy mucho tiempo en los árboles. Mi padre y mi madre todavía no lo saben. Es un secreto. —Keisuke lo repitió, sólo para que quedara claro—. Mitchan, a partir de mañana, trae tus libros. Haremos las tareas aquí arriba. Tendremos buenas calificaciones. En este jardín, en estas grandes camelias con muchas hojas, nadie puede vernos desde abajo ni desde ningún otro lado.
El "secreto" de estar en lo alto del árbol continuó durante casi dos años. Donde el grueso tronco se abría en la parte más alta de la copa, encontraron lugar para sentarse cómodamente: Michiko, a horcajadas en una rama, apoyada la espalda contra otra. Había días en que

los pajaritos venían y días en que el viento silbaba entre las hojas. Aunque no estaban a tanta distancia del suelo, a estos dos pequeños novios les parecía encontrarse en un mundo completamente diferente, lejos de la tierra.

Ropas de montar (*Jobafuku*)
[1962]

Cuando llegó al hotel en Londres, Nagako corrió las cortinas y se tiró en la cama como si estuviera al borde de un colapso. Cerró los ojos. Se olvidó hasta de descalzarse. Haciendo presión con sus pies en el borde de la cama, los sacudió. Y los zapatos, serviciales, cayeron.

Su agotamiento era mayor que el ocasionado por el solitario vuelo a través de la ruta polar sobre Alaska y Dinamarca. Era como si ese cansancio hubiera permitido que el otro —el cansancio de su vida de mujer, el cansancio de su matrimonio con Iguchi— aflorara súbitamente.

Un piar incesante de pajaritos le llegaba a los oídos. El hotel se encontraba en una tranquila área residencial al lado del Parque Holanda. Tal vez había muchos pajaritos en las arboledas del parque. Aunque la estación no había avanzado como en Tokio, se sentía que era mayo. En los árboles brotaban hojas, se abrían las flores, y los pájaros cantaban. Era la primavera de Londres. Pero la ventana estaba cerrada, las cortinas corridas, el afuera clausurado. Al oír el canto de los pájaros, Nagako no sintió que se había trasladado a un país lejano.

"Esto es Londres, en Inglaterra." Incluso cuando se decía esto, Nagako sentía que estaba en las mesetas de Japón. Por el piar de los pájaros, bien podía tratarse de las montañas, pero eran las mesetas las que le venían a la mente porque guardaba lindos recuerdos de ellas.

Una Nagako de doce o trece años, con su tío y sus primos, cabalgaba por un verde sendero en las mesetas. Esa pequeña figura de sí misma se le hizo patente. Incluso después de haber sido llevada a la luminosa y alegre casa de su tío, Nagako recordaba claramente la oscuridad de la vida con su padre. Al cabalgar a toda velocidad, se olvidaba por completo de la muerte de su padre. Pero su felicidad duraría poco.

—Nagako, es tu primo. No es correcto.

Su prima Shigeko irrumpió en su felicidad con estas palabras. Nagako, que había cumplido catorce, sabía qué significaban estas palabras. Le advertían que amar y casarse con su primo Yosuke era "inconveniente".

A ella le encantaba cortarle las uñas de los pies y de las manos y limpiarle las orejas. Era feliz cuando él le decía que lo hacía bien. El aire de suficiencia con que hacía estas cosas por Yosuke había irritado a Shigeko. Después de eso, Nagako había tomado distancia de Yosuke. Ella era más joven, y ni se le había ocurrido casarse con él. Pero su corazón, el corazón de una joven mujer, se había despertado con las palabras de Shigeko. Tiempo después, pensaría en sus sentimientos hacia Yosuke como un primer amor.

Yosuke se casó y estableció su propio hogar. Shigeko se había casado y se había ido, así que Nagako fue la única que permaneció en la casa. Imaginando que también eso le molestaría a Shigeko, se fue a vivir a un pensionado en un colegio de mujeres. Su tío le arregló un casamiento. Cuando su marido perdió su trabajo, Nagako tomó el puesto de instructora de inglés en una escuela preparatoria. Finalmente, Nagako había ido a consultar a su tío por el divorcio.

—Me parece que Iguchi se ha vuelto igual a mi padre —se quejaba Nagako de su marido—. Si mi padre no hubiera sido así, lo habría soportado con Iguchi. Pero cuando me acuerdo de mi padre, tengo la sensación de que me persigue el destino de vivir con hombres débiles e inútiles. No lo tolero.

Su tío, que cargaba con la responsabilidad de haber arreglado el casamiento con Iguchi, observaba a la agitada Nagako. Luego, diciéndole que intentara dejar Japón por un tiempo, que se quedara en Inglaterra por tres meses o un mes y pensara en todo, le dio el dinero para el viaje.

En el hotel en Londres, escuchando el piar de los pájaros, y al recordar su pequeña silueta a caballo, Nagako empezó a sentir un tintineo en sus oídos. Que se convirtió en el sonido de una cascada. El sonido del torrente se volvió un rugido. A punto de gritar, Nagako abrió los ojos.

Nagako, llevando una carta de su padre, tímidamente entró en la oficina del director de la compañía en el séptimo piso. El director, que había sido un compañero de clase de su padre en la escuela secundaria, observó a Nagako.

—¿Cuántos años tienes?

—Once.

—Por favor, dile a tu padre que no se valga de su propia hija para este tipo de cosas. Una niña… Es patético.

Haciendo una mueca, el director le entregó algo de dinero.

Nagako le repitió a su padre, que la esperaba del otro lado de la calle, las palabras del director. Tambaleándose mientras sacudía el bastón dirigido a la ventana, su padre maldijo:

—Bastardo. Una cascada cae sobre mi cabeza, me arrastra hacia la muerte. —Y de verdad le pareció a Nagako que una cascada torrencial caía sobre la cabeza de su padre desde la ventana del séptimo piso.

Nagako había llevado cartas de su padre a tres o cuatro compañías. En cada una, había un director que había sido compañero de su padre. Nagako fue a verlos uno tras otro. Su madre, disgustada con su padre, lo había abandonado. Tras un ataque de apoplejía leve, su padre no podía andar sin un bastón. Aproximadamente un mes después de la visita a la compañía de la cascada, Nagako fue a otra compañía.

El gerente le dijo:

—No debiste venir sola. ¿Dónde está escondido tu padre?

Los ojos de Nagako se dirigieron a la ventana. El gerente la abrió y miró abajo.

—Eh, ¿qué ha pasado?

Con esas palabras, Nagako corrió a mirar por la ventana. Su padre estaba caído en la calle. Una multitud se había agolpado. Era su segundo ataque. Su padre estaba muerto. Ella sintió que la cascada, lanzada desde la ventana de la oficina en el piso alto, lo había golpeado y lo había matado.

En la habitación del hotel adonde acababa de llegar, Nagako oyó el sonido de esa cascada.

El domingo, salió a caminar por el Hyde Park. Se sentó en un banco sobre un estanque y observó las aves acuáticas. El sonido de unos cascos le hizo volver la cabeza. Una familia a caballo se acercaba, padres y niños uno al lado del otro. Hasta la niña, de unos diez, y su hermano, que parecía de dos o tres años, estaban vestidos con formales trajes de montar. Nagako quedó sorprendida. Eran un cuadro perfecto, la pequeña dama y el pequeño caballero. Al ver irse al galope al grupo familiar, pensó cuánto le gustaría encontrar una tienda en Londres que vendiera ese tipo de ropas de montar tan bien confeccionadas y poder, al menos, tocarlas.

Inmortalidad (*Fushi*)
[1963]

Un viejo y una muchacha caminaban juntos.

Había una serie de cosas extrañas respecto de ellos. Se aproximaban como amantes, como si no sintieran los sesenta años de diferencia en su edad. Al viejo le costaba oír. No entendía la mayor parte de lo que la muchacha decía. La joven vestía unos pantalones rojo oscuro con un kimono púrpura y blanco con fino diseño de flechas. Las mangas eran bastante largas. El viejo vestía el tipo de ropa apropiada para mujeres que sacaran maleza de un arrozal, sólo que en su caso sin sobrecalzas. Las mangas estrechas y pantalones ajustados en los tobillos parecían de mujer. La ropa le quedaba floja en las caderas.

Caminaban por el césped. Un alambrado se cruzaba en su marcha. Los amantes no parecieron notar que, de continuar avanzando, quedarían atrapados en él. No se detuvieron; en cambio, lo atravesaron como una brisa primaveral.

Después de cruzar, fue ella quien se dio cuenta del alambrado.

—Shintaro, ¿tú también pudiste pasar por la red?

El viejo no la oía, pero tomó la red de alambre.

—Porquería, porquería —decía mientras la agitaba. La sacudió con demasiada violencia, y en un momento dado, la enorme red lo arrastró. El viejo se tambaleó y cayó.

—Shintaro, ¿qué pasó? —La joven lo rodeó con sus brazos para sostenerlo. —Alejémonos de la red... Oh, has perdido mucho peso —dijo la muchacha.

Por fin el viejo pudo ponerse de pie. Jadeante le daba las gracias. Volvió a tomar la red, pero esta vez con más suavidad, con una sola mano. Luego en voz alta, como hablan los sordos dijo:

—Solía recoger las pelotas que cruzaban los alambrados día tras día. Durante diecisiete largos años.

—¿Diecisiete años es mucho? Es poco.

—Lanzaban las pelotas como se les ocurría. Hacían un ruido feo al golpear en el alambrado. Antes de acostumbrarme, me acobardaba. Es por el ruido de esas pelotas que me volví sordo.

Era una red de metal para proteger a los muchachos que recogían pelotas en el campo de golf. Tenía unas ruedas que permitían moverla hacia adelante y hacia atrás y a derecha e izquierda. El campo de golf estaba separado por algunos árboles. Originariamente había una arboleda muy poblada, pero la habían ido cortando y sólo quedaba una hilera irregular.

Siguieron caminando, con el alambrado a sus espaldas.

—Qué recuerdos tan placenteros trae oír el sonido del océano.

Como quería que el viejo oyera esas palabras, la muchacha acercó la boca a su oreja:

—Puedo oír el sonido del océano.

—¿Cómo? —El viejo cerró los ojos. —Ah, Misako. Es tu dulce aliento. Igual que hace tantos años.

—¿Puedes oír el océano tan amado?

—El océano... ¿Hablas del océano? ¿Amado? ¿Cómo el océano, donde te ahogaste, podría serme querido?

—Yo lo amo tanto. Es la primera vez que vuelvo a mi pueblo natal en cincuenta y cinco años. Y tú has vuelto también. Esto me trae recuerdos queridos.

El viejo no podía oírla, pero ella continuó:

—Me alegro de haberme ahogado. De ese modo puedo pensar en ti por siempre, tal como lo hacía en el momento en que me ahogaba. Además, los únicos recuerdos y reminiscencias que conservo son las de mis dieciocho años. Tú eres eternamente joven para mí. Lo mismo te sucede a ti. Si yo no me hubiera ahogado y tú vinieras al pueblo a verme, yo sería una anciana. Qué horrible. No lo soportaría.

El viejo hablaba. Era el monólogo de un hombre sordo:

—Fui a Tokio y fracasé. Y ahora, decrépito con la edad, he regresado al pueblo. Había una muchacha que lamentaba que tuviéramos que separarnos. Se arrojó al mar, y por eso busqué un trabajo en un campo de golf que mirara al océano. Les rogué que me dieran el puesto... aunque más no fuera por piedad.

—¿Esa zona por donde caminamos era la de los bosques que pertenecieron a tu familia?

—No podía hacer otra cosa más que recoger pelotas. Me lesioné la columna por agacharme todo el tiempo... Pero hubo una muchacha que se mató por mí. El acantilado está precisamente de este lado, de modo que podría saltar, incluso tambaleante. Y es lo que pienso hacer.

—No, debes seguir viviendo. Si murieras, no quedaría nadie en la Tierra que me recordara. Y yo moriría por completo.

La muchacha se colgó de él. El viejo no podía oír, pero la abrazó.

—Eso es. Vamos a morir juntos. Esta vez... Viniste a buscarme, ¿no?

—¿Los dos? Pero tú debes vivir. Vivir por mí, Shintaro. —Ella se quedaba sin aliento mientras miraba por sobre su hombro. —Oh, esos grandes árboles están todavía allí. Los tres... como hace tanto tiempo.

La muchacha los señaló y el viejo dirigió su mirada hacia los árboles.

—Los golfistas se quejan de ellos. Siempre insisten en que los corten. Cuando lanzan una pelota, dicen que se curva hacia la derecha como succionada por la magia de esos árboles.

—Esos golfistas morirán a su debido tiempo, mucho antes que estos árboles. Son ejemplares centenarios. Los golfistas dicen eso, pero sin comprender la duración de la vida de un hombre —aseguró ella.

—Estos son árboles que mis ancestros cuidaron por cientos de años, y yo obtuve del comprador, al venderle el terreno, la promesa de que no los cortaría.

—Vamos —la joven tiró de la mano del viejo. Y a punto de caer el viejo marchó con ella hacia los árboles.

La muchacha se deslizó sin dificultad a través del tronco. Y también el viejo.

—¿Cómo? —ella se quedó mirando maravillada al viejo—. ¿Estás muerto tú también, Shintaro? ¿Cuándo moriste?

Él no respondió.

—Has muerto. ¿Es así? Qué extraño no haberte encontrado en el mundo de los muertos. Bueno, intenta atravesar este tronco una vez más para verificar si estás muerto o vivo. Si estás muerto podremos entrar en el árbol y quedarnos allí.

Desaparecieron dentro del árbol. Ni el viejo ni la muchacha volvieron a aparecer.

El color de la noche empezaba a flotar sobre los retoños que estaban detrás de los grandes árboles. El cielo a lo lejos se tiñó de un pálido rojo allí donde rugía el océano.

Tierra (*Chi*)
[1963]

1

Una mujer vestida de sol, y la luna bajo sus pies, y sobre su cabeza una corona de doce estrellas. Gritando su desamparo y pariendo con llanto y dolor.

2

"Sin que yo me enterara, una pequeña iglesia católica había sido construida en la calle que corre a lo largo de la rueda hidráulica, esa calle por la que me encantaba caminar hace tanto. Una hermosa iglesia, cuyas paredes de madera blanca, por otra parte, ya se mostraban tiznadas con hollín, bajo el techo inclinado y cubierto de nieve." Esta iglesia de San Pablo, así evocada en una novela de Hori Tatsuo[1], tenía un techo de tejas, y por dentro una estructura de madera a la vista. Naturalmente, la cruz en el altar también era de madera.

3

Ahora, cuando estas palabras escritas por Hori Tatsuo ya han cumplido veinticinco años, un hombre jo-

---

[1] Novelista japonés (1904-1953).

ven y una mujer caminan con ropas como esas que uno vería en Karuizawa[2] durante el verano al mediodía.

—Fue al pasar delante de esta iglesia que a mi madre le dijeron esas terribles palabras.

El joven se detuvo y miró la iglesia mientras hablaba con la muchacha. Ella también miró la iglesia, y luego el rostro del muchacho.

—Pero tú le crees a tu madre. Y como le crees, tienes un padre definido.

El joven no dijo nada.

—Yo soy una niña sin padre que no puede creer en su madre, una niña definitivamente sin padre —siguió ella.

—No es por creerle a su madre que un niño tiene certeza sobre su padre. Si el padre no cree en la madre, si tu padre también duda de tu madre, entonces no hay fin para la duda.

—Pero incluso con dudas, tú tienes un padre de quien dudar. Yo no tengo un padre ni siquiera ilusoriamente. A menos que la prisión misma haya sido mi padre.

—Yo no me parezco en nada a mi padre.

—Es cierto. Y tampoco te pareces a tu madre en absoluto.

—¿Cómo puede ser?

4

—No es mío. Vaya a saber hijo de quién será.

Éstas fueron las espantosas palabras que la madre del joven escuchó de su marido, hacía ya más de veinte

---

[2] Famoso lugar de veraneo en la montaña.

años, cuando le anunció que estaba embarazada. Estaban caminando frente a la iglesia.

La muchacha, que sólo había conocido a un hombre, quedó anonadada por la conmoción y el miedo. Ni siquiera encontraba fuerzas para jurar por su fidelidad. Si su marido estaba dispuesto a rechazar su declaración, ella se sentía impotente.

Como prueba, la joven tomó al bebé que había parido y lo llevó a la casa de su marido para mostrárselo.

—No es mi hijo. Quién sabe hijo de quién será —y otra vez rechazó al bebé—. Es el hijo del adulterio.

La joven perdió la razón y se dispuso a atacar al bebé con un cuchillo de montañista que estaba por allí cerca. El hombre le arrebató al bebé y la empujó. Entonces ella acuchilló al padre del bebé.

En ese momento, una visión se instaló en el corazón de la casta mujer, que se sintió iluminada por algo brillante. Era un mural de una vieja capilla clandestina, que advertía sobre la lujuria. Dos serpientes blancas colgaban de los pechos de una mujer, mordiéndolos. Una lanza era atravesada en uno de los pechos por la mano de Cristo: Cristo había matado a la mujer con la lanza. La joven dio un grito.

Las heridas del marido eran graves. Pero en lugar de perdonar a la joven, él y su familia denunciaron todo. Y por eso la mujer fue arrestada.

5

Mientras la joven estaba entre los reclusos, los cielos se abrieron y tuvo una visión de Dios.

6

Durante su estadía en prisión, otra mujer joven entró. Había matado a su amante en un ataque de celos. Cuando se enteró de que su compañera de celda tenía un hijo, la envidió intensamente.

—Quería tener un hijo, pero ahora no puedo... lo he matado a él. —Se colgó de la joven y gritó: —No podré. Nunca en toda mi vida. No podré tener un hijo con nadie. Estaré en prisión hasta ser ya muy vieja para tener niños. Esto es la pena de muerte para una mujer. Cuando lo pienso, tengo ganas de tener un bebé, con cualquiera, como sea.

—¿Cómo sea?
—Con cualquiera.
—¿De verdad? Si es así, ¿puedo darte uno yo?
—¿Acaso no eres una mujer?
—Estaré afuera pronto. Espera hasta entonces. Yo te daré un niño.

7

Después de ser liberada, la joven volvió para visitar a la mujer que había quedado allí encerrada.

La mujer de la prisión quedó embarazada.

Esto provocó un alboroto en la prisión: La mujer no confesaba de quién era el niño y no se entendía cómo había podido. Los guardias y los otros hombres de la prisión fueron interrogados, pero quienes vigilaban a las prisioneras eran todas mujeres. No había hombres que pudieran acercarse a ellas. Y ella no había tenido contacto con el exterior.

La monja que oficiaba de capellana se abstuvo de calificarlo de milagro, no habló del Espíritu Santo, ni dijo que habría de nacer el hijo de Dios.

Llena de paz, la mujer dio a luz a una niña. Y escribió una carta de agradecimiento a su amiga.

La otra joven no la volvió a ver.

8

La bebita fue adoptada y creció feliz. Era la joven que caminaba ahora frente a la Iglesia de San Pablo. Siempre que lo deseaba, podía encontrarse con su verdadera madre, que ahora ya estaba libre. Se había enterado de boca de su madre de la historia de su nacimiento detrás de los barrotes.

El joven que caminaba con ella era el niño a quien su madre había intentado matar. Su padre, con el tiempo, había perdonado a su madre. Se habían reconciliado y todavía estaban juntos.

—¿Por haberme salvado y resultar herido era mi padre? —reflexionaba el joven.

—Así es —convino la joven—. Y yo, que fui una niña sin padre, pariré a un niño con padre.

El joven asintió, y siguieron su marcha por la calle frente a la iglesia.

9

"Y la serpiente, agazapada detrás de la mujer, lanzó de su boca un torrente para ahogarla. Pero la tierra ayudó a la mujer. La tierra abrió su boca, y se tragó el torrente que el dragón había lanzado."

El caballo blanco (*Shirouma*)
[1963]

Entre las hojas de roble se colaba el sol.
Al levantar la cara, Noguchi quedó encandilado. Parpadeó y miró otra vez. La luz no le daba directamente en los ojos sino que quedaba atrapada entre el denso follaje.
Para ser un roble de Japón, este árbol tenía el tronco demasiado grueso y era demasiado alto. Otros robles se apiñaban alrededor. Las ramas bajas sin podar, ocultaban el sol del poniente. Más allá del robledal, se hundía el sol del verano.
A causa del follaje espesamente entrelazado, el sol no era visible. Era la luz la que se filtraba entre las hojas. Noguchi estaba acostumbrado a verlo de ese modo. En las regiones montañosas, el verde de las hojas era tan vivo como el de un roble occidental. Al absorber la luz, las hojas del roble tomaban un verde pálido y traslúcido, y salpicaban pequeñas olas de luz, cuando las agitaba la brisa.
Esa noche, las hojas estaban en calma. La luz estaba inmóvil sobre el follaje.
"¿Cómo?" Noguchi dijo la palabra en voz bien alta. Acababa de notar el color crepuscular del cielo. No era el color de un cielo en el que el sol estuviera a mitad de camino sobre el alto robledal. Era el tono de un cielo en el que el sol ya se había ocultado. El tono plateado de las hojas de los robles se debía a una nube blanca que refle-

jaba la luz del atardecer. A la izquierda de la arboleda, las lejanas cadenas de las montañas se oscurecían con un profundo y desvaído azul.

La luz plateada, que era captada por los árboles, repentinamente desapareció. El verdor del espejo follaje lentamente se ennegreció. De lo más alto de las copas, un caballo blanco se elevó y galopó por el cielo gris.

Pero Noguchi no estaba sorprendido. No era un sueño inusual para él.

"Cabalga otra vez, vestida de negro."

El vestido negro de la mujer montada en el caballo quedaba flotando detrás de ella. Es decir, los pliegues que flotaban sobre la cola arqueada del caballo eran parte del vestido, pero parecían separarse de él.

"¿Qué es?" Al pensar esto, la visión se borró. Pero el ritmo de las patas del caballo se repetía en su corazón. Y si bien el caballo parecía lanzado al galope como si participara de una carrera, había algo festivo en el ritmo de su galope. Y las patas eran la única parte del caballo que estaba en movimiento. Los cascos eran muy afilados y puntiagudos.

"Esa larga tela que quedaba detrás de ella, ¿qué era? ¿Era realmente una tela?", con cierta inquietud Noguchi se hacía estas preguntas.

Cuando estaba en los últimos años de la escuela elemental, un día había estado jugando con Taeko en el jardín donde el suave cerco de adelfas estaba en plena floración. Juntos hicieron algunos dibujos. Dibujaron caballos, y Taeko dibujó uno galopando por el cielo; Noguchi dibujó otro.

—Es el caballo que cocea en la montaña y hace brotar la primavera —dijo Taeko.

—¿No debería tener alas? —preguntó Noguchi. El caballo que él había dibujado era alado.

—No las necesita —respondió ella— porque tiene cascos muy aguzados.

—¿Quién es su jinete?

—Taeko. Yo lo cabalgo. Soy el jinete del caballo blanco y visto ropas de color rosa.

—De modo que es Taeko la que cabalga en el caballo que cocea en la montaña y que hace brotar la sagrada primavera.

—Así es. Tu caballo tiene alas, pero nadie lo monta.

—Mira ahora —Noguchi se apresuró a dibujar un muchacho sobre el caballo. Taeko lo miró de soslayo.

Eso había sido todo. Noguchi se había casado con otra chica, había tenido hijos, había envejecido, se había olvidado de esas cosas.

Se acordó súbitamente, en una noche de insomnio. Su hijo, que había sido reprobado en sus exámenes de ingreso en la universidad, estudiaba todas las noches hasta las dos o tres de la mañana. Noguchi, preocupado por él, no podía conciliar el sueño. A medida que las noches de insomnio continuaban, Noguchi se iba rebelando ante la soledad de la vida. El hijo tenía un próximo año, tenía deseos, ni siquiera se acostaba de noche. Pero el padre se limitaba a permanecer despierto en su cama. No lo hacía por su hijo. Estaba experimentando su propia soledad. Una vez que la soledad lo atrapara, no lo dejaría ir. Echaría raíces en lo más profundo de él.

Noguchi intentó diversos modos para conciliar el sueño. Trató de pensar en suaves fantasías y recuerdos. Y una noche, inesperadamente, recordó la pintura de Taeko del caballo blanco. No la recordaba con claridad. Pero no se trataba de una pintura infantil, sino de la visión de un caballo blanco galopando por el cielo lo que flotaba tras los párpados cerrados de Noguchi en la oscuridad.

"¿Es Taeko la jinete? ¿Vestida de rosa?"

La figura del caballo blanco, galopando por el cielo, era clara. Pero ni la forma ni el color del jinete que lo montaba eran nítidos. No parecía una niña.

A medida que el corcel de la visión seguía galopando en el cielo vacío y la velocidad se reducía, la visión se iba borrando, y Noguchi caía dormido.

A partir de esa noche, Noguchi se había valido de la visión del caballo blanco como una invitación al sueño. Su insomnio se hizo frecuente, algo usual cada vez que sufría o estaba ansioso.

Desde hace ya muchos años, Noguchi ha sido salvado del insomnio por la visión del caballo blanco. El caballo blanco imaginario era intenso y estaba vivo, pero la figura que lo montaba le parecía una mujer vestida de negro y no una niña de rosa. La figura de esa mujer con vestido negro, envejeció y se debilitó, y fue volviéndose más misteriosa a medida que el tiempo pasaba.

Hoy es la primera vez que el sueño del caballo blanco le ha sucedido a Noguchi, no estando acostado en su cama con los ojos cerrados sino sentado en una silla y bien despierto. Es la primera vez también que algo, semejante a una larga tela negra flota detrás de la mujer. Y aunque queda suspendida con el viento, la tela es pesada y gruesa.

"¿Qué era?"

Noguchi escudriña el cielo gris oscurecido donde la visión del caballo blanco se ha desvanecido.

Hace cuarenta años que no ve a Taeko. Y no hay noticias de ella.

Nieve (*Yuki*)
[1964]

Durante los últimos cuatro o cinco años, Noda Sankichi se había recluido en un hotel de Tokio de muchos pisos, desde la noche de Año Nuevo hasta la mañana del día 3. Aunque el hotel tenía un nombre grandioso, Sankichi lo llamaba el Hotel de los Sueños.

—Papá se fue al Hotel de los Sueños —decían su hijo o su hija a las visitas que iban a la casa en Año Nuevo. Y éstas lo consideraban una broma para encubrir su paradero.

—Es un lindo lugar. Debe de estar pasándolo muy bien allí —decían algunos de ellos.

Sin embargo, ni siquiera su familia sabía que Sankichi verdaderamente soñaba en ese Hotel de Sueños.

La habitación del hotel era la misma cada año. Era la Habitación Nieve. Y otra vez, sólo Sankichi sabía que llamaba de ese modo a una habitación señalada por un simple número.

Cuando llegaba al hotel, corría las cortinas de la habitación, de inmediato se metía en la cama y cerraba los ojos Durante dos o tres horas, se quedaba así acostado, tranquilo. Es cierto que buscaba descanso de la irritación y fatiga de su trajinado y agitado año, pero incluso cuando el irritante cansancio se había disipado, una lasitud más profunda surgía y lo dominaba. Lo sabía y esperaba a que ese cansancio alcanzara su punto máximo. Al tocar el fondo de esa fatiga, su mente se aturdía, y era entonces cuando el sueño empezaba a subir a la superficie.

En la negrura que cubrían sus párpados, diminutos puntos de luz del tamaño de granos de trigo empezaban a danzar y flotar. Los granos eran de un matiz suave, dorado, transparente. A medida que el dorado se iba enfriando y pasaba a una desvaída blancura, se transformaban en copos de nieve volando hacia la misma dirección y con pareja lentitud. Eran copos que se deshacían como polvo a la distancia

"Este Año Nuevo, otra vez, la nieve se ha hecho presente."

Con ese pensamiento, la nieve se convertía en una pertenencia de Sankichi. Caía en su corazón.

En las tinieblas de sus ojos cerrados, la nieve se volvía próxima. Cayendo pesada y veloz se transmutaba en copos como peonías. Los enormes copos con forma de pétalos caían más lentamente que los que se dispersaban como polvo. Sankichi estaba envuelto por esa silenciosa y apacible ventisca.

Ahora sí podía abrir los ojos.

Al hacerlo, las paredes de la habitación se habían convertido en un paisaje nevado. Lo que había visto detrás de sus párpados era sólo nieve que caía, lo que veía en la pared era el paisaje en el que la nieve había caído.

Era un vasto campo con sólo cinco o seis árboles desnudos y copos como peonías cayendo. A medida que la nieve se acumulaba, la tierra y las hierbas se volvían invisibles. No había casas ni signos de vida humana. Era una desolada escena, y sin embargo Sankichi, en su cama con acolchado eléctrico, no sentía el frío del campo helado. Pero el paisaje nevado era lo único que existía. El propio Sankichi no estaba allí.

"¿A dónde iré? ¿A quién llamaré?" Si bien esas

ideas le venían a la mente, no eran suyas. Era la voz de la nieve.

La planicie nevada, en la que nada se movía salvo la nieve que caía, de pronto, espontáneamente, se borró, para dar lugar al escenario de un desfiladero de montaña. A lo lejos, se elevaba la montaña. Un arroyo corría a su pie. Y aunque la estrecha corriente parecía paralizada en la nieve, se deslizaba sin una onda. Un bloque de nieve que había caído de la orilla iba flotando. Detenido por una roca que sobresalía en medio de la corriente, se derretía en el agua.

La roca era una gran masa de cuarzo color amatista. En la punta de esa masa de cuarzo, aparecía el padre de Sankichi. Su padre sostenía en sus brazos a un Sankichi de unos tres o cuatro años.

"Padre, es peligroso estar parado sobre una roca tan angulosa, tan aserrada. Te puedes lastimar la planta de los pies." Desde la cama, el Sankichi de cincuenta y cuatro años le hablaba a su padre en el paisaje nevado.

La roca estaba coronada por un racimo de cristales de cuarzo puntiagudos que amenazaban lastimar los pies del padre. Con las palabras de Sankichi, su padre cambió el peso del cuerpo adoptando una postura más segura. Cuando lo hizo, la nieve acumulada en la punta de la roca se estremeció y cayó a la corriente. Quizás atemorizado por esto, el padre aferró a Sankichi contra su cuerpo.

"Es extraño que esta estrecha corriente no haya quedado tapada bajo un manto de nieve", dijo el padre.

Había nieve sobre su cabeza y en sus hombros y también en los brazos, que sostenían a Sankichi.

La escena de la nieve sobre la pared empezó a desplazarse, río arriba. Ahora un lago ocupaba su lugar. Era pequeño, estaba en lo profundo de las montañas pero, como fuente de una corriente tan pequeña, resultaba demasiado grande. Los blancos copos como peonías, al hacerse lejanos, se teñían de gris. Pesadas nubes flotaban distantes. Las montañas en la costa lejana se confundían.

Sankichi fijó la vista durante un momento en los copos como peonías que caían y se derretían en la superficie del lago. Por las montañas de la lejana playa, algo se desplazaba. Y se aproximaba cruzando el cielo gris. Era una bandada de pájaros. Sus alas eran amplias y de color nieve. Y como si la misma nieve se hubiera convertido en alas, al pasar volando ante los ojos de Sankichi, no hubo ruido de aleteos. ¿Eran alas extendidas en silencio, como olas lentas? ¿Era la nieve la que sostenía a las aves?

Intentó contar cuántas aves eran, y eran siete, u once. Perdió la cuenta. Pero eso le pareció divertido.

—¿Qué pájaros son? ¿Cuántos son?

—No somos pájaros. ¿Acaso no ves quiénes van montadas sobre las alas? —respondió la voz de una de las aves de nieve.

—Ah, comprendo —dijo Sankichi.

Montadas sobre los pájaros atravesando la nevada, todas las mujeres que Sankichi había amado se le aparecían. ¿Cuál de ellas había hablado primero?

En su sueño, Sankichi podía evocar libremente a quienes lo habían amado en el pasado.

Desde la noche de Año Nuevo hasta la mañana del día 3, en la Habitación Nieve del Hotel de los Sueños, con las cortinas corridas, haciéndose llevar las comidas a su cuarto, sin abandonar la cama, Sankichi se comunicaba con estas almas.

Apuntes sobre *País de Nieve* (*Yukigunisho*)
[1972]

Al final del largo túnel, en la frontera, estaba el país de la nieve. Las profundidades de la noche se volvían blancas. El tren se detuvo en la señal.

Una muchacha que ocupaba un asiento del otro lado del pasillo se puso de pie y abrió la ventana que quedaba enfrente de Shimamura. Un frío níveo se coló. La muchacha sostuvo la ventana y llamó como a lo lejos: "Señor jefe de estación, señor jefe de estación".

El hombre se acercó con pasos pesados que se hundían en la nieve y cargando una linterna. Una bufanda le tapaba la nariz, y las orejeras de su gorro lo protegían.

Shimamura miró hacia afuera. ¿Hacía tanto frío? Unas barracas que debían de servir como vivienda para los empleados del ferrocarril estaban dispersas al pie de la montaña, pero el blanco de la nieve era devorado por la oscuridad antes de alcanzarlas.

Unas tres horas antes, para distraer su aburrimiento, Shimamura se había puesto a observar el dedo índice de su mano izquierda mientras lo hacía ondular. Al final, era sólo ese dedo lo que más vívidamente recordaba a la mujer a la que iba a ver. Cuanto más se esforzaba por recordarla, más extraño le parecía que ese dedo solo se humedeciera al contacto con ella y lo condujera hacia la lejana mujer, aun si ésta se borrara del campo de su incierta memoria. Se lo llevó a la nariz e intentó olerlo, y luego trazó una raya en la ventanilla con él. El ojo de una mujer apareció allí. Tanto se asustó que casi dio un grito, pero era que su mente estaba en otra parte. Cuando volvió en sí, se dio cuenta de que no era sino el reflejo de la muchacha del asiento opuesto. La oscuridad era completa afuera, y con las luces del coche, la ventanilla había funcionado como un espejo. Pero por estar empañada con vapor, el espejo no se había revelado hasta que él frotó su dedo.

La escena nocturna flotaba en las profundidades del espejo. Éste y los objetos que se reflejaban en él se movían como en una película con doble exposición, sin conexión entre actores y escena. Es más, cuando el actor, con su mutable transparencia, y la escena con su neblinoso fluir se fusionaban, representaban un sobrenatural mundo de símbolos. Especialmente cuando las luces de los campos y las montañas iluminaban el rostro de la muchacha, su corazón se agitaba con esa belleza inexpresable.

A lo lejos el cielo sobre las montañas todavía conservaba trazos del crepúsculo, de modo que podía imaginar las formas del paisaje por la ventanilla, incluso a la distancia, aunque los colores se hubieran apagado. Por lo que podía ver, las montañas y los campos no tenían nada de particular. Nada se destacaba y nada le llamaba la atención, así que se trataba más bien de una fuerte corriente de emociones. Naturalmente también contaba el ojo de la muchacha que flotaba en medio de eso. El paisaje nocturno seguía moviéndose más allá del adorable perfil de la muchacha en la ventana espejo, y el rostro de la joven también se transparentaba. Pero él no podía detener su mirada para comprobar si era parte del paisaje que corría sin pausa detrás, pues el rostro de la joven parecía adelantarse.

El tren no tenía mucha iluminación y la ventana no era tan nítida como un verdadero espejo. No había otro reflejo, de modo que de a poco Shimamura olvidó que era un espejo y que él estaba espiando. Y empezó a imaginar que la muchacha flotaba en el paisaje nocturno.

Entonces una luz se encendió en medio de su cara. La imagen reflejada no era tan fuerte para anular la luz de afuera, y la luz no impedía el reflejo. Así, la luz se deslizó por la cara de la muchacha, pero sin encenderla ni hacerla brillar. Era una luz fría y distante. Y cuando destelló sobre su pupila —o sea, en el instante en que la luz y el ojo de la joven quedaron superpuestos— el ojo se transformó en un bello, cautivante y reluciente insecto que flotó sobre las ondas de la oscura noche.

Antes del comienzo de la temporada de esquí, las posadas de aguas termales tienen su nivel más bajo de huéspedes. Todos aún dormían cuando Shimamura salió del baño. A cada paso que daba, las puertas de vidrio traqueteaban ligeramente. En el rincón más alejado, cerca de la recepción, había una mujer con la falda de su kimono extendida sobre el oscuro, lustroso y helado piso de madera.

¿Se había convertido en geisha? Quedó admirado al ver la falda de su kimono. Ella no se acercó ni modificó su postura para saludarlo. Incluso a la distancia, Shimamura notaba algo solemne en la figura inmóvil. Se apresuró hacia ella. Su blanca cara maquillada se descompuso con el llanto cuando intentó sonreír y, entonces, se dirigieron a la habitación.

A pesar de lo que había habido entre ellos, Shimamura no le había escrito ni había vuelto a verla, y ni siquiera había cumplido su promesa de enviarle el libro con las instrucciones de danza. Seguramente la mujer habría imaginado que la había olvidado, de modo que le correspondía a Shimamura disculparse o buscar algún pretexto. Pero mientras caminaban sin mirarse, Shimamura se dio cuenta de que, lejos de atacarlo, todo el cuerpo de la mujer estaba impregnado de añoranza por lo que una vez había sentido, así que se le ocurrió que cualquier palabra que pudiera decir sólo los circundaría de banalidad. Lo confortaba saber que la mujer hacía su vida. Después, al pie de la escalera, repentinamente lanzó su mano izquierda hacia la mujer, con el dedo índice extendido: "Esto es lo que mejor te recuerda".

"Oh..." dijo la mujer al tiempo que tomaba el dedo y tiraba de él mientras subían las escaleras. Cuando lo soltó, ya delante del brasero con carbón encendido, se ruborizó hasta el cuello, aunque lo cubrió con la mano de Shimamura de manera que él no pudiera darse cuenta.

—¿Así que esto me recuerda?
—No el de la mano derecha, sino éste —él deslizó su mano derecha entre las palmas de ella y le mostró su puño izquierdo.

Su rostro se mantenía diáfano.

—Comprendo —intentando una sonrisa, ella abrió los dedos de Shimamura y presionó la cara contra esa palma.

—¿Esto me recordaba?
—Está frío. Nunca sentí tan frío tu cabello.
—¿Acaso todavía no ha nevado en Tokio?

Shimamura se quedó parado en la entrada observando la montaña que estaba detrás de la posada, invadido por el aroma de las hojas nuevas. Ascendía por la montaña con la mirada, como seducido. ¿Qué lo divertía? Solo como estaba, no dejaba de reír.

Después de un rato, muy cansado, giró su cuerpo, se arremangó el kimono de verano y se lanzó colina abajo. Dos mariposas amarillas levantaron vuelo a su paso.

Aleteando, pronto estuvieron tan lejos, casi al pie de las montañas, que su amarillo se había vuelto blanco.

—¿Qué hacías? —la mujer estaba sentada a la sombra de un bosquecillo de cedros—. Te reías con tanta felicidad.

—Me dejo llevar —la risa sin sentido comenzó otra vez—. Me abandono.

—¿De verdad? —la mujer miró a lo lejos y se internó parsimoniosamente en el bosque de cedros. Sin decir palabra, él la seguía.

Había un templo shintoísta. La mujer se sentó sobre una roca plana al lado de dos estatuas de perros guardianes cubiertas de musgo.

—Éste es el lugar más frío. Incluso en verano corre una brisa fresca.

—¿Todas las geishas aquí son como tú?

—En cierto modo. Algunas de las más viejas son encantadoras —Bajó la mirada y dijo esto con brusquedad. Él observó el reflejo del verde sombrío de los cedros sobre su cuello.

Shimamura levantó la vista hacia las ramas altas.

—Muy bien. Mis fuerzas me han abandonado. Es gracioso.

Los cedros eran tan altos que para ver la cima de sus copas había que retroceder. Los troncos se levantaban bien erguidos uno al lado del otro, el oscuro follaje interceptando la vista del cielo. Se podía percibir el silencio. El árbol contra el que Shimamura se había apoyado era uno de los más viejos. Por algún motivo, las ramas del norte estaban secas y sus extremos quebrados. Lo que había quedado de ellas se veía como hileras de estacas que sobresalieran del tronco, con sus puntas como fieras lanzas de algún dios.

La mujer miraba el río a lo lejos, donde se reflejaba el atardecer. Se sentía intimidada.

—Me olvidaba. Aquí están tus cigarrillos —dijo, intentando aligerar su tono—. Cuando fui a tu habitación hace un rato, no estabas. Me preguntaba dónde estarías, y en ese momento te vi subiendo la montaña solo y con tal vigor. Podía verte desde la ventana. Era muy divertido. Parecías haberte olvidado los cigarrillos, y por eso te los traje.

Sacó los cigarrillos de la manga de su kimono y encendió un fósforo.

—No fui muy gentil con esa muchacha.

—El cliente puede elegir, cuando cuenta con la autorización.

El agua que corría entre las rocas tenía un sonido dulce y pulido. Por entre las ramas de cedro se veían las grietas de las montañas que empezaban a ennegrecerse.

—Si al menos fuera tan buena como tú. Cuando después me encontré contigo, me sentía incómodo de que supieras que había estado con otra.

—No me metas en esto. Simplemente eres un mal perdedor —la mujer hablaba con desdén, pero ahora un sentimiento diferente al del momento previo al llamado de la otra geisha, que ella misma había realizado, existía entre ambos.

Cuando Shimamura se dio cuenta de que desde el principio todo lo que deseaba era esa mujer y que lo que estaba haciendo era su habitual aproximación con rodeos, sintió, de algún modo, un gran disgusto hacia sí mismo, ya que la mujer se le revelaba como algo muy bello. Después que ella lo llamara hacia las sombras del bosquecillo de cedros, algo fue borrándose de su serena figura.

Su fina y vivaz nariz parecía triste, pero sus pequeños labios como pimpollos eran suaves y se expandían y contraían como un armonioso círculo de sanguijuelas. Si hubieran estado arrugados o tenido mal color, se los habría visto impuros, pero estaban húmedos y brillaban. Los ángulos externos de sus ojos estaban calculadamente dibujados sin que el trazo ascendiera. Sus ojos tenían algo extraño, pero las espesas pestañas, que tendía a mantener bajas, los contorneaban agradablemente. El corte de la cara era vulgar, pero el mentón era como de porcelana con un sutil toque rojizo, y había cierta carnosidad en la base de su cuello, que inspiraba a calificarla de pura, más que considerarla bella.

Para ser una mujer acostumbrada a servir, el modo como erguía su pecho era un tanto audaz.

—Mira, aparecieron las pulgas —y se puso de pie sacudiendo la falda de su kimono.

Esa noche, a eso de las diez, la mujer gritó el nombre de Shimamura desde el vestíbulo, y se precipitó en su habitación como si la hubieran arrojado. Chocando contra el escritorio, tiró las cosas que estaban sobre él con manos vacilantes de borracha. Bebió un poco de agua.

La mujer había salido para encontrarse con unos hombres que había conocido en las pistas de esquí ese invierno. La habían invitado a su posada, Llamaron a otras geisha y pasaron un momento un poco estridente. Ella contó que la emborracharon.

Volvió la cabeza y parloteó:

—Lo siento. No debería estar aquí. Debo volver. Han de estar buscándome, preguntándose adónde me habré ido. Volveré más tarde —y salió bamboleándose por la puerta.

Una hora más tarde, él oyó el confuso ruido de sus pisadas cuando iba a los tumbos por el corredor.

—¡Shimamura, Shimamura! —gritaba—. No veo nada, Shimamura.

Era sin duda la voz del desamparado corazón de una mujer que llamaba a su hombre. Shimamura estaba desprevenido. La voz era tan chillona que seguramente hacía eco por la posada, así que, turbado, se puso de pie. En ese preciso momento la mujer incrustaba sus dedos, desgarraba el papel de la puerta, y se tomaba del marco. En seguida se derrumbó sobre Shimamura.

—Así que aquí estabas.

Se sentó reclinándose sobre él, toda tambaleante.

—No estoy borracha. ¿Cómo pudo suceder? Duele. Duele. Estoy sobria. Quiero un poco de agua. No debería haber aceptado esas rondas de whisky. Me afectó. Duele. Seguramente compraron algún licor barato. No lo sabía —y se frotaba la cara con las palmas de las manos.

El sonido de la lluvia se hizo violento repentinamente.

La mujer tropezaba si él dejaba de sostenerla entre sus brazos. Tenía tan próximo su cuello que su cabellera se incrustaba contra su mejilla. Él la sostenía con una de sus manos dentro del cuello del kimono.

Ella no respondía a su guía. Se cruzó de brazos para impedir que Shimamura la dirigiera, pero, aturdida por la borrachera, no tenía fuerzas.

—¿Qué es esto? Maldito, no moveré este brazo —y apoyó la cabeza sobre su propio brazo.

Sorprendido, él la dejó hacer. Había profundas marcas de dientes en su brazo.

Ella se abandonó a sus manos y empezó a garabatear. Decía que estaba escribiendo los nombres de los hombres a los que había amado. Escribió veinte o treinta nombres de actores de cine y teatro, y luego escribió "Shimamura" una y otra vez.

La grata agitación que contenían las manos de Shimamura se volvió pasional.

—Calma, tranquila —le decía él con voz serena. Ella le transmitía algo maternal.

Pero nuevamente volvía a mostrarse sufriente. Se retorcía y se ponía de pie, para finalmente caer postrada en el rincón más lejano de la habitación.

—No, no. Yo me voy, me voy.

—No puedes caminar. Y llueve.

—Me iré descalza. Gatearé hasta mi casa.

—Es demasiado peligroso. Si vas a tu casa, te llevo.

La posada estaba en una colina. La cuesta era empinada.

—¿Por qué no te quitas la faja? Podrías acostarte y dejar que se te pase la borrachera.

—No, no funcionará. Estoy acostumbrada a esto. —Se sentó bien erguida, sacó pecho, y respiró trabajosamente. Abrió la ventana e intentó vomitar, pero no pudo. Siguió sofocando la urgencia de encogerse y retorcerse. Y seguía repitiendo con tanta frecuencia como podía que iba a irse, como para reafirmarse. Pronto fueron las dos de la madrugada.

La mujer volvió la cara para ocultarla de Shimamura, pero al final le ofreció ardientemente sus labios. Luego, balbuceando, lamentándose, repetía, una y otra vez:

—No funcionará. No. ¿Dijiste "seamos amigos"?

Shimamura estaba golpeado por el agudo eco. La fuerza del deseo que ella manifestaba y que le hacía fruncir las cejas intentando controlarse bastaba para desconcertarlo. Y él hasta se preguntaba si podría mantener su promesa ante la mujer.

—No me arrepiento de nada. No lamento nada. No soy ese tipo de mujer. ¿Dijiste que esto no iba a durar?

Ella estaba medio aturdida por la borrachera.

—Yo no estoy en falta. Tú lo estás. Tú accediste. Tú eres el débil. No yo.

A medida que hablaba, se golpeaba la manga como para ahogar la alegría.

En un momento dado se quedó quieta, como desinflada. Luego pegó un salto como si recordara algo.

—¿Te estás riendo, no? Te burlas de mí.

—No me burlo.

—Te ríes de mí en lo más profundo de tu corazón. Tal vez no te rías ahora, pero seguramente te reirás más tarde —la mujer miró hacia abajo y sollozó.

Cuando dejó de llorar, empezó a hablar en detalle de sí, de un modo gentil y amigable, como si lo hiciera consigo misma. El dolor por su borrachera parecía haber desaparecido, como si lo hubiera olvidado. Era como si no se diera cuenta de lo que había pasado.

—Estuve charlando tanto. Sin conciencia —dijo sonriendo.

Había dicho que debía irse antes de que clareara.

—Todavía está oscuro. Pero la gente se levanta muy temprano por aquí.

Se puso de pie varias veces y abrió la ventana.

—No veo a nadie. Es una mañana de lluvia. Nadie saldrá a los campos.

Y para cuando los techos de la casas en las montañas y al pie de las colinas a lo largo del camino empezaron a distinguirse en medio de la lluvia, la mujer seguía todavía indecisa. Sin embargo, se arregló el cabello antes de que la gente de la posada se levantara y, temerosa de que pudieran ver a Shimamura despidiéndola en la entrada, se deslizó precipitadamente, como si huyera.

Al levantar ella la cabeza, él vio a través del espeso maquillaje cómo la cara había quedado roja desde los párpados hasta la nariz, donde había sido presionada por la palma de su mano. Y mientras, eso lo hacía pensar en el frío de las noches en el país de la nieve, en lo profundo su cabello negro era tibio.

Una deslumbrante sonrisa se dibujó en su cara, pero ella la suprimió. Y a pesar de esto, las palabras de Shimamura parecían impregnar poco a poco su cuerpo. Tal vez recordaba el tiempo que habían estado juntos. Malhumorada, dejó caer su cabeza, y Shimamura pudo ver, debajo de la nuca, que hasta su espalda estaba enrojecida, su fresca y húmeda desnudez expuesta. Seguramente era la armonía con el color del cabello lo que producía esa impresión. Su cabello no era fino y delicado sino que estaba peinado con franjas bien delineadas sin una sola hebra en desorden. Su brillo era denso como el de un mineral negro.

Shimamura se había sorprendido, y había dicho que por primera vez tocaba un cabello tan frío, no por una sensación táctil sino por la calidad del cabello en sí. Al observarla otra vez, la mujer contaba con los dedos sentada ante el brasero. Parecía que no iba a detenerse nunca.

—¿Qué cálculo estás haciendo? —le preguntó, mientras ella seguía contando en silencio.

—Veintitrés. ¿Es correcto?

—Cuentas los días, recuerda que julio y agosto son dos largos meses continuados.

—Es el centésimo nonagésimo noveno día. Han pasado exactamente ciento noventa y nueve días.

—Es el tren a Tokio de la medianoche.
Se puso de pie con el sonido del vapor que silbaba y abrió la puerta de papel y la de vidrio, con un gesto impulsivo y decidido. Se sentó en la ventana con el cuerpo apoyado contra la baranda.
Un aire helado entró en la habitación. A medida que el eco del tren se desvanecía a la distancia, empezó a sonar como un viento nocturno.
—Eh, ¿no tienes frío? ¿Estás loca?
Cuando se levantó y caminó hacia ella, Shimamura vio que no soplaba viento.
La escena nocturna era inclemente, como si el sonido de la nieve que se expandía hiciera eco en la profundidad de la tierra. No había luna. Las infinitas estrellas relucían con tal vivacidad que parecían a punto de caer, fútiles a pesar de todo su vértigo. Cuanto más cercanos los haces de estrellas, más profundo el cielo con el distante color de la noche. Los contornos de las montañas se habían vuelto indefinidos y habían tomado la dimensión de una masa enorme. Todo estaba en armonía, claro y silencioso.
Al ver que Shimamura se aproximaba, la mujer se asomó más allá del dintel. No lo hizo por debilidad. Con una noche como ésa de fondo era la posición más porfiada que podía haber adoptado. No otra vez, pensó Shimamura.
Aunque las montañas eran negras, en un instante se vieron blancas con la nieve resplandeciente. Luego empezaron a lucir como deslucidas, transparentes entidades. El cielo y las montañas perdieron su armonía.

—Cierra la ventana.

—Déjame quedarme así un poco más.

El pueblo estaba a medias escondido por los cedros del templo, pero las luces del pueblo, que estaba a menos de diez minutos en auto, habían aumentado en su brillo.

Era la primera vez que Shimamura sentía tal frío en el rostro de la mujer, en el vidrio de la ventana, en la manga de su ropa... en fin, en todo lo que tocaba.

Hasta las esteras bajo sus pies se iban helando, así que se encaminó solo hacia el baño.

—Por favor, espérame. Voy contigo.

Esta vez lo siguió sumisa.

Otro huésped entró cuando la mujer colocaba en una caja la ropa que Shimamura se había quitado y arrojado al suelo. Al ver a la mujer acuclillada que ocultaba su cara, dijo:

—Disculpen.

—No importa. Vamos al otro baño —contestó Shimamura de inmediato.

Desnudo, tomó la caja y se dirigió al baño de mujeres en la puerta contigua. Ella lo siguió como si fueran un matrimonio. Sin hablar y sin mirar hacia atrás, Shimamura se sumergió en el baño. Aliviado, estaba tentado de risa, así que se enjuagó ruidosamente la boca en la canilla.

Cuando regresaron a la habitación, la mujer acomodó su cabeza al acostarse y ordenó el cabello en sus sienes con su meñique.

—Esto es muy triste —fue todo lo que dijo.

Cuando él se aproximó para escudriñar su rostro, preguntándose si sus ojos negros estarían entreabiertos, comprobó que eran las pestañas la que creaban tal efecto.

La mujer, agitada, pasó la noche en blanco.

Shimamura se despertó con el sonido del roce de las telas de la faja, que ella estaba ciñendo.

Incluso una vez terminado su arreglo, con la faja bien dispuesta, ella se ponía de pie, se sentaba, caminaba mirando hacia la ventana. Eran la inquietud característica y el andar ansioso propios de los animales nocturnos que temen la mañana. Un salvajismo fascinante se desataba en ella.

Podía ver cómo sus mejillas se coloreaban. ¿Acaso la habitación se estaba encendiendo? Admirado, el vívido color rojo lo iba atrapando.

—Tus mejillas están rojas. Hace tanto frío.

—No es por el frío. Me he quitado el maquillaje. Apenas me meto en la cama entro en calor, toda, hasta los dedos de mis pies —dijo ella mientras se miraba al espejo—. Ya es de día. Me voy a casa.

Shimamura la observó, luego dio un paso atrás. El espejo reflejaba la nieve. Y en medio de lo inmaculado, flotaban las mejillas rojas. La belleza pura, diáfana, inefable.

¿Iba a amanecer? Como una hoguera helada se expandió por el espejo el resplandor de la nieve. Y más profundo se volvió el reflejo de la negra cabellera con su fulgor azulado.

Índice

Nota editorial 7

Relatos que caben en la palma de una mano,
    por Amalia Sato 9

Historias de la palma de la mano

Lugar soleado (*Hinata*) 13
La frágil vasija (*Yowaki utsuwa*) 16
La joven que iba hacia el fuego (*Hi ni yuku
    kanojo*) 18
Serrucho y nacimiento (*Nokoguiri to shussan*) 20
La langosta y el grillo (*Batta to suzumushi*) 23
El anillo (*Yubiwa*) 28
Cabelleras (*Kami*) 30
Canarios (*Kanariya*) 32
Ciudad portuaria (*Minato*) 34
Fotografía (*Shashin*) 36
La flor blanca (*Shiroi hana*) 38
El episodio del rostro de la muerta (*Shinigao
    no dekigoto*) 42
Vidrio (*Garasu*) 44
La estatua de Jizo dedicada a O-shin
    (*O-Shin Jizo*) 49
La roca resbaladiza (*Suberi iwa*) 53

Gracias (*Arigato*) 57
La ladrona de bayas (*Gumi nusutto*) 61
Zapatos de verano (*Natsu no kutsu*) 65
Punto de vista de niño (*Kodomo no tachiba*) 68
Suicidio por amor (*Shinju*) 69
Las súplicas de la doncella (*Shojo no inori*) 71
Casi invierno (*Fuyu chikashi*) 74
El arreglo de bodas de los gorriones
   (*Suzume no baishaku*) 80
El incidente con el sombrero (*Boshi jiken*) 83
La felicidad de una persona (*Hitori no kofuku*) 87
Dios existe (*Kami imasu*) 91
Peces de colores en la azotea (*Okujo no kingyo*) .. 95
Madre (*Haha*) 98
Mañana para uñas (*Asa no tsume*) 103
La joven de Suruga (*Suruga no reijo*) 106
Yuriko (*Yuri*) 109
Huesos de Dios (*Kami no hone*) 111
Una sonrisa en el puesto de venta nocturno
   (*Yomise no bisho*) 114
El ciego y la muchacha (*Mekura to shojo*) 119
La búsqueda de una mujer (*Fujin no tantei*) 124
El ojo de su madre (*Haha no me*) 131
Truenos en otoño (*Aki no kaminari*) 133
Hogar (*Katei*) 136
Estación de lluvias (*Shigure no eki*) 139
En la casa de empeños (*Shichiya nite*) 149
El retrete budista (*Setchin Jobutsu*) 154
El hombre que no sonreía (*Warawanau otoko*) 158
Descendiente de samurai (*Shizoku*) 164
El gallo y la bailarina (*Niwatori to odoriko*) 169
Maquillaje (*Kesho*) 174
El marido atado (*Shibarareta otto*) 177
Hábitos al dormir (*Nemuriguse*) 182

Paraguas (*Amagasa*) 184
Máscara mortuoria (*Desu masuku*) 187
Rostros (*Kao*) 190
Los vestidos de la hermana menor (*Imoto
  no kimono*) 192
La mujer del viento otoñal (*Akikaze no nyobo*) ... 199
El nacimiento a salvo de los cachorritos
  (*Aiken anzan*) 202
Lugar natal (*Sato*) 207
Agua (*Mizu*) 209
Monedas de plata de 50 (*Gojusen ginka*) 211
Medias blancas (*Tabi*) 217
El cuervo (*Kakesu*) 221
Barquitos de hojas de bambú (*Sasabune*) 227
Huevos (*Tamago*) 230
Las serpientes (*Hebi*) 235
Lluvia de otoño (*Aki no ame*) 240
Vecinos (*Rinjin*) 244
En lo alto del árbol (*Ki no ue*) 249
Ropas de montar (*Jobafuku*) 253
Inmortalidad (*Fushi*) 258
Tierra (*Chi*) 263
El caballo blanco (*Shirouma*) 268
Nieve (*Yuki*) 272
Apuntes sobre *País de Nieve*
  (*Yukigunisho*) 276